KB197962

잠정의 위로

| 일러두기 |

1. 단행본과 언론사는 겹화살괄호(《 》)로,
   산문, 기사, 영화 등은 홑화살괄호(〈 〉)로 표기했습니다.

2. 각 장을 시작하는 글과 본문에 출처가 표시되지 않은 인용문은 모두 버지니아
   울프의 《자기만의 방A Room of One's Own》에서 발췌해 우리말로 옮겼습니다.

잠정의 위로

버지니아 울프에게 '자기만의 삶'으로 쓴 답장

이혜미 에세이

위즈덤하우스

차례

일러두기:

이 책은 '허구적 에세이'다

Lies will flow from my lips, but there may perhaps
be some truth mixed up with them; it is for you to
seek out this truth and to decide whether any part
of it is worth keeping.

내 입술에선 거짓말이 흘러나올 겁니다. 하지만 거기엔 약간의 진실이
섞여 있을지도 몰라요. 그 진실을 찾아내고 그중 무엇이 간직할 만한지
정하는 건 여러분의 몫입니다.

책 속의 모든 문장은 실제로 겪은 허구이며,
이 책은 에세이이자 픽션이다.
필경 '나'의 이야기만은 아닐 터이므로.

여성이 글을 쓰기 위해서는 자기만의 방과 연간 500파운드의 돈이 필요하다.

오로지 이 한 문장만으로 버지니아 울프의 《자기만의 방》은 여성의 해방과 경제적 자립을 상징하는 숭고한 경전이 된 지 오래. 여성이 돈을 버는 것은 물론이고 재산을 소유할 권리조차 없었던 시대,* 생활을 영위할 금전적 여유와 창조성을 발휘할 공간의 필요성을 역설하는 것은 여간 급진적인 사상이 아니다.

《자기만의 방》이 현대 페미니즘 비평의 고전으로 여겨질 정도로 울프는 선구자의 반열에 올랐지만, 이 책이 울프가 1928년 10월에 영국 케임브리지대학의 뉴넘칼리지와 거튼칼리지**에서 강연한 두 편의 소논문에 근간을 두고 있다는 것은 잘 알려져 있지 않

*
영국에서는 1870년 처음 기혼여성재산법이 제정되면서 기혼여성도 자신이 취득한 재산을 부부가 따로 관리할 수 있는 별산제가 확립됐다. 하지만 당시 여성의 취업이 극도로 제한됐다는 점에서, 이는 형식적 조치에 불과했다.

**
당시 케임브리지대학에 속한 여자만의 단과대학이다.

다. 그러니까 이 고전 에세이는 당시로서도 흔하지 않은 여성 대학생들 앞에서 '여성과 픽션'이라는 주제로 강연한 것을 글로 옮긴 것이라 볼 수 있다.

울프는 실재와 허구의 경계를 넘나드는 이름들로 무언가를 명명한다. 예컨대 영국을 대표하는 대학인 '옥스퍼드'와 '케임브리지'를 합하여 '옥스브리지'라는 남자 대학을 만들어내고, 자신이 강연한 '뉴넘'과 '거튼' 칼리지에서 따온 '퍼넘'이라는 말로 여성 단과대학•을 칭한다. 또 '나'는 메리 비튼이기도 하고 메리 시튼, 메리 카마이클 혹은 원하는 어떤 이름으로도 불릴 수 있는 인물이다.

모든 것은 꾸며낸 것이며, 실재하는 것을 편리하게 지칭하기 위한 용어일 뿐이다. 하지만 모두가 안다. 그것은 울프 자신이기도, 혹은 무명의 불특정한 여성을 상정한 것이기도 하다는 사실을. 필경 계속 쓰기 위한 장치였으리라. 떠드는 여자를 고까워하는 세상은, 어떤 공격을 가해서라도 입을 닫도록 만들었을 테니.

사실은 알기 어려우니 상상해보겠어요. 셰익스피어에게 빼어난 재능을 가진, 예컨대 주디스라고 불리는 누이가 있었다면 무슨 일이 일어났을까요?

주디스는 오빠만큼이나 호기심이 넘치고 세상을 알고 싶어

•

남성이 다니는 '옥스퍼드'와 '케임브리지'는
종합대학(university)이고, 여성에게 허락된
것은 단과대학인 '뉴넘'과 '거튼'이라는 점에서
교육에서의 성별 위계를 짐작할 수 있다.

했지만, 오비디우스, 베르길리우스, 호라티우스 같은 라틴어 작가는 물론이거니와 문법과 논리학을 배울 기회가 없었다. 바느질이나 스튜 요리 같은 것이 주디스에게 허락된 배움의 영역이었다. 열일곱이 채 되지 않은 어린 나이에 원하지 않는 상대와 약혼하게 되었고, 결혼을 거부하자 아버지는 손찌검을 했다. 훗날 세계문학의 거장이라 칭송받는 오빠만큼이나 연극에 취미가 있고, 말의 음률에 대한 미감이 뛰어났지만 연극 무대는 여자에게 허용되지 않았다. 세상을 정처 없이 떠돌다 어느 남자의 아이를 밴 채 스스로 목숨을 끊었고, 변변찮은 거리에 묻혀 무명자로 남는다.

울프는 이렇게 상상의 끝을 맺는다.

> 이것은 진실일 수도, 거짓일 수도 있겠지요. 그걸 누가 알겠어요? 하지만 내가 만들어낸 셰익스피어의 누이 이야기에서 내게 진실이란 이런 것입니다. 16세기에 뛰어난 재능을 가지고 태어난 여성이라면 누구든 미쳐버려서 자기 머리에 총을 쏘거나, 마을 외곽 외딴 오두막에서 반은 마녀, 반은 마법사라고 두려움과 조롱을 받으며 생을 마감했을 거라는 점 말입니다.

조앤, 마거릿, 앤…… 실제 존재했던 셰익스피어의 남매들이다. 당연히 주디스라는 이름은 찾을 수 없다. 울프가 자신의 입에서 온갖 거짓말이 나올 거라고 일러뒀으니. 하지만 우리는 안다. 주디스라는 단 한 번도 존재한 적 없었던 이 여자의 삶은 동서고금을 막론하고 도처에서 반복되고 있다는 것을.

‡

시선을 한국으로만 좁혀도 나는 이런 여자를 단숨에 열 손가락에 꼽을 수 있을 것만 같다. 우리나라 최초의 여성 서양화가이며 작가, 독립운동가, 여권운동의 선구자인 나혜석. 그 시절 결혼하면서 남편에게 그림 그리는 것을 방해하지 말 것과 시어머니와 따로 살 것을 요구할 줄 알았던 똑똑하고 용기 있는 그 여자는, 신여성을 대표하는 인물로 당대에 이름을 날렸지만 헌옷에 어떤 소지품도 없이 행려병자로 53세에 죽음을 맞이한다.

여성으로서는 최초로 신춘문예에 당선되며 문단에 데뷔, 소설·시·평론 등 장르를 넘나들며 활약했던 문인 김명순도 그랬다. 일본 유학 시절 이응준(훗날 초대 육군참모총장을 지냈다)으로부터 성폭행을 당하자, 한국 남성들로만 가득 찬 문단은 김명순을 '헤픈 여자'로 낙인찍어 2차 가해를 한다. 지금보다 훨씬 더 여성의 '정조' 따위가 중요하게 여겨졌던 일제강점기, 김명순은 성폭행 사실까지 문학적으로 승화하여 소설을 발표하나, 친일 문인 김기진을 비롯한 김동인, 방정환('어린이날의 소

12

파 방정환이 맞다) 등 문단 내 한국 남성 카르텔에 의해 "행실이 방탕하다"며 공개 저격이 이어졌다. 한국 땅에 발붙이지 못할 지경에 이르자 일본으로 떠났고 쓸쓸하고 외로운 죽음을 맞이했다. 허구적 인물인 '주디스 셰익스피어'처럼.

집요한 괴롭힘이 절정에 달했던 1924년, 김명순은 〈유언〉이라는 시를 발표한다.

> 조선아 내가 너를 영결(永訣)할 때 / 개천가에 고꾸라졌던지 들에 피 뽑았던지 / 죽은 시체에게라도 더 학대해 다오 / 그래도 부족하거든 / 이다음에 나 같은 사람이 나더라도 / 할 수만 있다면 있는 대로 / 또 학대해 보아라 / 그러면 서로 미워하는 우리는 / 영영 작별된다. / 이 사나운 곳아. 이 사나운 곳아.

가부장제에 의한 온갖 학대에도 고향과 작별'하지' 못하고 작별'될' 수밖에 없는 여자. 아아, 100년 전 김명순이 미쳐 날뛸 수밖에 없던 이 사나운 곳은 왜 조금도 변하지 않는단 말인가. 그의 '유언' 이후에도 그 같은 사람을 향한 사나운 곳의 학대는 여전히 이어지고 있다. 특히 이름과 얼굴을 내걸고 세상과 불화하는 말을 쏟아내는 여성들에게는 더욱.

✝

19세기에 이르기까지 여성들에게 이름을 드러내지 말 것을 명령한 것은 정조 관념의 유물입니다. 커러 벨, 조지 엘리엇, 조르주 상드와 같은 내적 불화의 희생자들은 그들의 작품이 증명했듯 별 효과도 없이 남성의 이름으로 자신을 감추려 애를 썼지요. 그럼으로써 그들은 다른 성별에 의해 주입되지는 않았더라도 널리 장려된 관습, 즉 여성이 대중에게 알려진다는 것은 혐오스러운 일이라는 관습(페리클레스는 여성에게 최고의 영광이란 입에 오르지 않는 것이라 말하기도 했습니다. 정작 그 자신은 대단히 자주 이야기되는 사람이었지만요)을 따르고자 했던 것입니다.

언론사에서 3년째 젠더 뉴스레터 〈허스펙티브〉를 보내고 있다. 곳곳에 젠더와 성평등을 주제로 칼럼을 쓴다. 학회, 지자체나 공공기관이 마련한 토론회, 세미나 등 공적인 공간에 여성을 대표하는 패널로 참석하기도 한다. '나 정도면 꽤 기민하고 명석하게 활동하는 페미니스트'라는 자의식이 차오른 적도 분명 있었다. 주디스 셰익스피어, 메리 카마이클 혹은 김지영이나 박혜미일 필요도 없다. 나는 내 이름 '이혜미' 세 글자를 내건 채 쓰고, 말하고, 존재한다.

하지만 이 책에 쓰인 모든 글들은 '허구적 에세이'로 읽히기를 소망한다. 지금부터 내가 하는 말의 대부분은 허구, 즉 픽션이다. 어디서부터 어디까지는 약간의 진실이 섞여 있다. 그리고 진짜와 가짜를 구분하는 것은 모두 여러분의 몫이다. '허구'에 방점을 찍을지, '에세이'라는 장르로 읽을지 역시 독자 여러분의 자유에 달렸다. 그리고 이는 내가 나를 지켜내는 전략이다.

세상이 불편해하는 이야기를, 여성이, 스스로를 지키며 지속적으로 발화할 수 있는 방법으로 대략 두 가지가 떠오른다. 첫째, '나'가 아닌 필명이나 다른 사람의 입을 빌려 말하기. 안전하지만 '나'의 이름과 기여는 허공으로 사라지고 평판은 쌓이지 않는다. '나'는 작가로 기억되지 못한다. 둘째, 허구의 탈을 빌리기. 다소 솔직하지 못하지만 공격을 회피하며 자아를 지킬 수 있다. 2022년 노벨문학상을 수상한 아니 에르노처럼.

에르노의 작품 앞에는 '자전적 소설'이라는 수식어가 붙는다. '자전적 소설'. 소설이면 소설이지 자전적 소설은 무슨 '따뜻한 아이스 아메리카노' 같은 말일까. 심지어 '아니 뒤센느(또는 아니 D)'라는 결혼 전 자신의 이름까지 그대로 등장하는데도 픽션이란다. 비밀 일기장에도 남기지 않을 법한 그러나 많은 여자가 겪는 생각의 심연까지 그는 끝까지 토해내며 써낸다. 임신중지, 불륜, 섹스, 성폭력, 광적인 집착, 남성에게 욕망의 대상이 되는 걸 즐기는 것……. 에르노의 작품을 하나라도 읽은 독자라면 그 소설이 결코 소설이 아님을 알 수 있지만 그럼에도 그는 '소설'이라 말한다. 나 자신을 지키기 위해, 소설의 외피를 두르고서. 어떤 사람들은 그러한 행위가 비겁하다고 비난한다. 허구라는 명분 뒤에 숨은 고백이라며.

하나, 단 한 번이라도 여성의 입으로 진실을 말해본 경험이 있다면, 에르노의 선택을 '타협'이라 비난하지 못할 것이다. 대형 포털 사이트에 이름만 쳐도 얼굴과 그간 쓴 글들이 나열되며 매일같이 창의적인 비난과 마주하는 '여성 기자'라면 더욱 말이다. '문장이 너무 여성적이다' 같은 점잖은 지적에서부터 '여자가 뭘 아느냐'는 자격론. 혹은 정말로 보고 듣고 느낀 것마저 진위를 따져 묻는다. 한번은 우리 군에 대한 기사를 썼는데, 남성 기자와 똑같은 내용을 다뤄도 "군대도 다녀오지 않은 여자 기자가 이런 기사를 쓰다니 저열하다"는 댓글이 달렸었다. 성별을 이유로 메시지와 메신저, 둘 중 하나는 어떻게든 꼬투리가 잡힌다.

여성의 경험과 발화는 계속해서 의심을 산다. '그냥' 말하는 것도 '그냥' 믿어주지 않는다. 《더 타임스》 칼럼니스트 메리 앤 시그하트는 책 《평등하다는 착각》에서 여성의 말에 권위가 실리지 않는 이유는 전문성이 부족해서 혹은 직위가 낮아서가 아니라 그저 '여성이기 때문'이라 말한다. 대다수 사람들은 여성의 견해에 영향받고 싶어 하지 않고, 여성이 권위를 행사하는 상황을 꺼리는 '권위 격차'가 존재한다는 것이다. "지구는 둥글다"고 수백 번 말해도 믿지 않고 '미친 여자' 취급 하는 노릇이니 에르노가 하고 싶었던 말을 픽션의 형태를 꾀해 설파한 것도 무리는 아니다. 이 지점에서 아무리 여권이 신장한 오늘날이라고 할지라도, 나의 이름과 생활을 걸고 혹은 여성임을 드러내며 글을 쓰는 것이 무모한 걸까 고민하게 된다.

이따금 온 세상이 나를 따돌리는 것만 같은 기분에 사로잡히곤 한다. 2024년 11월 미국 대선에서 도널드 트럼프가 압도적인 지지를 받아 두 번째로 당선된 지금이 그렇다. '이런 정치에 유권자들이 열광한다고?' 같은 심경으로 물음표를 붙인 채 투표장에 가는 일이 늘었다. 그럴 때면 결과가 궁금하지도 않아진다. 어차피 나의 지향은 좀처럼 결과로 드러나지 않을 테니. 신문기자로서 매일같이 발생하는 일들 가운데, 중요도에 따라 사안을 판단해 결과물을 만들 때도 이 같은 괴리감을 곧잘 느낀다. 30대 싱글 여성으로서 스스로 중요하다고 생각하는 사안이 신문의 아주 뒤에 조그맣게 실리거나 아예 다뤄지지 않는 것을 보면서, 이 사회에 좀처럼 적응하지 못하고 있는 것은 아닌지 우려한다.

그럴 때마다 나는 동서고금을 막론하고 세상과 불화했던 여자들이 쓴 글과 그들이 겪은 삶 속으로 빠져들어 갔다. '여성'이라는 것 외에 어떤 접점도 없는 이들이지만 나는 책 속에서 이 여자들과 만나면서 더 이상 외롭지 않았다. 나처럼 가부장적 사회에 잘 섞이지 않는 여자가 도처에 널렸다는 데 위안 삼았다.

역사 속에서 이들은 분명히 나와 같은 감정을 공유하고 있었다. 가부장제의 억압에서 자유롭고 싶은 여성, 동시에 나 혼자만 잘 살아가는 것이 아니라 교육과 문장으로 다른 여성들과 함께 해방되고 싶은 마음.

마침내 깨달았다. 2024년의 지금을 살고 있는 한국의 한 여성인 나는, 그저 나의 능력과 분투만으로 스스로 만들어낸 산물이 아니라는 것을. 이 세상을 거쳐간 모든 여성이 조금씩 나를 만들었다.

버지니아 울프를 필두로 한 시몬 드 보부아르, 시몬 베유, 아니 에르노, 벨 훅스, 나혜석, 김명순, 이희호, 이효재, 오리아나 팔라치, 니나 부슈만•…… 그리고 이름 남지 않은 뭇 여성들이 애면글면 버티고 저항하며 축조해낸 세상에 빚진 채로 나는 쓰고 있다. 《자기만의 방》에서 울프가 이렇게 말했듯이.

작품이란 오랜 시간 동안 여러 사람이 함께 생각한 결과물이며 그러므로 하나의 목소리 뒤에 다수의 경험이 쌓인 것입니다. 제인 오스틴은 패니 버니의 무덤에 화환을 놓아야 하고, 조지 엘리엇은 일찍 일어나 그리스어를 배우기 위해 침대맡에 종을 달던 용맹한 노파 엘리자 카터의 단단한 그늘에 경의를 표해야 합니다. 모든 여성은 다소 소란이 일기는 했지만 마땅히 웨스트민스터 사원에 안치된 애프라 벤의 무덤에 꽃을 올려야 합니다. 왜냐하면 그가 바로 여성들이 자신의 마음을 이야기할 권리를 얻어낸 사람이니까요.

•

니나 부슈만은 독일의 작가 루이제 린저의
장편소설 《생의 한가운데》의 주인공이다.

‡

부산의 항구 근처 한 영구임대아파트에서 엄마와 단둘이 살던 극빈층 10대 소녀는 2009년 대학 입학과 동시에 서울이라는 넓은 세계와 조우한다. 그러곤 출발선부터 다른 사람들만으로 가득 찬 캠퍼스에서 '열심', '노력', '성실' 같은 것으로 도무지 극복되지 않는 것이 있음을 처음으로 경험한다.

이 여성은 대학 졸업 후 한 차례 고향으로 되돌아온다. 그러나 소위 '명문대'를 졸업하고 지역 유력 일간지 기자가 되어 돌아온 그를 기다리고 있던 건 태생적 빈곤의 굴레. 그리고 활로가 보이지 않는 가부장적이고 폐쇄적인 지역사회였다.

그는 2년도 채 되지 않아 서울로 돌아간다. 그리고 결심한다. 다시는 서울이라는 도시에서 밀려나지 않겠다고. 작고 낡았더라도 번듯하게 제 이름으로 된 집을 갖기를 열망하고 실행한 것은 그 의지의 표현이자 스스로 부과한 강제력이었다. 동시에 무조건적인 사랑과 신뢰를 주고받는 고양이 두 마리를 입양해 8년 가까이 함께 체온을 나누며 살고 있다.

10년간 쌓은, 직접 직조하였기에 누구도 흠집 내거나 빼앗을 수 없는 기자로서의 커리어에도 상당한 자부심이 있다. 무엇보다 그간 써온 기사와 책, 그리고 뉴스레터를 통해 연결된 독자들이 함께해주고 있다는 점은, 빈약하고 별 볼 일 없는 배경을 완벽하게 메워주는 든든한 뒷배가 된다.

서른다섯, 나의 삶에도 처음으로 '안정' 같은 것이 스미기 시작했다.

안정이라는 단어가 나의 삶과 어울린다고 생각한 적도, 그 것을 필생의 목표로 추구한 적도 없다. 그저 살아남기 위해 길 거리에서 주운 각종 부스러기와 지푸라기, 돌멩이와 땅바닥에 떨어진 제비의 깃털 같은 것을 긁어모아 나의 세계라는 것을 구축했다. 태어날 때부터 모든 환난을 막아주는 울타리가 있 었던 이들이 보기엔 견고하지도, 화려하지도 않은 무척 취약 한 둥지다. 하지만 처음으로 세상에 뿌리내린다는 감각을 느 꼈다. 언제나 밀려나는 삶을 살아왔기 때문이다. 어쩌면 나는 단 한 번도 내게 주어지지 않았던 안정이라는 감각을 한순간 이라도 느끼기 위해 지금까지 죽지 않고 살아 있던 것 아닐까 생각했다.

그렇게 가까스로 들어간 안정이라는 틀 안은 따스했다. 무 엇보다 평온했다. 내 것 같지 않았으나 탐났다. 그래서 더욱 안 정을 타고난 사람인 듯 굴었다. '평범', '보통', '정상' 같은 수식어 와 어울리는 사람이 되고자 애썼다. 좋은 교육과 직업 덕에 얻 은 안정이라는 '구심력'은 단숨에 나를 원의 한가운데로 끌고 들어왔다. 나는 원 안에서 이탈하지 않는 하나의 점이 되었다.

그런데 이상하게도 내 시선은 자꾸만 '원심력'에 이끌려 바 깥을 바라봤다. 원 안에 있는 것이 맞지 않는 옷을 입고 있는 듯 어색했다. '정상 각본'에 따라 연기하는 내 모습이 불편하게 여겨졌으나, 따뜻하고 평온한 원 밖으로 쉽게 나갈 수가 없었다. '온전한 나'로 있을 수 있는 공간은 나의 시선이 머무는 곳, 즉 원 밖에 있음을 직감했다.

나를 둘러싼 원심력과 구심력이 원체 팽팽한 탓에, 서른다섯이 넘도록 그저 제자리에서 원을 그리며 뱅뱅 돌고 있다. '안정'보다 '잠정'을 사랑한 탓에 나는 자꾸 한국 사회가 권장하는 '여자로서의 삶'을 겉돌게 된다. 주류에도 비주류에도 속하지 못하며 살아가는 잠정의 삶……

"여성들은 예외라곤 거의 없이 남성들과의 관계 속에서만 드러난다"는 100년 전 울프의 말은 오늘날에도 유효하다. 학창 시절 입시를 준비하고 대학을 다녀온 후 취업을 했다가 결혼한 뒤 아이를 낳고 엄마로만 존재하는 삶. 나는 거기에 머무르고 싶지 않았다. 아니, 본능적으로 내가 그 삶을 바라지 않는다는 것을 알았다.

인생의 파트너를 찾아 한곳에 정착하고, 가정이라는 온전한 공동체를 구성해 부유하지 않아도 되는 그런 삶이 얼마나 완벽해 보일지 안다. 그러나 그것밖에 모르는 사람에게는 충분한 목표일지 몰라도 나는 그것으로 만족할 수 없다는 것 또한 알았다. 매 순간 떠돌아다니는 행려로 살게 될지라도 나는 나의 삶을 살 거야. 울프가, 혜석이, 보부아르가 거닐던 거리를 정처 없이 맨발로 뛰어다니고, 에르노와 베유, 훅스처럼 나의 사상과 그것을 담은 글로써 전 세계를 여행할 것이다. 그것은 누구의 아내나 누구의 딸 혹은 누구의 엄마로 불리지 않는, 내 이름으로 살아가는 생이다.

처음에는 울프의 말대로 '자기만의 방과 500파운드'가 나를 해방시켜줄 것이라 생각했다. 가정이나 가부장제 사회의 압력에 굴복하지 않고 '나'로 살 수 있게 하는 '안정'의 수단을 획득하는 데 골몰했다. 직업과 자산, 그리고 커리어 같은 것들. 그러나 이 수단을 획득하였을 때, 나는 내가 여전히 해방과는 거리가 먼 사람이라는 것을 깨달았다. 울프가 틀린 걸까.

좀처럼 답을 찾지 못하고 헤매던 도중, 나는 1950년에 발표된 루이제 린저의 소설 《생의 한가운데》에서 주인공 니나 부슈만으로부터 힌트를 얻었다. 천막을 치고 살다 호기심이 충족되면 미련 없이 천막을 걷고 떠나는 여자, 고향 없는 사람의 슬픔과 야생의 행복감이 동시에 서린 얼굴을 한 여자. '안정을 붙들기보다 잠정적으로 사는 여자.'

아, 바로 이것이었어. 안정은 너무나도 따스하고 아늑해. 그리고 완전하기까지 하지. 그 속에서 나는 참으로 조화로운 삶을 누릴 수 있다는 것을 잘 안다. 하지만 그것을 꽉 붙들고 놓지 않는 데에서부터 권태와 피로가 나를 짓누를 것이다. 흥미는 발붙이지 못하고 달아날 것이다. 언제든지 훌쩍 떠날 수 있는 상태가 아닐 때 안정은 그 자체로 내게 속박이 된다. 부자유다. 한평생 '안정'을 갈망하며 살아왔지만, 울프에서 시작해 혜석, 보부아르, 에르노, 베유, 훅스를 경유하여 니나에 닿았을 때, 나는 나의 자유가 '잠정'임을 알게 되었고, 이 책을 쓰기 시작했다.

여자가 글을 쓰기 위해 '자기만의 방'과 '연간 500파운드'가 있어야 한다는 말이 강조하는 바는 분명 **안정**이다. 하지만 울프가 안정을 통해 궁극적으로 꾀하는 것은 **잠정**적인 삶이다. 남성들과의 관계를 통해서만 설명되지 않는 온전한 나로서의 삶. 그것은 여자를 가정 안에 가둬놓으려는 가부장제 사회에서 가장 안정적일 수 있는 삶을 거부하는 여자만이 얻을 수 있는 자유다.

흡사 안정을 연상시키는 '자기만의 방'은 그래서 나에게는 잠정을 가능케 하는 '치타델레Zitadelle, 요새 안의 작은 보루'일 뿐이다. 나는 잠정적인 여자가 쓴 글을 사랑한다. 그리고 그 기점에 런던 '길거리 헤매'며 인간을 탐구하고 '자기만의 방'에서 '여성과 픽션'을 논하며 세상과 각을 세운 울프가 있다.

‡

출판사에서 집필을 제안하며 이르기를, 버지니아 울프의 《자기만의 방》을 모티브로 현대 여성의 삶을 재해석한 '에세이'를 써달라 하였으므로 장르적 측면에서 지금부터의 이야기는 필경 내 안의 이야기일 것이다. 그러나 모든 문장은 '허구'로 읽혔으면 한다. 모든 서술은 임시로 정한 것, 즉 잠정적인 것이다. 등장인물과 시점 등 어떤 사안의 디테일은 작가적 상상력으로 재구성했다. 그것이 비평이라는 고상한 허울을 쓰고, 특히 여성 작가에게 전방위로 가해지는 폄하와 인신공격으로부터 '자기만의 방', 즉 창작의 영혼을 지킬 수 있는 유일한 방편이라 생각했다.

큰 뼈대는 《자기만의 방》에서 발췌한 도합 열두 가지 문장들이다. 20세기 전반에 쓰인 문장을, 약 100년 뒤인 오늘날 한국 사회를 살아가는 30대 글 쓰는 여성의 시선과 경험으로 교차하고자 했다. 그리고 지금의 나를 쓰게 한 더 많은 여성들의 문장 조각들을 엮고, 엮고 또 엮었다. 그러면서 나는 조금 덜 외로워졌다. 생각하는 여성을 향한 보편 세상의 적대감, 주류적인 사고와 좀처럼 섞이지 못하는 존재의 곤란함, 관습이라는 미명 아래 공공연하게 이뤄지는 부조리에 저항하고 싶은 마음 같은 것들을 이미 먼저 겪은 여성들과 책 속에서 대화하면서. 나는 치유받았고 그리하여 조금 더 자유로워졌다.

여전히 분에 넘치고 부끄러운 작업을 시도했다는 생각에는 변함이 없다. 하나, 의미 있는 시도였다고 끝내 자부해본다. 결국 100년 전 영국 여성과 현재의 한국 여성이 발 딛고 있는 기울어진 땅은 본질적으로 같으리니.

가진 게 없어 외롭고, 괴로웠고, 곤궁했고, 비참했으나, 읽고 쓰는 일로 나는 존엄하고 우아하게 살아남았다. 세상은 내게 티끌만큼의 상처도 낼 수 없다. 내게는 '자기만의 방'과 '글 쓸 자유'가 있다.

이 책은 견고한 나의 세계를 구축할 수 있도록 물심양면 기여한 모든 여성들을 향한 고백이다. 당신들이 있어 나는 존재하며 쓸 수 있었다고. 여성됨이야말로 나의 '레종 데트르raison d'etre', 존재의 이유라고 말이다.

1. 고향:

먼 들판 너머로 떠나다

She knew, no one better, how enormously her genius would have profited if it had not spent itself in solitary visions over distant fields; if experience and intercourse and travel had been granted her.

그는 사신의 전재성이 먼 들판 너머를 홀로 상상하는 데 허비되지 않았다면, 그에게 경험과 교류와 여행이 주어졌다면 그 재능으로 얼마나 많은 일을 해낼 수 있었을지 누구보다 잘 알고 있었습니다.

거대한
허잡이 덮인 곳, 고향

⬭

    바퀴가 땅에 닿자마자 가장 먼저 들을 소식이 아빠의 부음이기를 바라고 또 바라면서, 2022년 11월의 어느 날 새벽같이 부산으로 향하는 비행기에 몸을 실었다. 휴대폰을 비행기 모드로 전환한 뒤, 모든 전파와 소식과 소음으로부터 단절된 55분. 전날 제대로 자지도 못했으니 눈을 붙일 법도 한데, 평소보다 빠르게 뛰는 맥박은 좀처럼 진정되지 않았다.

    가족주의가 여전히 팽배한 한국에서 이 같은 서술은 어떻게 받아들여지려나. 게다가 '딸'의 입에서 나온 이 불효막심한 마음이라니. 한국 사회의 뭇 남성들이 아빠, 남편, 아들 등에 빙의하며 어떻게 이 글을 난도질할지 상상하는 건 그리 어려운 일이 아니다. 훗날 어떤 방식으로 재단되어 내게 칼을 꽂을지도 모를 일이다. 그래서 온갖 안전장치를 첫 페이지부터 덕지덕지 붙인다. 이 책이 적당히 허구로 읽히기를 바란다. 아니 에르노의 '자전적 소설' 비슷한 무엇이라 생각해도 좋다.

공교롭게도 이날 내 손에는 에르노의 《사건》이 쥐어 있었다. 아마 2022년 노벨문학상 발표 직후여서였을 것이다. 이 책은 임신중지가 불법이었던 1960년대 프랑스에서, 에르노 자신을 투영한 여대생의 임신중지 경험을 필사적으로 써낸 소설이다. 에르노는 소설에서 임신중지 시술을 받는 과정을 거의 일기처럼 세세하게 기록했다. 그저 활자를 읽는 것만으로 마취 없이 자궁 속이 꼬챙이로 휘저어지는 감각을 상상하게 되고, 얇디얇은 책을 쥐어짜면 선홍색 핏물이 뚝뚝 떨어질 것만 같다. 산부인과 의사가 "곧 생리를 하게 해주겠다"며 놓은 주사가 유산 방지제임을 훗날 알게 된 장면에서는 마치 내 일인 것처럼 모멸감을 느낀다. 그래서 '경험하지 않은 것은 쓰지 않을 것'을 원칙으로 삼는 에르노의 이야기는 이토록 힘이 세다. 그저 어떤 사건이 닥쳤기 때문에, 에르노는 그 일에 대해 쓸 수 있는 '절대적인 권리'를 부여받았다 믿고 씀으로써 자신의 육체와 감각, 사고, 시선 자체를 문학적 성취로 승화했다. 그 사건이 아무리 다른 사람들의 분노나 혐오감, 불쾌감을 자극하여 자신을 곤경에 밀어넣게 될지라도 겪은 것은 어떻게든 쓰고 마는 그의 고집 덕분에 여성들의 어떤 이야기는 비로소 수면 위로 드러난다. 그해 스웨덴 한림원은 "개인적 기억의 근원과 소외, 집단적 구속의 덮개를 벗긴 용기와 해부학적인 예리함"이라고 에르노의 작품 세계를 소개했다.

곧 비행기가 김해공항에 착륙할 것이라는 기내 안내 방송이 흘러나왔을 때, 마지막 페이지를 향하던 시선도 끝이 났다. 책을 덮으며 언젠가 나도 이날의 '사건'에 대해 쓰게 될 것으로 생각했다. 이유는 달리 없다. '그저 이 사건이 내게 닥쳤기 때문에' 쓸 수밖에 없다는 것을 직감했다. 나만이 이 이야기를 쓸 절대적인 권리를 가졌다. 쓰지 않으면 장면은 흩어지고 사건은 휘발된다.

‡

2022년은 너무나도 안정적이라 자부하는 순간들로 가득했다. 8년 차 기자인 나는 비로소 '하층계급'에서 벗어나 일과 신념에 집중할 수 있게 하는 사회경제적 토대를 갖췄다. 서울 시내 내 소유의 작은 집과 차 그리고 안정적인 일자리, 스스로 성실하게 길어 올렸기에 누가 복제하거나 훔쳐 가지 못할 고유한 성취와 창작, 선천적 빈곤을 비롯하여 온갖 풍파를 기꺼이 직면하며 단련된 정신력, 어떤 위압에도 결코 흔들리거나 침해받지 않겠다는 신념의 기반이 되어준 나름의 지성과 교육자본으로 나는 이 사회의 당당한 엘리트 특권계급으로 위치를 옮겨 가고 있었다.

그러던 어느 토요일 밤, 엄마로부터 한참 잠긴 목소리의 진화 한 통을 받고서 모든 평화는 깨졌다.

"너거 아빠가 출근했다가 쓰러져서 발견됐단다. 급성 심근경색이라카던데…… 고모가 그라는데, 스텐트 시술 받고 지금 중환자실에 있고, 아직 의식이 없단다."

지질하게 엮여 있던 나와의 연을 완전히 끊은 지는 8년이 넘었고, 별거 기간을 감안하면 엄마와는 10년 조금 넘게 한 가족으로 묶여 있던 친부를 두고 어디까지 '가족애'를 발휘해야 하는 걸까. 감당 못 할 빚을 저 가계에 위협이 됐고, 근무 태만으로 안정적인 직장을 잃은 뒤 많은 날 연락 두절 상태였고, 하나뿐인 딸이 의무교육과 대학 교육을 마치는 동안 정상적인 양육 의무를 전혀 하지 않았던 아버지의 뜬금없는 소식에 애틋하거나 뜨거운 정을 느낄 성인聖人은 많지 않을 것이다. 다만 사회정의를 추구하는 직업 정신이라거나 인류애적 관점에서 어떤 개인에 대한 안쓰러운 마음은 일순 들었다. 오가며 마주치는 수많은 사람에게 닥친 불행을 목격하고 위로하는 것처럼. 그렇게 사소하게, 무던하게.

그러나 너무나 가족적인, 그리하여 너무나 구속적인 한국 사회에서 핏줄이라는 것은 선택의 여지 없이 부채감이나 의무감을 중과하는 요소였다. 순식간에 곳곳에서 나를 찾는 연락이 빗발쳤다. 지지리 가난했던 순간, 내가 살아는 있는지 조금도 궁금해하지 않았던 사람들과의 달갑지 않은 연결이었다. '철없는 막냇동생'이 너무나 소중해서 남편으로서도 아빠로서도 역할을 이행하지 않고 가정을 파탄 낸 그의 무책임을 교정하지 않았던 고모들은 마찬가지의 이유로 하나뿐인 동생의 핏줄, 그러니까 조카인 나를 찾기 시작했다. 거의 태어나서 처음 한 전화 통화에서 황당한 요구를 내놨다. "어떻게든 딸로서 도리를 해야 하는 것 아니겠냐"고.

"니도 알다시피 우리 가족 중에 이런 거 해결할 지식이 있는 사람이 나랑 내뿐이지 않나."

내가 죽었는지 살았는지도 관심 없던 어떤 고모는 하루아침에 내가 일터에서 쓰러지고도 부당해고를 당한 일용직 아버지의 억울함을 풀어주는 투사가 되거나 심청 버금가는 효녀가 되길 바란 걸까. '가족'이라는 단어가 까끌까끌한 잡음을 내며 고막으로 흘러들어 왔다.

내가 나서야 하는 일일까. 전화를 받은 그 순간부터 쉽게 잠에 들지 못했다. 사정을 아는 친구들의 의견도 제각기 달랐다.

"야, 시녀병 걸렸어? 니가 지금 그 일을 왜 떠안으려고 하는데? 정신 차려"라는, 편모 가정에서 자란 공감대를 공유하며 강경한 의견을 드러내는 친구. "그래도 나중에 아빠가 돌아가시고 나면 니가 후회할 수 있다"는, 사실상 소녀 가장으로 자랐지만 최근 아버지 상을 치른 것을 계기로 조금은 너그러운 마음을 갖길 권하는 친구.

가난하고 결핍된 채 자라는 것에도 장점이 있다. 바깥에 털어놓기 곤란한 이런 내밀한 사정을 들었을 때 어떤 평가나 충고, 판단을 개입시키지 않고 가장 필요한 말을 해주는 친구들이 내게는 도처에 있다. 제각기 불우한 상황을 겪은 터라 감정은 싹 뺀, 건조하고 실용적인 조언을 언제든 들을 수 있다. 소위 정상 가족이라 불리는 한국 사회의 규범을 벗어난 적 없는 이가 특유의 해맑은 온화함을 발휘하며 "그래도 어떻게 아빠한테 그럴 수 있어"라는 따뜻한 오지랖을 건넸더라면 나는 조금도 웃지 못했을 것 같다. 그래서 똑같이 기구한 친구가 수화기 너머로 던지는 육두문자가 반가웠다. "정신 나간 년. 착한 척하지 말고 니 인생이나 챙겨."

하나 매정한 성격은 되지 못해 끝끝내 고향으로 가는 비행기에 올랐다. '딸 된 도리'를 할 생각은 없다고 마음을 다잡았다. 다만 사실관계 정도는 직접 파악해야겠다는 핑계를 찾았다. 당시 30대 중반에 막 접어든 나는 이제 겨우 타향에서 혼자 벌어 먹고사는 수준은 되었지만, 매달 월급의 절반 정도는 빚을 갚는 데 썼다. 중환자실에 있는 아빠를 돌보기 위해 일을 손에서 놓을 수 없는(무엇보다 그럴 정도의 끈끈한 마음도 없는) 상황이었다. 결혼은 하지 않았어도 일상적으로 많은 존재를 돌보았고 임금 노동 외에도 신경 쓸 과업이 하루 일과에 촘촘하게 들어차 있었다. 어쩌다 한두 번은 서울과 부산 사이를 오갈 수 있겠지만 수발을 하거나 간호를 떠맡을 수는 없었다.

게다가 단절된 지 수년, 그것도 가족 관계에서 놓여났을 때 오히려 '해방감'을 주는, 끊어내고 싶던 혈연 아니었던가. 가족이라고는 외동딸인 나 하나밖에 없다는 것은 애석한 일이다. 하지만 그것은 아빠의 몫이다. 자라면서 아빠로부터 받은 것이 없는데 단지 피로 묶여 있다고 해서 내게 덕지덕지 따라붙는 책임감이 숨통을 조였다. 며칠 동안 밥도 먹지 못하고 고민을 거듭하다 부산으로 향할 결심이 섰다. 그래도, 마지막일 수도 있으니 아빠를 보기로.

쓸데없는 정의감이 개입했다. 아빠는 일터에서 쓰러진 터라 산업재해 소지가 있었다. '기자'라는 직업으로 말미암아 발벗고 나서려는 충동이 일었던 것일지도 모르겠다. 유교 가부장제 아래 효자들은 거품 물고 성을 낼 수도 있겠지만 우리 가족에 '효심'이라는 단어는 잘 어울리지 않는다. 나는 일을 시작한 이후 한 번도 기자가 된 것을 후회한 적 없는 사람이었으므로, 직업 정신이 더 빠르게 발동했음을 부인하지 않는다. 원망은 그다음이었다.

'대체 왜 내게 이런 일이 생기는 걸까. 하늘이 나한테 해준 게 뭐가 있다고. 부모 덕 본 적도 없고 이제야 겨우 살 만해졌는데.'

위기에 처하자 나를 둘러싼 척박한 토양이 고스란히 눈에 들어왔다. 내 주변엔 차분하게 상황을 정리해주는 사람도, 넘쳐오는 파도를 방파제처럼 막아주는 어른도 전혀 존재하지 않았다. 익숙하다 못해 지긋지긋한 외로움.

'맞다. 나 기댈 곳이 전혀 없는 사람이었지. 이번에도 내가

해결하는 수밖에 없겠지.'

갓 성인이 된 20대 초반, 상경 후 대학 주변 원룸 월셋방을 구할 때도 혼자 알아보고 계약했던 나였다. 사회생활을 시작하고 집을 살 때에도, 공인중개사 사무소에서 겪은 수모에 눈물을 흘리면서도 나 홀로 매매 계약을 마쳤었다. 주변에 잘 부탁하는 법을 아는 것은, 주변에 부탁을 할 자원이 충분한 사람만이 익히는 능력이다. 한 아이가 과하게 독립적인 인간으로 자란 것은 철이 일찍 들어서라든가, 의존하는 것을 싫어해서가 아니다. 평생에 걸쳐 끊임없이 기대했다가 어김없이 실망으로 끝나버리고 마는 과정이 누적된 결과다. 자립할 수밖에 없었기에 무엇이든 혼자서 잘하는 '슈퍼 능력자'가 되어버렸다. 나는 콜라 병뚜껑 하나 혼자 따지 못해 주변 사람에게 도움을 구하는 유의 사람을 향해 눈을 흘긴다. 동시에 속으로는 그렇게 청순한 방식으로 타인에게 기대지 못하는 나의 자격지심은 아닌지 자주 골몰한다.

나는 돈으로 기댈 곳을 만들었다. 1년 넘게 꾸준히 만나온 심리 상담 선생님은 내게 마지막 보루 같은 존재였다. 그간의 꾸준한 상담 덕에 나의 역사와 역린과 치부를 모두 알고 있고, 또한 모든 것을 꺼내놓을 수 있는 신뢰를 쌓은 상대. 50분에 8만 원이라는 상담료는 조금도 아깝지 않았다. 마음속에 엉킨 번뇌와 괴로움과 분노를 모두 쏟아내야만 했다. 토악질하듯 뱉어내는 나의 이야기를 듣던 선생님은, 그간 내 주변의 어른들이 내게 단 한 번도 해주지 않았던, 내게 꼭 필요한 말을 해줬다.

"여태껏 아버지로서 딸에게 아무것도 해주지 않았지만, 아버지가 마지막으로 줄 수 있는 선물이 있어요. 그건 바로 지금 돌아가시는 겁니다."

머릿속에서 맴돌았지만, 스스로에게 솔직하지 못해 차마 입 밖으로 내뱉지 못했던 말. 살아오면서 누구도 내게 해주지 않았던 말. "혜미야, 너만 생각해." 나는 이 당연한 지지를 찾아 얼마나 돌고 돌았던가. 어렸을 때는 부모가, 다 크고 나서는 연인 혹은 인생의 파트너가 빚어줄 수 있는 자존의 그릇이 있다는 것을 그때가 되어서야 깨달았다. 영원히 이 마음을 채워줄 타자를 찾아 헤매지만 결국은 안다. 그릇의 모양새야 타인들이 예쁘게 주물러 만들어줄 수 있지만 사실 내용물은 스스로 채워야 한다는 것을.

'그래, 내가 다 떠안을 필요 없어.'

엉켜 있던 생각을 타인의 입으로 듣는 순간 나는 폐를 팽팽하게 메우고 있던 부담감을 비워냈다. "하!" 하는 작은 소리가 저절로 터져 나왔다. 상담센터에서 운전하며 집으로 돌아가는 길에, 화장실에서 거울을 보며 양치를 하다가, 멍하니 쌓인 설거지를 하면서 끊임없이 이 말을 반복했다. 의식불명인 아빠에게 텔레파시로 가닿길 바라면서.

"그동안 잘 맞지도 않는 세상에서 사느라 고생 많았어요. 제발 미련 거두고 이제 그만 가세요. 나를 위해 한 번만 빨리 떠나 주세요. 일평생 마음대로 살았지만, 그래도 다음에 태어나면 하고 싶은 것 다 하고 사세요. 이렇게 비는 것이 내가 할 수 있는 유일한 도리예요."

‡

오전 8시 6분. 부산에 도착한 비행기 바퀴가 울퉁불퉁한 활주로 노면과 부딪치며 투박한 마찰음을 낼 때 가장 먼저 한 일은 휴대폰의 비행기 모드를 해제하는 것. 제발 아빠가 세상을 떠났다는 비보를 받길 바라면서……. 그러나 그런 일은 일어나지 않았다. 혹시나 네트워크가 아직 제대로 연결되지 않은 탓일까 싶어 카카오톡을 열어 엄마에게 메시지를 보냈다.

"나 도착했어."

1초 만에 메시지가 전송됐다. 내가 바라던 일 같은 것은 이뤄지지 않았음을 눈으로 확인했다.

김해공항에 내린 뒤, 경전철을 타고 2호선 사상역으로 갔다. 본가로 향하는 도시철도 안에서 백발 성성한 할머니에게 자리를 양보했다. 간절한 마음에 무신론자면서도 신을 찾으며 과시용 선행을 했다. '신이시여, 저의 선행을 보셨죠. 제발 제 삶을 더 이상 꼬이게 하지 말아주세요. 저 이제야 사람답게 마음 놓고 살아요. 한평생 아등바등 산 거 아시잖아요.'

가장 이른 비행기를 탄 탓에 바깥은 여전히 바쁘게 걷는 사람들의 평범한 출근길 풍경이었다. 내 눈에 담긴 장면이 마치 한 편의 부조리극처럼 생경했다. 이 사람들은 이제 하루를 시작하는구나. 나는 간밤에 수십 번 지옥을 오갔는데.

부산의 번화가인 서면로터리 인근에서 히잡을 쓴 여성이 흰색 K3 자동차를 몰고 달리는 광경이 눈에 들어왔다. 차창의 틴팅이 약해 쉽게 히잡을 식별할 수 있었다. 히잡을 쓰는 대표적 국가인 사우디아라비아에서는 2018년이 되어서야 페미니스트들의 투쟁으로 여성이 운전을 할 수 있게 됐다. 차 안의 운전자가 어느 국적의 여성인지는 몰라도, 누군가에게는 이 도시도 해방의 공간이겠지. 창문을 저렇게 옅게 칠하고도 운전대를 잡고 도시를 누빌 정도로. 무슬림 여성이 자유를 만끽하는 이 도시는, 나의 고향은, 안타깝게도 내게는 거대한 히잡을 씌운 속박이다. 벗어날 만하면 온갖 핑계를 들어 나를 소환한다. 온갖 습속과 전통과 끈질긴 연이 뒤엉켜 내 발목을 붙잡고 마는. 제발 아빠와, 친가와 나의 뿌리를 이루고 있는 모든 것과 단절되고 싶다. 그것이 내 해방의 첫 단계다.

개척의 시작,
익숙한 곳을 떠나는 것

　자신이 살던 곳을 뛰쳐나온 여성들은 어떤 사람들일까. '진취적인, 안주하지 않는, 관습에 도전하는, 호기심이 많은.'

　나고 자란 곳을 떠나 도시에서 살아남아야 하는 여성들에게 고향은 어떤 의미일까. '버티기 힘들 때마다 생각나는 최후의 도피처, 따뜻한 거실과 환대하는 가족, 그러나 아늑함 속에서도 별안간 탈출 충동이 이는 곳.'

　2009년 2월, 낡은 중형 세단 트렁크에 욱여넣은 여행용 캐리어 두 개에 스물한 살 단출한 삶이 몽땅 담겼다. 큰삼촌이 핸들을 잡은 차에 엄마와 나는 몸을 실었다. 당시만 해도 우리 가족 중에 운전할 수 있는 여성은 없었으므로.

　뒷자리에 앉은 나는 휙휙 바뀌는 창문 밖 풍경을 보며 앞으로 내 삶이 어떻게 바뀔지 상상하곤 했다. 대학 합격 통보를 받은 뒤, 추가 합격으로 '겨우' 기숙사에 입소하게 되어 부산에서 서울로 향하는 길이었다. 아빠의 존재는 흐릿했지만, 외삼촌들을 비롯한 외가의 보살핌으로, 가족의 응원을 받으며 대학에 입성했다.

갓 성인이 된 내게 고향을 떠나는 것이 무척이나 절실한 일이었느냐 묻는다면, 그렇지는 않았던 것 같다. 고향 밖의 세상을 몰랐다. 그래서 다른 세상에서 어떤 선택지가 주어질지 상상조차 되지 않았다.

내가 나고 자란 부산이라는 도시도, 명불허전 우리나라 두 번째 도시이므로 번화가에서는 영화도 볼 수 있고 지하철을 타고 백화점에 갈 수도 있었으며 이름난 대학도 여럿 있었기에 충분히 공부하고 자리 잡을 수 있었다.

부산에 계속 있었으면 나는 어떤 모습이었을까. 아마 적당하게 취업을 하고, 결혼을 하고, 아이를 낳고 일상의 행복을 누리며 살고 있었을 것이다(고향에 남은 삶을 '적당하다' 비하하는 것이 아니다. 다만 고향에 남은 여자에게는 '적당한' 선택지만이 주어지는 것이 현실이다). 그러나 생각하고 글을 쓰고 의견을 주장하는 작가가, 여러 공식 석상에서 마이크를 쥐는 페미니스트 기자가, 그리하여 세상과 다방면으로 불화하는 여자가 되지도 않았겠지.

나는 영구임대아파트에 살며 겨우겨우 100만 원 남짓 벌이를 하는 싱글맘 가정에서 성장했지만, 이상하게도 보다 드넓고 높은 곳에 나의 우주가 평행 세계처럼 존재하고 있다는 막연한 자신감이 있었다. 사교육 한 번 받지 못했지만 홀로 독서실에 틀어박혀 이른바 '명문 사립대'의 합격증을 받아냈을 때, 주변 사람들은 이런 반응을 보였다. "집안 형편도 안 좋은데 그냥 부산에 남아 있으면 안 되겠느냐"는, "굳이 서울의 사립대에 가느니 여자에게 좋은 공무원이나 교사 준비를 하는 게 좋지 않겠느냐"는, "엄마가 보조해주지도 못할 텐데 어떻게 학업을 마칠 수 있겠느냐"는, 필시 걱정과 조언임은 틀림없으나 나의 성장과 확장에는 그다지 도움이 되지 않는 말들.

다행히 우리 가족은 약간의 걱정은 하더라도 나를 그냥 생겨먹은 그대로 살게 두는 스타일이었다. '혜미는 알아서 잘할 것'이라는 두터운 신뢰 자본 때문은 아니었던 듯하다. 오히려 '무지' 혹은 '무심'에 가까울 수 있겠다. 집안의 도움 없이 갓 스무 살을 넘긴 여자가 서울이라는 잔혹한 도시에서 버티고 살아남는다는 것의 곤궁함을 몰라서 할 수 있는 어떤 나이브한 지지.

그런데 고향을 떠나 큰 도시로 간다는 것의 의미를 잘 알지 못한 건 나 역시 마찬가지였다. 헨리크 입센의 희곡 《인형의 집》에서 주인공 노라가 억압적인 사회규범으로부터 벗어나기 위해 집을 뛰쳐나간 것처럼 단단한 자의식이 있어서 모험을 감행한 것은 아니었기 때문이다.

엄마와 단둘이 살아 가부장적 질서가 깊숙이 드리운 가정이 아니었기에 '탈주 욕구'가 그리 강하지 않았다. 그저 주어진 성적에 맞춰서 피라미드처럼 위계질서가 잡혀 있는 대학 배치

표 중, 가장 가고 싶었던 학교를 선택해 '상경'한 것일 뿐.

그러나 훗날 생각하고 쓰는 여성으로 성장하고 나서야 깨달았다. 나고 자라면서 깊고 단단한 유대를 나눠온 고향이라는 곳을 떠나 새로운 공간에 발 딛는 것, 그것만으로 위대한 개척 행위라는 것을. 그리고 나는 이 개척자들이 다져온 땅에 새로운 길을 내고 있다. 뒤따르는 여성이 조금은 더 사뿐하게 걸을 수 있도록.

현모양처 말고
나 자신의 이야기

'여성에겐 더 많은 서사가 필요하다.'

오늘날 페미니스트 사이 정언명령처럼 여겨지는 이 구호는 정말로 긴요하다. 삶의 갈림길 앞에서 어떤 선택을 해야 할지, 이대로 머무르고 싶진 않은데 도무지 누구를 본떠 살아야 할지 갈피를 잡지 못할 때 더욱 그렇다.

코로나19로 집 안에만 묶여 있던 시기, 책장에 먼지가 앉은 채 쌓여 있던 여성 저자의 책을 하나씩 꺼내 읽으며 깨달았다. 하루하루 '나 자신으로 살기'를 억압하는 사회규범과 질서에 순응하지 않고 알을 깨고 나온 여성들이 동서고금을 막론하고 무척 많았다고. 때마침 신문사에서 젠더 뉴스레터를 시작하면서 여자를 알기 위해 여성들이 쓴 책을 폭식하듯 읽었다.

동시대 한국 페미니스트들의 글을 읽으면서는 묘하게 안심했다. 나만 이 사회에 적응하지 못한 '미운 오리 새끼'가 아니라는 것을 깨달으면서다. 시간을 거슬러 올라가 시몬 드 보부아르, 슐라미스 파이어스톤, 글로리아 스타이넘 등 1960~1970년대 서방 페미니스트의 활약을 읽으면서는 자부심이 일렁였다. 엘렌 식수, 벨 훅스, 리베카 솔닛의 생각을 엮으며 가부장제 정상 규범 사회에서 느낀 불편함을 나의 언어로 설명할 힘을 얻었다. 마거릿 애트우드와 마르그리트 뒤라스, 아니 에르노를 통해서는 자신의 삶을 뭇 여성의 보편 경험으로 확장하는 글쓰기의 가능성을 엿봤다.

신뢰할 수 있는 자산(꼭 경제적인 것을 의미하는 게 아니다)이 없어 필연적으로 외롭고 독립적인 인간으로 자란 내게 이 여성들의 서사가 말을 건넸다. 온 역사를 통틀어 너와 비슷한 처지에 놓인 여자들은 도처에 있었다고. 다만 자기 목소리를 내고 살아가는 여성들을 달가워하지 않는 탓에, 이 목소리는 꽁꽁 숨겨진 채로 일부 사람들에 의해 이어져 왔다고. 그리고 이 봉인된 서사를 열어버리는 단 하나의 열쇠는 '페미니즘'이라고 말이다.

페미니즘을 알기 전까지는 이렇게 나와 비슷한 여성이 많은 줄 몰랐다. 결핍된(기실 존재했으나 인지하지 못했던 것에 더 가깝지만) 여성의 서사는 불가피하게 시대와 지역을 넘나든 여성들 간의 연대를 가로막는다. 마치 '네가 유별난 돌연변이'라 핀잔을 주는 것 같다. 그저 '다른 여자들처럼 살라'는 메시지를 전방위적으로 발신하면서.

픽션 혹은 논픽션, 어린아이들이 접하는 전래동화에서부터 위인전 그리고 대중매체까지가 다 이런 식이다. 서자 출신 남성이 정의의 사도로 활약하는 소설이 널리 사랑받고 노비 출신이 위업을 이룬 과학자로 위인전에 등재되지만, 신출귀몰한 여성의 이야기는 전멸하다시피 했다.

도리어 여성은 정주하는 존재로서, 현모양처로 집을 지킬 때 치사의 대상이 된다. '열녀문'을 세워댔던 조선시대라면 그러려니 한다지만, 근대 이후의 여성은 왜 여전히 집안의 엄마, 장녀, 마누라로만 그려지는가. 남성은 공적 영역을 독점하며 사회 평판과 인적 네트워크 등 모든 성취를 거머쥐면서, 여성은 사적 영역에만 머문다. 그리고 세상을 굴러가게 만드는 여성의 노고와 노동은 결코 눈에 띄지 않는다. 출산과 양육, 돌봄, 가사노동…….

예술사회학 연구자 이라영이 에세이《여자를 위해 대신 생각해줄 필요는 없다》에서 말했듯 "여성은 집과 동일시"된다. 여성이 집을 지키는 존재로 자리매김하면서, 여성들의 영역은 가정으로 국한된다. '집 안' 혹은 '집안'을 지키고 있지 않은 여성들은 쉽게 돌팔매를 맞는다. 여성의 시선과 손길이 닿는 곳은 오로지 울타리 안에만 놓여 있다. 남편과 자식, 주방과 집안일, 더 나아가 인테리어와 꽃꽂이 같은 것들. 누군가는 드넓고 냉혹한 세상에서 '집' 하나만큼은 여성에게 온전한 공간이지 않겠느냐고 치켜세우겠지만…….

집은 낮 시간 동안 왕성한 사회생활로 기진맥진한 이가 심야에 휴식을 취하는 단절의 공간이다. 사회적 가면을 모두 벗어던지고 온전히 자기 자신으로 존재하는 사적인 영역이다. 어느 순간의 열정을 위해 시동을 거는 전초기지다. 그러나 집이 중요한 역할을 하는 것은 바깥의 세상과 긴밀하게 호흡할 때의 일이다. '집 안'에만 있는 것은 곧 영원한 안식, 쇠퇴 그리고 의존적 존재가 되어 세상과 작별하겠다는 사회적 존재로서의 사망을 의미한다. 그렇게 집 안에 갇힌 여성의 존재는 조금씩 시야에서 사라진다.

우리에겐 집을 박차고 나간 여자들의 이야기가 더 필요하다. 자신이 살던 고향을 벗어나 '자기만의 방'을 넘어 '자기만의 집'을 구축한 여자의 이야기 말이다.

영화 〈브루클린Brooklyn〉(2015)은 그런 의미에서 자신에게 익숙한 곳, 더 나아가 사회적 관습과 규범을 벗어난 여성이 대도시에서 어떻게 적응하며 자신만의 세계를 넓혀가는지를 담은 수작이다. 이 영화는 페미니즘의 '페'도 꺼내지 않지만, 현시대를 살아가는 여성들에게도 묵직한 여성주의적 메시지를 던진다. '참지 마, 안주하지 마, 또 다른 세계가 널 기다리고 있어.'

아일랜드 출신 에일리스(시어서 로넌 분)는 엄마와 언니가 있는 고향을 두고, 낯선 뉴욕 브루클린에 정착한다. 낮에는 백화점에서 일하고, 밤에는 대학에서 회계 공부를 한다. 물론 처음에는 향수병에 시달리지만, 이탈리아계 연인을 만나고 도시를 알아가면서 점점 독립적인 여성이 된다. 갑작스럽게 날아온 언니의 부고에, 에일리스는 남자 친구와 뉴욕에서 혼인신고를 한 뒤 '돌아오겠다' 약속하고 고향으로 날아간다.

평생을 보냈던 고향은 너무나 평온하고 익숙하다. 지루하고 모두가 개성 없이 획일적이지만, 시끌벅적한 뉴욕에서 고된 나날을 보냈던 에일리스는, 왜인지 익숙한 것의 편안함에 녹아들기 시작한다. 안주, 정착, 평탄을 상징하는 고향의 남자를 만나면서 뉴욕의 번잡한 삶을 잠시 잊고 지낸다. 어쩌면 아마 '뉴욕에 돌아가지 말고 홀로 남은 엄마 곁에서 가정을 꾸리고 사는 것도 나쁘지 않겠다'는 마음이 들었을 것이다.

그렇게 뉴욕으로 돌아가는 것을 차일피일 미루던 에일리스는 우연한 계기에 각성한다. 남 얘기 옮기는 것을 좋아하는 동네 호사가가 우연히 뉴욕에서의 행실(결혼)을 알게 된 후 교묘하게 에일리스를 옭아매려고 한 것. 그 순간 눈빛이 싸늘하게 변한 에일리스는 이렇게 말한다.

"잊었어요. 이 마을이 어떤 곳인지 잊고 있었어요." 호사가가 촉발한 일이었지만, 사실 그것은 표면적인 트리거에 불과했을 것이다. 에일리스에게는 이 한 가지 단서로 '정주하는 선택'을 한 훗날의 삶이 그려진 것이다. 평온함 속에 잊고 있었던 이 마을의 속박이. 도무지 나 자신으로 존재하지 못하게 만드는 그 숨 막히는 평온함이. 그 길로 다시 뉴욕으로 가는 배를 예약한다.

에일리스에게, 아니 많은 여성에게, 출생지는 이런 곳이지 않을까. 나의 잘못이나 행실과 관계없이 다른 사람들의 입에 오르내리는 곳. 내가 나로 존재하는 것이 아니라 어느 집안의 딸, 누구의 아내로 존재하는 곳.

도시라고 해서 다를까 싶은 이 사회의 해묵은 문제임은 틀림없다. 그럼에도 고향을 떠나 서울에서는 겨우 숨통이 트였다. 냉정하고 단절된 성질이, 과한 연결과 개입에 질려버린 내게는 오히려 위안이 됐다. 어느 집안의 딸, 누구의 아내로 존재하고 싶지 않은 수많은 여성이 바리바리 짐을 싸서 동병상련의 처지로, '익명의 개인', '온전한 나'의 모습으로 시시각각 분투하고 있다는 점도 위로로 다가왔다.

나만의 일일까. 2021년 경상남도여성가족재단에서 펴낸 〈경남 청년여성 인구유출 대응 방안 연구보고서〉를 보자. 내 고향은 부산이기에 완벽하게 들어맞는 자료는 아니지만, 사실상 경상권으로 묶여 거의 유사한 문화를 가진 인접 지역이기에 연구보고서가 가르쳐주는 바는 충분하다고 본다.

보고서에 따르면, 지난 20년간 경남의 총인구는 증가했지만, 만 19세 이상 34세 이하의 청년 인구는 32.2퍼센트 감소했다. 특히 청년 남성의 인구 감소(27.7%)보다 청년 여성 인구 감소(37%)가 더 빠른 속도로 나타나고 있다.

경남을 떠난 청년 여성들은 어디로 향할까. 주요 목적지는 서울, 경기, 부산으로 집계된다. 고향보다 훨씬 넓고, 일자리도 많으며, 익명성이 보장되고, 느슨한 관계를 맺을 수 있으면서, '상대적으로' 가부장제가 옅은 대도시 권역이다. 제조업 중심 산업구조의 경남 지역은, 여성들에게 우호적인 일자리가 양적 측면에서도 태부족이고 설사 일을 시작한다 하더라도 남성중심적 문화에 적응하기가 쉽지 않다. 청년 남성들의 이동은 이와 대조적이다. 경남 인근이자 유사한 사회 문화를 공유하는 대구, 경북, 울산으로 이동했다. 상대적으로 남성에겐 고향을 떠날 동기가 크지 않아서이리라.

보고서는 여성들이 직업과 교육의 이유로 고향을 떠나는 것으로 분석했는데, 눈에 띈 것은 2021년에 한해 유독 '청년 여성'만 인구 유입이 늘었다는 점이다. 코로나19 위기가 덮치자 한국 노동시장에서 상대적으로 취약한 위치에 있는 이들이 타향 생활을 버티지 못하고 일시적으로 고향으로 돌아온 것이다. 나는 이처럼 슬픈 보고서의 숫자를 본 적이 없다. 어떻게든 일자리와 꿈, 자신을 찾으러 고향을 떠났지만 그곳에서 구할 수 있었던 일 역시 저임금 비숙련 노동인 터라 코로나19라는 전례 없는 상황에 가장 먼저 밀려난 취약한 여성들. 수많은 에일리스들…….

에일리스처럼 집을 나가본 경험이 있는 이 여성들은 고향에 도로 발을 붙일까. 아니면 기회가 닿았을 때 또다시 떠나게 될까. 떠나본 사람으로서 나는 이 여성들이 결국 고향을 떠날 것이라 본다. 그것이 꼭 '서울공화국'의 수도권이 아니라도, 독일로 캐나다로, 혹은 제3의 어떤 지역일지라도 말이다.

영화 후반부 다시 뉴욕으로 향하는 배에 오른 에일리스는, 꼭 몇 년 전 '촌뜨기'의 모습을 한 자신과 비슷해 보이는 소녀를 만난다. 처음 미국에 갈 때, 뭣도 모르고 배부르게 음식을 먹고는 밤새 뱃멀미에 고생했던 기억을 떠올리며 처음 보는 소녀에게 팁을 전수한다. 배 안에서 무언갈 먹지 말 것, 누군가 화장실을 선점할 때를 대비해 주도권을 쥘 것, 입국할 때 멀끔하게 화장할 것, 입국 심사원의 질문에 너무 긴장하지 말 것 등등…….

기실 그것은 과거 에일리스가 미국에 발을 디딜 때 또 다른 여성이 알려준 것이었다. 성장한 그는 이제 또 다른 에일리스에게 같은 조언을 건넸다. 이렇게 여성과 여성의 역사는 연결된다. 세상에 결핍된 여성의 성장 서사 대신, 누군가 가르쳐주지 않아 버벅거렸던 것을 기꺼이 나누고 전수한다. 어떤 금전적 보상 없는 자매애로 말이다. '내가 겪어봤기 때문'이다.

21세기가 4분의 1이 지난 지금까지도 조직에서, 사회에서 '최초의 여성'으로 불리는 어떤 이는 누군가가 가지 않은 길을 먼저 닦으며, 뒤따르는 후배의 기대와 그에 따른 부담을 한 몸에 견뎌내며, 그렇게 다른 여성의 길잡이가 되어주고 있다. 앞서간 여성이 뒤따르는 후배 여성과 연대하는 것은 교과서에도 위인전에도 남아 있지 않은 기록이지만 현시대를 사는 여성들이 필연적으로 겪고 마는 서사다. 내가 만들어낸 나라는 존재가 동시에 뭇 여성들에게 빚지고 있다는 기분을 떨쳐낼 수 없는 이유다.

이 영화를 보고 김혜리 씨네21 기자는 "고향이란 출생지가 아니라 삶을 지어 올린 곳•"이라는 강력하고 통찰력 있는 평을 남겼다. 발이 닿는 것만으로 나를 옥죄는 듯한 부산은 내게 고향일까. 피를 섞은 존재는 모두 가족인 걸까. 혈연과 지연이라는 관습에서 벗어난 '나'로 존재하기 위해서라면 나는 이곳을 떠나야만 했다. 그렇다면 내가 고향을 떠나기로 한 것은 나의 선택인 걸까, 그렇지 않으면 밀려난 걸까.

‡

그날 나는 결국 아빠의 병원에 가지 않았다. 부산으로 향하기 전 밤새 친구들과 아빠의 일을 어떻게 처리할 것인지 고민을 나누었으며 회사에 휴가를 내면서까지 마음먹었던 일이었으므로, 이는 전혀 계획에 없던 일이었다.

하지만 고향에 발을 딛는 순간부터 내 안의 작은 아이가 소리쳤다. '혜미야, 더 이상 네가 감당하지 않아도 돼!'

부산에 도착하자마자 단절의 관계였던 아빠가 '서울에서 기자가 된 딸'을 팔아 이곳저곳에서 거액의 돈을 꾸고 다녔다

•
〈브루클린〉에 대한 김혜리 기자의 평을 다음에서 볼 수 있다. 《씨네21》, 2024. 11. 26., URL: http://cine21.com/movie/info/?movie_id=46492

는 사실을 알게 됐다. 어쩐지, 생전 본 적도 없는 아빠의 '친구'가 밤낮으로 전화를 걸어 아빠가 얼마나 불쌍한 처지에 놓여 있는지 읊으며 죄책감을 불러일으키더라니. 대체로 사회적 요구에 순종할 것을 안팎으로 강요받는 딸은 돌봄을 떠안는 경향이 있다. 아마 그는 내가 그런 호락호락한 'K-장녀' 유의 딸이라 생각했던 듯하다. 실제로 그는 2000만 원가량을 꿔준 채권자이기도 했다. 그 사람의 설명에 따르면, 아빠는 대학 다닐 때 내게 차도 한 대 해줬다고 동네방네 자랑했다고 한다. 그러면서 "아버지가 딸을 어떻게 키웠는데 이렇게 모질게 구느냐"고 호소했다. 물론 모두 진실이 아니다. 나는 부자들이 모인다는 서울의 사립대를 다니는 4년 내내 '기초생활수급자'라는 빈곤한 처지를 숨기려 밤낮으로 돈을 벌며 애면글면 분투 끝에 살아남았다.

고모 중 한 명은 나를 천륜을 저버린 구제 불능의 인간 취급을 했다. 10년이 넘도록 내가 살았는지 죽었는지도 관심 없었던, 남이나 다를 바 없는 친지였다. 자신의 남동생을 싸고도느라 조카가 어떻게 지내는지 궁금해하지도 않았던 고모는 전직 교사의 버릇을 버리지 못한 건지 마치 초등학생 혼내듯 나를 비난했다. 그럴 만도 했다. 아빠와 함께 살았던 초등학생 때 이후로는 딱히 교류한 적이 없으니까. 그의 관념 속 30대 중반의 이혜미는 여전히 초등학생이었을 터였다. 조카를 사회에서 나름의 역할을 충실히 해내는 개별적 존재로 인지하지 못하는,

지독한 에이지즘*의 발로였다.

"너 진짜 나쁜 애네. 정말 못됐네. 너거 아빠가 그동안 니한 테 어떻게 해줬는데?"

"아빠가 대체 뭘 해줬는데요? 저 제가 혼자 벌어서 대학 졸업하고 일해서 먹고살아요. 학비 한 번 받은 적 없어요. 저 어린 시절 내내 기초생활수급자였어요! 임대주택에서 겨우겨우 살았다고요!"

고래고래 악을 쓰며 울분을 토해냈다.

"내가 너희 아빠한테 들은 것만 해도……"

고모는 20대 초반에 내가 아빠와 다녀온 '대만 여행'을 끄집어냈다. 단절됐던 아빠와의 관계 회복을 위해 애썼던, 그러나 우리 사이엔 현격한 골이 있다는 걸 확인하고 또 확인했던 고작 2박 3일쯤 됐던 그 여행. 정작 본인은 자식 교육을 위해 아파트 한 채쯤 투자했을 법한 그 노년의 여성은, 총비용이 100만 원은 될까 싶은 그 여행을 약점 삼아 나를 은혜도 모르는 철면피로 몰아갔다. 마치 드라마에나 나오는 아빠의 등골을 뽑아먹은 결과로 지독하게 성공한 뒤 늙고 병든 핏줄을 모르는 척하는 '독한 년'인 것처럼.

나를 기른 건 이런 사람들의 온정이었다. 대학 입시를 준비할 때 나의 형편을 알아챈 논술학원 선생님 두 분은, 놀랍게도 첫 달을 제외하고 학원비를 받지 않았다. 훗날 기자가 되고나서 꼭 찾아가 인사를 하고 싶었

*

Ageism, 나이를 이유로 차별하는 사상이나 태도, 행동을 나타낸다. 주로 노인들에 대한 차별을 가리키지만, 본문에서는 맥락상 '어리다는 이유로 함부로 가르치는 것이 가능하다고 보는 태도'를 비판하기 위해 썼다.

지만, 학원은 사라지고 선생님의 성함도 기억이 나지 않아 언제가 감사를 전할 운명만을 기다리고 있다. 대학 시절 술 취한 남자의 무단 침입 사건으로, 가해자의 부모가 사과를 빙자한 합의를 요구하며 돈봉투를 들고 집에 찾아온 적이 있었다. 그런 든든한 부모도 없이 혼자 사건을 처리해야 했던 내게, 당시 대학 캠퍼스 잡지 학생리포터 활동의 사수였던, 그러나 지금은 언니라 부르는 여성은 기꺼이 나의 보호자가 되어주었다. 시간을 더 거슬러 올라가 초등학생 시절 일면식도 없던 한 선생님은 매주 내게 한 편의 글쓰기 숙제를 내고 그것을 첨삭해주는 수고를 아끼지 않았다. 아주 우연한 계기로 내가 글쓰기에 소질이 있다는 것을 알게 된 선생님은 수업 한 번 해보지 않은 다른 학년인 내 서툰 글을 1년 내내 매주 꼼꼼하게 지도해주었다. 대학 내내 과외와 아르바이트, 온갖 장학 기회를 통해 겨우 학업을 마치는 과정에서도 감사한 분들이 많다. 내가 여러 일을 동시에 하는 것을 알고, 조금이라도 덜 힘든 일을 맡겼던 캠퍼스 교직원과 나를 언니처럼 따르며 아직까지 살갑게 연락을 해오는 과외 학생들과 그 부모들. 가정환경이나 살아온 배경이 고스란히 드러나는 비싼 대학교에서, 어쩔 수 없이 가난이 만들어내는 자격지심과 수치심 같은 것이 불쑥 튀어나올 때에도 나의 진심을 의심하지 않고 좋은 점만을 봐준 고마운 친구들.

확신할 수 있었다. 같은 혈액형을 공유하는 친부나 당신이 아니라, 피로 엮이지는 않았지만 나의 가능성을 알아본(혹은 알아보지 않았더라도 관계없다) 세상의 호의 덕분에 지금의 내가 있는 거라고.

아, 우리는 영원히 가족이란 게 될 수 없겠군요. 그리고 이런 사람들과 가족으로 묶여 있으니 평생 혼자인 것이 낫겠습니다. 가까스로 부여잡고 있던 이성의 끈이 탁 하고 풀리는 소리가 들렸다.

좀처럼 흥분하여 일을 그르치는 것을 허용하지 않고 절제가 앞서는 내게, 이날은 태어나서 처음으로 이성을 놓아버린 순간으로 기억된다. "꺼억 꺼억" 하는 숨 넘어가는 소리를 삼켜가며 미친 사람처럼 울면서 고함을 쳤다.

"내가 지금까지 어떻게 살았는데!"

수화기 너머에서 "어디서 패악질이냐"는 말이 희미하게 전해졌으나 고려할 바 아니었다. "다 널 도와주려고 하는 일인데, 네가 이러면 안 도와줄 것"이라는 의미 없는 협박도 이어졌다. 가소로웠다. '당신이 날 돕는다고?' 단 한 번도 그가 반박할 기회를 주지 않고 내 할 말만 쏟아낸 채 전화를 끊었다. 동시에 내가 끊은 것은 전화 통화만은 아니었을 것이다.

날벼락처럼 닥친 사건이었다. 누구에게라도 기대고 싶었다. 그러나 늘 그렇듯 나는 혼자였다. 길 잃은 어린아이처럼 울면서 엄마를 찾았다. 그리고 엄마에게 답장이 오는 순간 나는 절망했다.

"다른 고모한테 애교 있게 말해봐……. 그 고모는 말이 좀 통하겠지"

두 발을 딛고 제대로 땅에 설 수조차 없었다. 머리에서부터 발끝까지 나는 무너져버렸다. 이혼한 지가 몇 년인데 아직도 막냇며느리 역할에서 벗어나지 못한 걸까. 딸은 어떤 상황에서도 온순하고 무해하며 순응적이어야 하나. 어르고 달래는 감정 노동으로 가정 내 평화를 유지하는 역할을 맡는 여자들의 문법, 참 지겹다. '평생 속 한 번 썩이지 않은 어른스러운 딸' 같은 수식어를 칭찬으로 삼았던 지난날이 원망스러웠다. 살면서 단 한 번도 내 주변에 믿을 만한 '어른'이 있다고 생각한 적 없었지만, 그것을 정확하게 두 눈으로 확인하게 된 순간, 그리고 유일한 가족인 엄마도 예외가 아닌 것을 알게 된 그때, 나는 곧바로 짐을 다시 싸서 김해공항으로 향했다. 출발편은 새벽 첫 비행기였고, 도착편은 그날 하루의 마지막 밤 비행기였다.

이 도시에 안전지대는 없었다. 빨리 벗어나야겠다고 생각했다. 동시에 이곳저곳에서 발신된 카카오톡 메시지가 눈에 들어왔다. 나를 아끼고 사랑하는 친구들로부터의 '너만 생각하라'는 말들. 서울로 당장 돌아가고 싶었다. 그제서야 엄마는 저녁이라도 먹고 가라고, 엄마가 생각이 짧았다고, 네게 울타리가 되어주지 못해 미안하다고 말했다. 하지만 1초라도 더 있다간 나는 말라죽을 것만 같았다.

나는 더 이상 이곳을 '고향'이라고 부를 수 없었다. 그 단어를 듣기만 해도 너무나 지긋지긋했다. 나를 이런 취급 하는 곳이 고향이라면, 내가 이곳을 먼저 버리겠노라 곱씹었다. 그리고 이날부터 나의 집, 나의 고향은 서울이라고 명명했다.

　내 '진짜 고향' 서울에는 이런 것들이 있다. 낡고 좁지만 오로지 나의 힘으로 마련한 아늑한 내 명의의 집. 그리고 그곳에 늘 머무는 고양이 두 마리. '기자'라는 업이 적힌 명함 한 장으로 구축해온 나의 성취. 내 이름으로 써온 무수한 글들. 오랜 교류의 역사를 공유하며 온전한 나를 이해해주는 사랑하고 힘이 되는 친구들……. 이것은 내가 자력으로 벽돌 하나하나를 쌓아내며 만든 요새와도 같은 세계다.

　고향으로 향하는 비행기 이륙을 기다리면서 생각하고 또 생각했다. "그저 이 사건이 내게 닥쳤기에, 나는 쓸 따름"이라고…….

2. 정착:

서울로 향하는 길에 오르다

The force of her own gift alone drove her to it.
She made up a small parcel of her belongings, let
herself down by a rope one summer's night and took
the road to London.

그의 재능이 온전히 제 힘으로 그를 이끌었습니다. 어느 여름밤, 그는
소지품을 담은 작은 꾸러미를 싸서 밧줄을 타고 내려가 런던으로 향하
는 길에 올랐습니다.

스물한 살,
집을 나갔다

바깥 풍경을 식별하기 어려울 정도로 쾌속 질주하는 고속철 창밖 장면이 초 단위로 휙휙 바뀐다. 경기도 광명역을 지나면 주행 속도가 천천히 늦춰지면서 갑자기 '공무원 학원' 같은 대형 간판이 즐비하다. 출퇴근하는 사람들이 탄 전철과 선로를 함께 쓰는 복선 철로 구간에 들어서면 비로소 실감이 난다. 한강을 건넌다. 경쾌한 가야금 선율로 된 비틀스 음악이 나온다. '아, 서울이다.'

2009년 대학 입학 이후 번질나게 부산과 서울 사이를 오갔지만, 20대 내내 서울은 내게 낯선 도시였다. 늘 '경계인' 같았달까. "어디서 왔니?" "부산이요." "어디 사니?" "서울이요." 이런 대화의 연속이었다.

서울 사람들은 나를 처음 만나면 억양을 듣고서 "고향이 어디냐"고 물었고, 오랜만에 만난 부산 친구들은 "밥 먹었니?"라며 문장의 끝만 올려줘도 "이혜미, 완전 서울 사람 다 됐노"라며 물개 박수를 쳤다. 하지만 나는 늘 '학교를 다니기 위해' 서울에 있을 뿐, 스스로 서울 사람이라 생각한 적은 없다. 정착한 곳이 아니라는 생각 때문이었을 테다.

모든 걱정 흘려보낼 수 있는 한강, 쌓아온 추억이 그 자체로 서로의 역사가 되어버린 친구들, 세상에서 처음으로 받아들여졌다는 마음을 알게 한 대학 캠퍼스, 이따금 쫓아가느라 뱁새 가랑이가 찢어질 지경이었지만 온갖 첨단 문화의 수혜를 받는 기분을 선사하는 바쁘고 화려한 번화가…… 좋아하는 것은 죄다 서울에 있었지만, 어쩐지 늘 서울은 나를 밀어내는 것만 같았다. 수면 아래에서 잠시라도 발장구를 치지 않으면 금방이라도 물에 꼬르륵 잠겨버릴, '임시 서울시민' 같은 존재였기 때문이었다. 정말로 나는 서울에서 백조 같은 삶을 살고 있었다. 아름다운 자태를 뽐내는 데 도취되었다는 뜻이 아니다. 조금이라도 고상함과 우아함을 잃을까, 보이지 않는 곳에서 미친 듯이 다리를 휘저었고, 그건 나만이 알고 있는 사실이었다.

팔자에 없는 '좋은' 대학에 입학해서였나, 스물한 살이 되어 넓어진 내 세상은 그야말로 별천지였다. 내가 학창 시절을 보낸 곳은 부산에서도 '변두리' 소리깨나 듣던 어촌 동네 다대포. 지금이야 인스타그램 '노을맛집' 따위로 관광객의 발걸음이 이어지는 해변이긴 하지만, 불과 십수 년 전만 해도 다대포라고 하면 "거기도 부산이냐"라는 말을 으레 들었다. 1990년대

말 무장공비가 출현한 바다로 전국 유명세를 타, 외지인에게 '다대포 출신'이라고 말하면 북한 얘기부터 냅다 튀어나오는 가난한 어촌 동네.

그러나 내가 기억하는 학창 시절 풍경은 이렇다. 학교에서 야간 자율학습을 하다 창밖을 보면 파도에 노을빛 일렁이는 풍경에 마음 부풀고, 이따금 땡땡이를 치고 첫사랑과 방파제에 앉아 꿈과 미래 같은 것을 나누곤 했던 바다처럼 넓은 마음의 동네. 가난했지만 주변 모두가 가난했기에 특별히 가난한 줄 몰랐고, 편모·편부 가정이 수두룩하여서 싱글맘 가정이라는 게 흠이 되지 않던, 그래서 내게 열등감과 피해의식을 가르쳐주지 않은 동네. 가정 형편으로 인해 급식비 지원 신청 서류를 받을 때도 수치심이 일지 않았고, 오히려 공동체의 일원으로서 사회복지 체계의 도움을 받아 성장하고 있다는 시민적 권리 감각을 일깨워준 동네. 인심 넉넉한 친구가 식판에 잔반을 모조리 담아오면 급식비가 없어 급식을 신청하지 못한 친구가 수저만 챙겨서는 옆자리에 붙어 앉아 끼니를 때우던, '네거 내 거'가 중요하지 않음을 가르쳐준 동네. 분명한 무전취식임에도 선생님에게 이르거나 눈 흘기는 친구 하나 없어 가난에 주눅 드는 일을 만들지 않았던 동네. 외국어로 된 정체불명의 아파트 브랜드보다 자유, 해송 같은 친근한 한자어가 붙은 영세 아파트가 즐비했는데 그런 아파트에 사는 아이들과 비슷한 비율로 기초생활수급자를 위한 임대아파트나 낡고 허름한다가구주택에 사는 친구도 많아 상대적 박탈감이나 위화감을 느낄 소지도 적었던 동네. 파마를 하고 화장을 하고 교복을 짧게 줄여 입는 아이들이 대부분이었기에(나도 그중 하나였다) 세간에는 외모만 보고 비행 청소년이 몰려 있는 동네로 여기는 이들도 더러 있었으나, '불량 학생 집합소'라는 낙인 이면에는 이런 다채로운 풍경이 흘러넘쳤다.

오히려 그 동네에서 내가 만난 '불량 학생'들은 대체로 이런 친구들이었다. 교복 상의를 타이트한 크롭티 수준으로 줄이고 머리는 폭탄을 맞은 것처럼 부풀려 늘 선생님의 레이더에 포착되지만, 학급 친구가 부당한 일을 당했을 때 소매 걷고 나서는 의리파 친구. 이른바 '일진'이라 불리면서도 합창 대회 연습을 할 때면 통솔에 곤란을 겪는 반장을 도와 어수선한 학급 친구들에게 으름장 놓으며 솔선수범 질서 정리에 나서는, 모범생이라고 해야 할지 불량 학생이라 해야 할지 상당히 헷갈리는 친구. 국영수 시험 점수를 죄다 합쳐도 100점이 되지 않지만, 곤경에 처한 친구의 고민을 진심으로 들어준 뒤 방법을 모색하기 위해 공부에는 일절 사용하지 않았던 두뇌를 풀가동하는 친구.

이런 학창 시절을 보낸 덕분에 나는 현재의 행색이나 형편, 출신 배경 등을 놓고 사람을 쉽게 판단하지 않는 사람으로 자랄 수 있었다. 그리고 이것은 내가 한 사람의 시민이자 기자로, 그리고 페미니스트로 살아가는 데에 무척 중요한 자양분이 됐다. 모든 것의 중심에 계급을 두고 사유하기. 학벌, 지위, 재산 같은 표면적인 것보다 한 개인이 품은 고유한 우주를 꿰뚫어 보려 노력하기.

대학에 입학했더니 드라마에서 볼 법한 인간 군상이 죄다 모여 있었다. 강남 8학군 출신은 발에 채였다. 서문여고니, 은광여고니 하는 명문 여고를, 나는 핑클의 이효리, 이진과 송혜교가 '얼짱 대결'을 벌인 고교 전설로만 접했었다. 전국에 외고는 어찌나 많은지. 캠퍼스 안에서는 유명 특목고와 자사고의 동문회 플래카드가 곧잘 나부꼈다. 함께 입학한 동기 중에는 차관 아들이 있었다고 구전으로 알려졌다. 당시의 나는 장관, 차관이 몇급 공무원인지도 몰랐다.

1학년은 필수로 영어 수업을 들어야 했는데, 주제도 모르고 고급 영어 수업을 신청했다. 나름 어릴 때 해리포터를 좋아해 원서도 사고 영화도 몇 번 돌려 보며 영어에 흥미를 가진 데다 '윤선생 영어교실' 수업을 오랫동안 들었으며 수능 시험에선 만점을 받았으니 이 정도면 '고급' 아닐까 생각했다. 그 생각은 물론 첫날에 깨졌지만⋯⋯.

영국, 미국, 남아공, 싱가포르⋯⋯ 가히 교실은 하나의 지구촌이었다. 나이가 엇비슷하고 비슷한 생김새를 하고도 이렇게 살아온 환경이 다를 수 있구나. 그때 깨달았다. 대학에서 만난 친구들은 아버지의 주재원 근무나 사업, 혹은 외교관 공직 활동 등 여러 이유로 해외에서 산 경험들이 풍성했다. '인터넷 강의'로 영어를 배운 나 같은 이는 발 디딜 곳이 없었는데, 무척 외향적이고 사람들과 대화 나누는 것을 좋아하지만 입도 못 뗄 정도로 주눅 들었다. 자기소개조차 제대로 하지 못해 첫날부터 망신을 당했던 기억이 아직도 생생하다.

그러나 나는 극복할지언정, 굴복하지 않는 유의 사람에 가깝다. 이른바 '없어 보이고 싶지 않다'는 마음이 상대적 격차에서 오는 수치심을 압도했다. '명문대생'이라는 한낮의 품위를 유지하기 위해 밤에 미친 듯 돈을 벌었다. 그나마 내세울 수 있는 게 공부 머리였기에 시간 대비 효용이 높은 과외를 할 수 있었다. 주로 수능 영어를 가르쳤는데, 아이들과 곧잘 친해져서 어른이 되고 나서도 "언니", "동생" 하며 지낸다. 그런데 나는 과외라는 것을 한 번도 받아본 적이 없어서 처음엔 TV 드라마에서 본 것을 그대로 따라해야만 했다. '문을 열고 들어간다. 거실에 있는 학부모에게 인사한다. 책상에 나란히 앉아 수업을 시작한다. 어머니가 과일을 깎아 주신다……'

은근히 가르치는 일이 적성에 맞았던 걸까. 내가 가르친 아이들은 모두 성적이 쑥쑥 올랐다. 한 달 8회 수업에 40만 원을 벌었는데, 반포의 한 부유한 아파트에 살던 학부모는 수능 날까지 봐주면 한 달에 100만 원을 주겠다고도 제안했다. 듣도 보도 못한 액수이다 못해 대단한 씀씀이에 세상의 격차를 새삼 체감했다.

대학 시절 나를 만난 이들은 내 목소리를 방송인 '박경림'과 비슷한 허스키 보이스로 기억한다. 하지만 지금은 조금 더 까랑까랑하게 들린다고들 한다. 20대 초반 내내 내 성대는 건조하게 갈라진 채로 방치된 탓에, 말을 할 때마다 목구멍이 따끔거렸다. 과외를 너무 많이 해서 성대결절이 온 거다. 그런데도 병원 한 번을 간 적이 없다.

물리적으로 서울에서 밀려나지 않으려고 악착같이 돈을 모았고, 정신적으로 또래 친구들에 뒤처지지 않으려 온갖 아비투스를 흡수하려 애썼다. 어떤 사람에게는 번아웃도 겁을 내고 찾아오지 않는다. 인간을 극한으로 몰아붙이는 상황에서 번아웃이 안 올 리 없지만, 피로를 느낄 여유도 없을 정도로 바빴기 때문이다. 돌이켜 생각해보면 무척 위태로운 심리 상태였을 것이다. 지난 일이기 때문에 그 시간이 지금의 나를 만들었다는 가벼운 위로도 건넬 수 있다. 한심하도록 치열했고 어리석을 정도로 근면했지만 빈곤을 둘러싼 세상의 편견에는 결코 굴복하지 않았다. 그렇게 끝끝내 살아남았다. 심리 상담 선생님은 나의 20대를 '전시 상태'라고 표현했다. 나는 전쟁에서 생존했다.

30대 중반이 된 나는 이제 내 소유의 차를 몰고 서울 시내를 누빈다. 이따금 연대 앞 버스정류장, 신촌로터리, 사평역 앞, 중앙대 후문, 서대문구청 앞을 지나갈 때면 과외 가는 길 커다란 파일철을 한 아름에 껴안고 발 동동거리며 버스를 기다리던

20대 초반의 내 모습이 겹쳐 보인다. 그 파일철 안에는 수능 문법 교재와 EBS 수능 특강이나 모의고사 교재, 혹은 수능 기출 문제 인쇄물 따위가 꽉꽉 차 있었는데 대학 생활 내내 전공 책보다 그 파일철을 들고 다닌 날들이 훨씬 많았다. 일면식도 없는 거리의 사람들 사이에서 10여 년 전 안쓰러울 정도로 분투했던 내 얼굴을 발견할 때면 창문을 살짝 열어 공기를 맡아본다. 서울에서 밀려나지 않기 위해 뭐든지 다 했던 나, 그리고 이제는 정착했다고 말할 수 있게 된 안온한 나. 콧구멍으로 느끼는 공기의 성질은 그때나 지금이나 다를 바 없는데, 그때엔 이 숨이 왜 그리 버겁고 공기는 묵직하게만 느껴졌던 건지.

"이혜미, 다 컸네. 정말 장하네." 운전대를 잡고 나지막이 스스로를 다독이자 환영 같던 어린 시절의 나는 페이드 아웃으로 장면을 전환하는 오래된 영화의 한 장면처럼 사라진다.

서울
거리
헤매기

━━━━━━━

> 맑은 날 저녁 4시에서 6시 사이에 집을 나서면 우리는 친
> 구들이 알고 있는 자아를 벗어던지고 익명의 방랑자들로
> 이루어진 거대한 공화국군의 일원이 된다. 방 안의 고독
> 을 뒤로하고 섞여들기에 무척 유쾌한 무리다.•

울프는 런던 거리를 정처 없이 헤매기를 좋아했다. 이에 대
한 산문도 발표했을 정도다. 산문을 여는 첫 한두 페이지에 있
는 이 문장을 읽고 무릎을 쳤다. 내가 서울을 마음 편히 사랑하
고 싶었던 이유도 꼭 같았기 때문에.

나에 대해 묻지 않는 이 익명의 도시에서 해방감을 느꼈다.
내가 어찌할 수 없는 것들로 나를 판단하지 않고, 그저 지금 존
재하는 대로 평가받고 인정받을 수 있다는 것.

하지만 서울을 향한 내 마음은 외사랑이었다. 2009년 서울

•
버지니아 울프, 〈길거리 헤매기: 런던의 모험(Street
Hounting: A London Adventure)〉, 1927.

에 도착한 뒤, 한 해 한 해가 흐를수록 이 도시가 빈곤한 나를 밀어낸다는 느낌을 받았다. 정착할 수 있을까 불안했고, 거리의 간판이 나를 향해 입을 모아 말하는 듯했다. "어차피 대학을 졸업하고 나면 이 거대한 도시에 네 자리는 없을 거"라고. 직장을 갖게 된다고 한들, 온전한 서울 시민의 느낌을 갖는 건 또 다른 의미였다.

과외를 하면서 재건축을 노리는 강남의 오래된 아파트도 곧잘 들락날락했는데, 겉보기엔 곧 쓰러질 것만 같은 낡은 아파트도 현관문만 열면 하얀 대리석 바닥이 휘황찬란하게 빛났다. 외관만 보고 '과외할 형편이 되려나' 걱정했던 내가 어찌나 세상 물정에 어두웠는지. 재건축 절차에 돌입한 그 아파트는 현재 40억 원에 이른다.

대치동 키즈이기는커녕, 제대로 된 사교육 한 번 받은 적 없지만 대치동 은마아파트 상가 떡볶이는 좋아했다. 언젠가 봐뒀던 인터넷의 호평을 기억하고 있다가, 과외를 끝내고 돌아가는 길 상가에 들렀다. 교복을 입은 동네 학생들, 대대손손 근처에서 살아 이 분식집 떡볶이 하나로 가족 에피소드 수십 개는 엮어낼 수 있을 것 같은 단란한 가족 손님들 사이에 혼자 자리 잡았다. 떡볶이는 맛있었다. 밀떡을 사용한 소박하고 단조로운 맛이었다. 그리고 '강남 원주민'의 맛이었다.

노후한 상가는 불이라도 나면 대참사가 일어날 것처럼 꼬불꼬불 혼란한 미로 같았다. 김이 모락모락 피어나는 찜통이 정겨운 떡집, 생선 가게, 야채 가게, 심지어는 이불 같은 혼수를 취급하는 곳과 수입품이 귀했던 시기부터 알음알음 물건을 조달했을 법한 수입 잡화점까지. 과장 더해 이곳은 모든 쇼핑이 해결되는 백화점 같았다. 50년 가까이 된 아파트와 동고동락하며 세월의 흔적 묻은, 그 동네의 추억 백화점.

어떤 전집에서는 한 모녀가 팔짱을 끼고 장을 보고 있었는데, 전을 부치던 가게 주인은 손님의 모든 서사를 너무나 잘 아는 것처럼 편안하게 말을 걸었다. 귀동냥으로 알게 된 건, 딸은 이미 결혼을 해 외지에 있지만 이 집의 음식이 무척 맛있어 친정에 올 때마다 이것저것 사서 간다는 것. 정겹고 따스한 대화를 들으면서도 저런 딸들이 아마 은광여고니 서문여고니 하는 인근 명문 여고를 나왔겠구나 싶었다. 뉴요커들은 뉴욕 생활 10년 정도로는 '뉴요커'라는 호칭을 쓰지 않는다고 했던가. 그들의 추억이 담뿍 담긴 떡볶이를 우걱우걱 씹어 먹으며 그저 과외를 하러 이 동네에 왔다가 떡볶이만 먹고 지나가는 나는 아무리 애써도 서울에 긴밀한 애착을 가진 '서울 사람'이 되긴 어렵구나 싶었다.

‡

내가 다닌 대학의 캠퍼스에는 지방에서 온 친구들도 많았다. 광주, 포항, 익산, 대구…… 1학년 때 기숙사 생활을 한 나는 자연스럽게 지방 출신 친구들과 보내는 시간이 많았다. 주로 수업이 끝나자마자 학교 앞 호프집에서 맥주를 마시고 밤이 되면 다시 기숙사로 돌아왔던 친구들과 달리 나는 유독 기숙사에 붙어 있는 시간이 없었다. 돈을 벌어야 했기 때문이다. 그래도 새내기 대학생 때는 어떻게든 사교 모임에 끼고 싶었다. 2차에 합류할 테니까 기다리고 있으라 단단히 이르고, 과외를 끝낸 뒤에 신촌으로 돌아와 허겁지겁 친구들과 어울렸다.

대체로 남자 친구들은 웬만한 일이 없으면 신촌 밖을 잘 나서지 않았다. 여자 친구들이 수업만 끝나면 강남이니 홍대니 하는 번화가를 구경하기에 여념이 없고, 기회만 되면 외국에 나갈 방도를 궁리하던 것과 달리 남자 친구들은 '기숙사-도서관-신촌'의 바운더리를 넘어서는 경우가 없었다. 새로운 세계를 탐험하고 싶어 하지 않았던 걸까. 아니면 기존 세계만으로도 충분했던 걸까. 그들의 마음은 알 수 없지만, 대체로 이들은 졸업한 뒤 다시 고향으로 돌아가 자리를 잡았다.

호기심 충만했던 나는 늘 서울을 더 알고 싶었다. '서울 사람'이 되고 싶다는 생각을 한 적은 그다지 없었지만, 적어도 내가 지내고 있는 이 도시를 익숙하게 느끼고 싶었다. 그래서 시간만 나면 무작정 평소 생활 반경을 벗어나 걸었다. 광화문 교보문고에서 책을 사서 맞은편 스타벅스에 앉아 조선시대 '육조 거리'라 불리던 광장을 내다보며 시간을 보내는 날들이 잦아졌다. 시청에서 을지로가 무척 가깝고 을지로는 또 명동과 이어져 있으며, 광화문과 종로가 바로 붙어 있다는 것을 깨쳤을 때의 쾌감! 처음에는 나의 지도가 백지상태였으므로 명동성당에서 을지로입구를 가는 데에도 버스를 타곤 했으나, 이제는 대중교통편을 떠올리는 것 자체가 낯설 정도로 도보에 익숙하다.

네모반듯하게 구획이 정리된 강남은 어떠한가. 초록색 2호선을 따라 일렬로 늘어선 번화가의 이름을 읊어본다. 삼성, 선릉, 역삼, 강남…… 강남역과 역삼역은 걸어 다녀도 충분하다는 것을, 역삼역 인근 빌라에 살던 아이의 과외 수업을 하면서 알았다. 서대문과 이대 사이 금화터널의 주홍 불빛은 내게 귀소 본능을 불러일으키는 시각적 자극인데, 하루 종일 서울을 싸돌아다니다가 '7'이나 '4'로 시작하는 번호의 파란 버스를 타고 익숙한 동네로 돌아오는 순간에 늘 그 불빛이 눈앞에 아른거렸기 때문이다. 서울을 걷는 것은 그 어떤 경험보다 내 세계를 확장시키는 일이었다.

스물세 살, 《대학내일》이라는 캠퍼스 잡지의 리포터로 활동했다. 대학 시절 내내 내게 따라붙었던 별명 중 하나는 '스펙마녀'. 다분히 여성혐오 뉘앙스가 가득한 이 별명은, 아무 자원이 없던 여성이 그저 보통의 혹은 평범한 조건만이라도 영위하려는 노력이었다는 총체적 맥락은 소거한 채 그저 '독기 가득한 여성'이라는 낙인을 찍어버리지만 그런 시선 따위 신경 쓸 여유조차 없을 정도로 20대 초반의 나는 그저 걷고 노력하고 성취했다. 돈벌이가 되는 것과 더불어 새로운 사람을 만날 수 있는 경험이라면 뭐든 시도했다. 덕분에 성적은 좋지 못했지만, 부지불식간에 나의 세계는 무한대로 확장됐다.

사람 복 하나는 뛰어났던 것이('언니 복'이라고 하는 게 더 정확하겠다) 당시 학생 리포터들을 담당한 여성 기자 Y 선배는 단순히 지면을 메우는 것뿐 아니라, 개개인의 성장에도 큰마음을 쏟았다. 나의 가정환경, 재정 상태 그러나 그보다 훨씬 큰 꿈과 역량, 희망 같은 것을 일찌감치 간파한 Y 선배는 '리포터'랍시고 두서없이 뱉어내는 나의 발제에 늘 귀 기울였다.

"열심히 살면 살수록 서울에 정착하지 못할 것만 같아요. 저는 이 도시에 편안함을 느끼는 사람이 될 수 있을까요. 서울이 나라는 존재를 밀어내는 것만 같아요."

"서울에 진정으로 발붙이려는 개인적 경험을 에세이로 쓰는 건 어때?"

내 첫 에세이는 이렇게 나의 방황을 하나의 기획으로 만들어주는 언니가 있었기에 탄생할 수 있었다. 이른바 '서울을 사랑하기'(《대학내일》, 2010년)

내용은 이랬다. 수능 시험을 본 뒤 친구와 논술 고사를 보러 단둘이 서울에 올라왔던 나는, 시원하게 시험을 죽 쑤고 여의도선착장에서 한강 유람선을 탔다.

그때까지만 해도 내게 '한강'이라 함은…… 금요일 밤 10시예능이었던가. 90년대 후반~2000년대 초 미혼 남녀를 짝지어주는 맞선 프로그램이 있었는데, 데이트를 즐긴 후 남성은 한강 다리 위에서 유람선을 기다리고 배 안에 여성이 타고 있는지에 따라 만남 성사 여부가 결정되는 그런 프로그램을 열심히 시청한 한 부산 어린이는 '아, 한강은 저렇게 생겼구나' 상상하곤 했었다.

스무 살이 되어 처음 본 한강의 야경은 아직 머릿속에 선명하다. 그때 알아차렸다. 나는 한강과 사랑에 빠졌구나. 곧 서울과도 사랑에 빠지겠구나. 그때부터 내게 '서울=한강'이라는 도식이 완성되었는데 그러므로 서울에 관한 에세이라면 단연 한강에 관한 에세이여야 했다.

기획은 하루 동안 한강을 횡단하며 서울에 대한 마음을 정리하는 것이었다. 성산대교에서부터(당시에는 사실상 최서단에 있는 다리였다) 송파구의 올림픽대교까지 걸으며, 강변을 거니는 사람들을 관찰하고 서에서 동으로 이동하면서 변화하는 풍경을 따라 달라지는 감상 등을 기록하는 내용.

지금 돌이켜보면 무척 엉성하고 유치하기까지 한 기획이지만, 나름 비장했던 나는 아침 일찍부터 운동화 끈을 동여매고 호기롭게 성산대교 남단에서 출발했다. 강북과 강남을 잇는 십수 개의 대교에 익숙해지는 것이 큰일이었다. 어느 지하철역으로 나가야 나룻목을 지나 곧바로 한강공원에 직행하는지도 일일이 깨쳐야 했다. 그리고 마침내 이날 하루의 기록은

《대학내일》잡지에 게재됐다.

서울에 대해 느끼는 이방인의 감정, 한강 변에 늘어선 찬란한 아파트 단지를 보며 '과연 이 도시에 내 자리는 있을까' 번뇌하던 마음, 그럼에도 불구하고 올림픽대교 위에 우뚝 솟은 '승리의 횃불'에 걸린 태양을 보며 생의 의지를 다잡는 심경 같은 것들을 담아…….

"기사 정말 좋더라." 지금 돌이켜보면 오글거리기 짝이 없는데다 자의식이 심각하게 과잉된 20대 초반의 치기 넘치는 글이었지만, 다음 제작 회의에서 만난 또래 리포터들이 한마디씩 말을 보탰다. 너무 솔직하고 개인적인 글 아닐까 싶었는데 다들 한 번씩은 서울에 대해 느꼈던 감정이었다고 입을 모았다. "캠퍼스에서 우연히 발견한 잡지의 글을 읽고 감사하다는 인사를 드리려 메일까지 씁니다" 같은 내용의 독자 메일도 쏟아졌다. 이들은 대체로 '지방에서 올라와 자취하고 있는' 같은 식으로 자신을 소개했다.

글을 쓰는 이유가 이런 것일까 생각했다. 나의 개인적 경험이 보편성을 획득하고, 이에 공감한 타인들과 함께 같은 목소리를 내어가는 과정……. '서울을 사랑하고 싶다'는 이기적 이유에서 시작했지만 의도치 않게 나와 비슷한 처지에 놓인 정착하지 못하고 부유하는 이들을 위로해버렸고, 그들과의 상호작용이 나를 치유해버렸다. 그때의 나는 알았을까. 도시에서 글을 쓰는 사람이 될 운명이었다는 것을.

‡

프랑스어에 '플라뇌르flâneur'라는 단어가 있다. 산책자, 보행자, 활보자 또는 어슬렁거리는 사람을 뜻하는 말. 파리로 이주한 미국인 작가 로런 엘킨은 《도시를 걷는 여자들》에서 "플라뇌르는 남성적 특권과 여유를 지닌 인물형"이라고 정의한다.

아무 목적 없이 도시를 몇 시간이고 걸을 수 있는 건 부유한 남성의 일로 여겨졌다는 것. 비교적 근린의 공간인 도시마저 장악하지 못한 여성들이 전장에 나가 영토를 확장하고 신대륙을 발견하는 경험을 하지 못한 것은 어쩌면 너무나 당연한 일이다. 가부장제가 맹위를 떨친 이래로 여성은 곧잘 '집', 그러니까 가정을 상징했다. 역사 속 단 한 순간도 남성이 공간과 권력을 점유하지 않았던 때는 없었지만, 울프가 런던 거리를 헤매며 글을 썼던 시기에도 사실 거리는 여성에게 호의적이지 않았다. 당시 거리를 배회하는 여성이라 함은, 대체로 몸을 파는 성매매 여성을 연상케 할 뿐. 엘킨은 논문을 쓰며 조사하다가 "학자들이 '여성 플라뇌르'라는 것을 아예 없는 개념으로 치부했다는 사실을 알고 충격을 받"는다. 여유로운 남성에겐 제약 없이 골목을 탐험하고, 노천카페에 앉아 예술과 문학을 논하며, 인식 속 지도를 세밀하고 넓게 그려가는 행위가 허용됐지만, 여성들은 "집 밖에 나오는 순간 평판을 망치고 정숙함이 손상될 온갖 위험에 처"했다. 엘킨이 인용한 러시아 출신 화가 마리 바시키르체프의 일기의 한 대목(1879년 1월)을 보라.

> 나는 혼자 집 밖에 나갈 자유를 갈망한다. 가고, 오고, 튀일리 정원 벤치에 앉고, 무엇보다도 뤽상부르에 가서 상점마다 장식된 진열창을 구경하고 교회와 박물관에 들어가고 저녁에는 오래된 거리를 배회하고 싶다. 내가 가장 부러워하는 게 그거다. 이런 자유가 없다면 위대한 예술가가 될 수 없다.[•]

    그 어느 것 하나 계획한 것은 아니었지만, 낯선 도시를 배회하고 어슬렁거리면서 나는 이 도시를 정복했다. 생활비를 벌기 위해 과외를 했고, 서울을 사랑하기 위해 하루 종일 한강 변을 걸었고, 기자가 된 요즘은 운전을 하면서 출입처 곳곳을 쏘다닌다. 주말이면 스마트폰의 지도를 끄고 정처 없이 걸었다. 통인시장 골목에서 식사를 해결하고, 서촌의 어딘가에서 커피를 마신 뒤 궁궐의 반대편으로 넘어가 갤러리에서 그림을 감상하는 식. 아니면 연희동의 작은 1인 식당에서 소박한 한 끼를 먹고, 연남동의 독립서점에서 개성 담긴 책 큐레이션을 살피고 홍대 인근 어느 유명한 카페에서 아인슈페너를 한 잔 마신 뒤 합정을 지나 한강으로 향하는 여정 같은 것들.
    어느새 내 발걸음이 닿지 않은 영역은 줄어들었고, 처음 가는 장소도 낯설지 않아졌다. 나는 어느 공간 어떤 상황에서도

• 로런 엘킨, 홍한별 옮김, 《도시를 걷는 여자들》, 반비, 2020, 30쪽에서 재인용.

자신감을 잘 잃지 않는 편인데, 그 배경엔 20대부터 꾸준히 내디뎌온 도시 속 모험의 발걸음이 있으리라 생각한다. 산책은 나의 심리적 영토를 넓히는 자유다.

> 탈출은 진실로 최고의 기쁨이고 겨울에 길거리를 헤매는 일은 가장 대단한 모험이다. 그러나 도로 집 문간에 다가서면 오래된 물건들과 오랜 편견이 우리를 감싸고, 닿을 수 없는 온갖 불빛을 향해 날아드는 나방처럼 길모퉁이마다 날아다니던 우리의 자아가 울타리 안에서 안전하게 보호받는 걸 느끼며 편안해진다.•

저녁 식사 전까지 런던 시내를 쏘다니기 위해 '연필 한 자루를 사야 한다'는 강렬한 욕망을 핑계 삼았던 울프는 집에 들어오면서 이렇게 말했다. 문화평론가 이택광은 울프를 설명해주는 요소 중 가장 중요한 것으로 '산책자'를 꼽으며 "런던은 개인의 자유를 보장해주는 물적 토대"••였다고 한다. 내게는 서울이 그런 도시이지 않을까.

현관문을 열어 한 발자국 내디디며 스스로를 낯선 곳으로 내던지고 기꺼이 모험을 만끽하다 익숙한 곳으로 회귀하는 삶. 매일매일의 담금질이 용기 근육을 키워줬다. 익숙한 고향이 아니더라도 나만의 요새를 얼마든지 구축할 수 있다는 자신감을 갖게 됐다. 그래

•
버지니아 울프, 〈길거리 헤매기: 런던의 모험(Street Hounting: A London Adventure)〉, 1927.

••
이택광, 《버지니아 울프 북클럽》, 휴머니스트, 2019, 81쪽.

서 집을 구할 때도 지역에 구애받지 않고 살아보고 싶은 동네를 거리낌 없이 탐색한다. 왕복 한두 시간이 걸리는 거리에도 심리적 장벽이 거의 없다. 이 같은 맘이면 40세, 50세가 되어서 훌쩍 외국에서 살아볼 수도 있겠다 싶다. 이 모든 마음의 시작은 하루도 빠지지 않고 닫힌 문을 열고 내딛는 한 걸음, 바로 그 작은 걸음에 있다.

미국 출신의 작가이자 비평가인 로런 엘킨이 쓴 《도시를 걷는 여자들》(반비, 2020)을 읽고 처음 '플라뇌르'의 개념을 알고 버지니아 울프의 길거리 헤매기와 함께 엮어 생각을 확장해 이 글을 썼다. 초고 작성 이후 《버지니아 울프 북클럽》(휴머니스트, 2019) 등 다른 책에서도 비슷한 생각을 전개한 것을 알게 되어 여러 도서의 관점을 두루 참조했다.

3. 500파운드:

투표권과 돈, 둘 중에서

A solicitor's letter fell into the post-box and when I opened it I found that she had left me five hundred pounds a year for ever. Of the two- -the vote and the money--the money, I own, seemed infinitely the more important.

우편함에서 떨어진 변호사의 편지를 열었더니 내게 앞으로 평생 동안 연간 500파운드씩의 유산이 남겨졌다고 하더군요. 투표권과 돈, 둘 중에서 내가 가진 돈이 무한히도 더 중요해 보였습니다.

자유를 가능케
하는 경제적 토대

《자기만의 방》을 읽지 않은 이도 '1년에 500파운드의 돈과 자기만의 방'은 줄줄 욀 수 있을 정도로, 여성이 주체적으로 살아가는 데에 경제적 조건을 강조한, 울프의 일종의 유물론적 태도는 익히 알려져 있다. 물론 오늘날 신자유주의와 각자도생, 물질주의가 팽배한 사회에서 이는 부에 대한 과한 추종으로 이어지는 듯도 하다. 서점가에 들렀다가 여성을 대상으로 한 재테크 서적에 《자기만의 방》을 차용한 것을 보고, 울프가 21세기 한국에 환생한다면 뭐라고 말할지 새삼 궁금해졌다.

울프가 그저 '막대한 부'를 욕망하라 주장한 건 아니었다. 당시 500파운드라는 돈은 오늘날로 따지면 4750만 원가량이라고 곧잘 인용된다. 과거의 돈을 현재 화폐가치로 환산해주는 웹사이트에서 1900년으로 기준을 맞춘 뒤 계산해보니 오늘날의 5만 7550파운드란다. 한화로 9400만 원 정도인데 앞서 보편적으로 인용되는 수치와는 두 배 차이가 난다. 치솟은 물가를 감안했을 때 대략 연간 5000만 원에서 1억 원 정도의 돈이라 볼 수 있겠다. 물론 이 정도면 '꽤 탄탄한 대기업에서 빵빵한 성과급을 받는 현대의 젊은 여성'이라야 달성할 수 있는 수입이긴 하지만, 대략 매달 300만 원에서 600만 원 수준의 넉넉한 경제적 여유와 자신만의 독립적인 공간이 있으면 여성이 주체적으로 창조 활동에 전념할 수 있다고 울프는 본 것이리라 나는 해석한다.

기실 울프가 경제적 조건보다 더 무게를 둔 것은 '정신'이었다. 돈과 독립적인 공간은 여성을 향한 사회의 편견과 조롱 속에도 청신한 영혼을 잃지 않기 위한 필요조건 같은 것이랄까. 울프의 이런 명확한 사상은 1938년 발표한 산문 〈여성은 울어야 합니다Women Must Weep〉에서 조금 더 명확하게 드러난다. 이 글에서 울프는 이렇게 말한다.

> 다른 사람에게 의존하지 않고 몸과 마음의 완전한 발전에 필요한 약간의 건강, 여가, 지식 등을 살 수 있을 만큼은 벌어야 합니다. 하지만 그보다 많이는 안 됩니다. 단 한 푼도요.
> 순결이란 직업으로 생활하기에 충분한 돈을 벌고 난 다음엔 돈을 위해 정신을 파는 일을 거부해야 한다는 뜻입니다.•

•
버지니아 울프, 〈여성은 울어야 합니다(Women Must Weep)〉, 《월간 디 애틀랜틱(The Atlantic Monthly)》, Volume 161, no.5, 1938년 5월 호.

‡

아빠는 평생 신출귀몰 내 인생을 제멋대로 드나들었다. 응당 양육의 책임을 다해야 했을 10대 시절, 나는 그의 생사조차 알 수 없었다. 경제적 어려움으로 외가에 얹혀살다가 영구임대아파트에 입주할 수 있게 되어 고등학교 전학을 결정했을 때는 친권을 가진 아빠가 행방불명인 탓에 하마터면 전학을 못 갈 뻔했다. 끝끝내 연락이 닿지 않았는데, 어찌어찌 엄마가 동분서주하며 해결하여 이사할 수 있었던 거로 기억한다.

사라졌으면 평생 나타나지 말 것이지, 다시 내 인생에 등장한 타이밍은 또 다른 의미에서 환장의 연속이었다. 스무 살, 생애 두 번째 수능을 한두 달쯤 앞뒀을 때 아빠가 불쑥 전화를 걸어왔다. "위암 수술을 했다"고. "지금 회복 중에 있다"는 거였다.

대체 나더러 뭘 어쩌라는 걸까. 캄캄한 밤 아무도 없는 독서실 옥상에 올라가 아빠의 전화를 받으며 엉엉 울었던 기억이 난다. 어린 마음에 혼자 투병했을 아빠가 안쓰러웠고, 그때까지만 해도 '그래도 가족'이라는 생각을 했던 것 같다.

화해의 제스처였을까. 그해 수능 시험 날, 아빠는 내가 살던 아파트로 차를 끌고 와 시험장까지 데려다주며 부모 노릇을 했다. 한 손에는 엄마가 싸준 도시락을 들고 아빠가 태워준 차에서 내린 그날, 거의 유일하게 '정상 가족'의 삶을 얼핏 체험해본 듯하다. '엄마와 아빠가 함께 서포트하는 자녀의 기분은 이런 것이구나' 느꼈다. 그리고 수능을 치고 돌아온 저녁, 가채점을 마친 순간 아빠가 득달같이 문자를 보내왔다.

"몇 점?"

수능 시험 문제보다 나는 아빠의 이 메시지의 맥락과 의도를 더욱 맞히기 어려웠다. 수능 시험을 준비하는 동안 어떤 비용도 일절 지원하지 않으면서 단지 수능 당일 시험장에 데려다준 것만으로 자신에게 물을 권리가 있다고 생각했다는 데서 당혹감을 느꼈다. 답을 맡겨놓은 듯이 던지는 질문에 거부감이 들었다. 예상보다는 만족스럽지 못한 점수를 답장으로 보냈다. 아빠는 그 문자메시지를 씹었다.

아빠는 그런 사람이었다. 자기애 과잉인 건지, 자기 객관화가 되지 않는 사람인 건지 내게 물려준 좋은 것은 오로지 자연산 쌍꺼풀밖에 없으면서 대뜸 나타나 내 인생에 지분을 주장하곤 했다. 대학 입학 후 한번은 전화 통화를 하다 고시를 준비하라 훈수 두더니 "네 실력에 비해 좋은 대학을 갔다"고 말했다. 분수를 모르는 망언이라 생각했다. 그가 해준 거라곤 수능날 데려다준 것 딱 하나밖에 없지 않은가.

때때로 아빠는 응당 했어야 할 부모로서의 의무는 다하지 않으면서 아주 사소한 것에서 생색을 냈다. 이를테면 허니버터칩 품귀가 한창이었던 때, 가게마다 들러 허니버터칩 다섯 개를 구해다가 부산역에 도착하자마자 안겨주고선 아버지의 역할을 다한 듯한 의기양양한 표정을 지었다. 사람에 따라서는 애틋한 아버지의 마음이라 볼 수도 있겠으나, 그건 아주 기본적인 부모의 역할을 했을 때의 얘기다. '언제나 너의 편'이라는 정서적 안정감을 주고, 지금 네가 어떤 모습이든 관계없이 무조건적으로 너를 사랑한다고 시시때때로 일깨우며, 정상적으로 성장하고 공부할 수 있도록 경제적으로 지원하는 것 말이다.

하나, 평생 편모 가정이라는 이름표가 낙인처럼 느껴졌던 나는 그 작은 선물에서 부정父情을 착즙했다. 이런 것도 사랑의 일종이라고 스스로를 달래고 싶었다. '나는 충분한 사랑을 받고 자랐다'고…… 자기최면을 걸며 내 안의 텅 빈 항아리를 채웠던 것이다. 그러나 이제는 부정이라는 환상을 창조해내지 않는다. 어린 시절의 결핍은 있는 그대로 인정하되, 나 스스로가 새로운 행복을 만들어나갈 수 있다고 믿게 되면서다.

아빠로부터 생활비를 받은 순간도 있었다. 10개월 남짓. 대학 생활 4년 내내 스스로 벌어 먹고살았지만, 취업을 준비할 때는 한계 상황에 치달았다. 공부 시간은 부족했고 서울에서 밀려날 것만 같다는 공포가 앞섰다. 아빠에게 취업 때까지만 지원해달라고 애걸복걸했다. 매달 60만 원. 주거 비용을 고려하면 한 달을 버티기엔 터무니없는 돈이었지만, 감지덕지했다. 아빠에게 처음 주기적으로 받는 용돈이었다. 아빠가 쓰러졌을 때 고모가 주장한 권리 의식의 근거가 이것인데, 딸을 정상적으로 양육한 것인지에 대한 국민참여재판이 열린다면 만장일치로 내 편을 들 것이라 나는 생각한다.

몇 달은 순탄하게 통장에 돈이 들어왔다. 반년쯤 지났을까. 점점 입금하는 날이 늦춰졌다. 예부터 아빠는 곤란하거나 떳떳하지 못할 때면 잠수를 탔다. 차라리 미리 말이라도 해주면 다른 돈이라도 융통해둘 텐데. 엄마와의 결혼 생활에서도 흔히 했던 행동이었다. 생활비를 주지 않고 월세를 낼 것처럼 하면서 다른 곳에 유용한다거나, 언제까지 월급을 주겠다고 해놓고 차일피일. 오죽하면 신혼 시절 엄마 친구들에게서 아빠의 별명이 '~야 안다'였다. '와봐야 안다', '해봐야 안다'.

몇 날 며칠 생활비가 들어오지 않을 때면 사근사근한 말투로 온갖 미사여구를 장착하며 작문을 했다. "아빠 이번 달도 힘들지? 그런데 내가 상황을 조율할 수 있게 미리 말해줬음 좋겠어" 같은 식으로 달래가며 문자메시지를 보냈다. 길게는 수주 동안 대답이 돌아오지 않았고 급전을 구할 구석 없는 내 속은 타들어 갔다. 그때부터 공부를 덜 하면 덜 했지 차라리 내가 벌어서 사는 게 훨씬 낫겠다고 생각했다. 경제적 보조를 해준 지 1년도 채 되지 않아, 아빠는 실직을 이유로 지원을 중단했다. 이 역시 제대로 된 선언이 아니었고, 목마른 내가 우물을 파는 심경으로 계속 캐물은 끝에 들은 대답이었다. 끝까지 아빠는 닦달하는 나를 배은망덕한 딸로 몰아갔다. 우리의 연은 그날로 끊겼다. 그리고 더 이상 서울에서는 버틸 기력이 남아 있지 않았던 스물일곱 여름, 나는 부산에 있는 한 신문사에 수습기자로 입사하게 됐다. 통장에 돈이 몇만 원 남아 있을까 했던 시기. 천운이었다.

> 그는 더 이상 아버지나 남자 형제에게 돈을 얻기 위해 자신의 매력을 이용할 필요가 없었습니다. 가족들이 재정적으로 그를 벌줄 수 없게 되자, 그는 자신의 의견을 드러낼 수 있었습니다. 이제 그는 이따금 돈의 필요 때문에 무의식적으로 강요받았던 찬사와 반대 대신 진정으로 원하는 것과 원하지 않는 것을 선언할 수 있습니다. 요컨대 그는 더 이상 묵인하지 않고 비평할 수 있게 되었습니다. 마침내 오롯한 영향력을 갖게 된 것입니다.•

2015년, 드디어 나는 밥벌이를 할 수 있게 되었다. 그것도 문과 출신 사회 초년생치고는 꽤 좋은 연봉 조건의 정규직이었다. 더 이상은 경제적 지원을 이유로 아빠에게 매달리지 않아도 됐다. 돈은 해방이고, 일자리는 자유였다. 한평생 비빌 곳 없어 모든 인생이 '자립의 상태'였으나 진정한 의미의 자립에는 사회제도의 용인이 필요한 법이었다. 국가 통계에도 노동자로 집계되고 국민연금에도 가입하며 비로소 '기초생활수급자'라는 분류에서 벗어날 수 있었던 그때, 나는 마침내 '자립'이라는 단어가 내 삶에 성큼 다가왔음을 느꼈다.

•
버지니아 울프, 〈여성은 울어야 합니다(Women Must Weep)〉, 《월간 디 애틀랜틱(The Atlantic Monthly)》, Volume 161, no.5, 1938년 5월 호.

서울을 무척 사랑했지만 더 이상은 내가 있을 곳이 아니라는 생각이 들었다. 무엇보다 앞으로는 제발 소비되는 삶이 아닌 차곡차곡 '쌓는 삶'을 살고 싶었다. 엄마와 함께 본가에서 살며 꼬박꼬박 저축하면 그토록 갈망했던 안정적인 생활이 가능할 법도 해 보였다. 대단한 부자가 되고 싶지도 않았고, 각성한 페미니스트로서 지역 유지와 맞선을 보고 결혼하여 팔자를 바꿔보겠다는 헛된 꿈 같은 것도 꾸지 않았다. 내가 성실하게 일궈온 것으로 정직하게 평가받으면 그만이었다.

스물일곱, 나는 부산의 9평짜리 임대아파트로 돌아갔다. '연간 500파운드'를 위한 기틀을 마련하면서 아빠와 마침내 단절했다. 과거와 달리 더 이상 나는 자존심을 굽히지 않아도 됐다. 행여 한 푼이라도 기대할 수 있을까 매달리지 않아도 됐다. 드디어 내게도 '정규직'이라는 경제적 울타리가 생겼기 때문이었다. 나는 그렇게 기자가 되었다.

다시,
　　고향

"이 기자는 이 동네 사람이라서 잘 알제? 여기는 공단이라서 매일매일 사람이 죽거나 다치거나 하는 게 접수되긴 하는데, 막 흉악한 그런 일은 별로 없다."

2016년의 어느 겨울, 부산의 한 경찰서 구내식당. 나는 종종 출입하던 경찰서(기자들은 보통 영역을 나눠 그곳에 위치한 경찰서나 공공기관, 시민단체 등을 맡고 이를 '출입처'라 부른다)에 업무 시간보다 훨씬 일찍 도착해 형사과장과 아침밥을 먹곤 했다. '여' 기자라서 같이 사우나에 가서 때 빼고 광내며 '형님, 아우' 할 수 없는 나로서는 가까워지기 위해 할 수 있는 최대한의 성의였다. 어찌 그리 밥도 빨리 먹는지. 10분 만에 끝내는 식사를 틈타 수다를 떨며 친해지고 간밤의 사건 이야기를 냉큼 듣는 것이 경찰 기자에게는 긴요한 일과였다. 그날도 평소처럼 형사과장과 함께 아침밥을 먹었다. 조금 특별하달 게 있다면 내가 자랐고 그 순간에도 살고 있던 영구임대아파트 동네의 경찰서라는 것뿐.

"저쪽 산에 있는 게 다 영구임대아파트고 가난한 동네라서 이런저런 잡다한 일들이 좀 있지. 와, 없는 사람들 엮인 찌즈부리한(지저분한) 일들. 술 마시고 깽판 치고, 아파트에서 뛰어내리고, 우범지대라 할 수 있다 아이가. 가난한 동네는 딱 그런 게 뱅로(별로)데이. 큰 사건은 없고, 귀찮은 일들만 있고."

성격 급한 형사들의 속도에 맞춰 황급히 우걱우걱 밥알을 씹던 턱 근육이 멈췄다. 내가 사는 영구임대아파트촌이 화두에 올랐기 때문이다. 머릿속에선 어떤 표정이라도 지어보라는 뇌세포의 명령이 떨어졌지만, 어째 노력하면 할수록 안면 근육은 어색하게 굳어갔다.

"하하하, 그러신가요."

형식적인 답으로 순간을 모면하며, 나는 나에게서 임대아파트의 냄새가 나진 않는지 다시 한번 차림새를 점검했다.

아마 그는 조금도 상상하지 못했을 것이다. 이 동네에서 제일 영향력 있는 일간지의 기자가 본인 '나와바리' 안의 임대아파트 출신이라는 것을.

그도 그럴 것이 기자들은 출입처에 등록할 때에 출신 학교, 집 주소, 증명사진 따위를 함께 제출해야 하는데 나는 고민 끝에 외갓집 주소를 써서 냈다. 도무지 나의 출신을 내 손으로 증명해 보일 수 없었기 때문이다.

공공기관 따위에 개인이 '사회에 잘 섞인 인간'임을 증명해내는 것은 간단하다. 나의 재정 상태와 성장 배경을 보여주는 '주소', 나의 교육 수준과 사회적 계층을 보여주는 '학력' 두 가지면 충분하다. 학력은 아등바등 살았던 20대의 내가 어떻게든 만들어낼 수 있는 것이었으나, 주소라는 것은 사회생활을 갓 시작한 내가 어찌 치장할 수 있는 것이 아니었다. 고향에서 직장을 잡은 이후, 주소를 적어 내는 순간은 말로 설명 못 할 당혹감과 모멸감을 수반했다. 항상 조금 더 그럴듯한 친지의 주소를 써냈다. 처음 몇 번은 억지로 외워 썼지만, 이후로는 내 손이 자연스럽게 남의 주소를 적고 있었다. 내가 살고 있는 영구임대아파트에서 대중교통으로 한 시간 30분은 족히 걸리는 곳이었지만, 상관없었다. 혹시라도 누군가 깜짝 방문해 나의 가난이 들통날라치면, 한밤중에 택시를 타고서라도 달려가 잠이 덜 깬 표정으로 능청스레 연기할 각오도 돼 있었다. 그리고 실제로 그런 일도 있었다.

그렇게 이중생활을 이어가던 2016년 어느 날 출근길, 버스 정류장을 향하다가 갑자기 주저앉아 엉엉 울었다. 8년 전 재수생 시절의 한 장면이 떠올라서.

2008년 봄, 동갑내기들이 모두 대학에 입학했을 때 나는 책가방에 EBS 수능 교재 같은 것을 잔뜩 넣어 독서실로 향했다. 무릎이 한껏 늘어난 트레이닝복 차림으로. 유명 재수학원에 등록할 형편이 되지 못했기에, 독서실에 틀어박혀 독학으로 두 번째 수능을 준비했다. 여름에 있는 내 생일 하루를 제외하고 모든 날 출석한 기록을 보유했는데, 수능 시험 이후 퇴실하는 내게 독서실 사장님은 "혜미 씨가 앉았던 의자가 움푹 꺼질 정도였다"며 칭찬했다. 그 시기 나는 매일 아침 영구임대아파트 앞 버스정류장까지 걸어가며 찬란한 미래를 꿈꿨던 것 같다. 언덕배기에 있던 터라 버스정류장 벤치 너머로는 너른 바다가 펼쳐졌는데, 요즘이야 오션뷰니 뭐니 하며 풍경이 좋으면 일부러라도 찾아가서 사진을 찍는 시대라지만, 당시 나는 그 바다가 심히 물렸다. 내 눈앞에 펼쳐진 세상이 비린내 나는 항구가 아니라 휘황찬란한 네온사인과 쏟아져 나오는 인파로 가득한 도시이기를 꿈꿨다. 아무래도 나는 이 작은 어촌 마을에 어울리는 사람이 아니라는 막연한 이질감도 느꼈다. 오만이라 비판해도 하는 수 없다. 나는 고향이 품기에는 너무나 큰 사람이었던걸.

　그리고 8년 뒤, 고향으로 다시 돌아와 같은 출근길과 마주했을 때 주체할 수 없이 눈물이 쏟아져 나왔다. 나름 이름 있는 대학을 졸업하고, 악착같이 벌어 세계의 중심 뉴욕에서 인턴도 해보고, 자라면서 쉽게 만나지 못했을 배경의 친구들과 우정을 나누는 사이가 되고, 그 사이에서 결코 나 역시 뒤지지 않는 배움을 축적했지만, 돌고 돌아 내가 발 디딘 곳은 또다시 영구임대아파트구나. 나는 이 가난의 굴레에서 벗어날 수 없겠구나. 지겹도록 내 바짓가랑이를 붙잡고 늘어지는 빈곤을 직시했기 때문이리라.

'주소'는 끈질기게 나를 괴롭혔다. 대체 왜 회사 강당에서 진행하는 단체 건강검진 명단에 '집 주소'가 적나라하게 공개돼 있고, 그저 어느 동네에 사는지까지만 말해도 될 것을 대체 왜 직장동료들끼리 아파트 이름까지 알려야 하는지, 왜 종종 직장동료가 나를 차로 데려다줘야 하는 일이 생기는 것인지. 27세가 되어서야 깨달았다. 우리 사회에서 '주소'는 개인을 효과적으로 관리하는 수단으로 곧잘 활용된다.

물론 서울에서도 나는 가난했다. 오히려 부산에서보다 더욱 가난했다. 월세와 청년 대상 임대주택을 전전하며 늘 떠도는 삶이었고, 한 달이라도 돈을 벌지 않으면 그다음 달을 기약할 수 없었다. 부산에서는 다달이 들어오는 급여, 나를 직관적으로 설명해주는 명함, 처음으로 진입한 국민연금의 테두리, 그리고 '가난해 보이지 않으려' 전액 할부로 산 자가용 등 누가 봐도 더 안정적이고 넉넉한 물적 토대를 쌓아가고 있었다. 그러나, 나는 고향 부산에서 더욱 가난 때문에 괴로웠다. 부산에서는 가난이 너무 가까이 다가와 있었다. 서울에서처럼 궁핍한 처지를 가려줬던 익명성 뒤에 좀처럼 숨을 수 없었기 때문이다.

서울에서 가난은 조금 덜 드러난다. 신자유주의가 본능적으로 가난을 경멸하므로, 그러한 시류에서 조금 덜 영향을 받는다는 의미이지 아예 무관하다는 건 아니다. 그러나 청운의 꿈을 안고 상경한 젊은이들은 대체로 월세살이를 당연하게 여긴다. 군대 가기 전까지, 취업하기 전까지, 고시원이나 반지하에 사는 이들도 많다(결코 이것이 바람직하다는 의미가 아니다). 대체로 주변 모두가 원룸 등에서 자취를 하는 신세라 주소에 민감할 일이 없었다. 서울 토박이를 제외하고서는 사는 동네가 그 사람의 역사를 말할 일이 적었다. 그저 건대를 다녀서 건대입구에 살고, 이대를 다녀서 이대 앞에 사는 정도만 드러날 뿐이었다. 남산타워가 손톱만큼 보이거나, 싸구려 조명을 휘감은 루프톱이 있다면 '가난의 상징'인 옥탑방마저 '청춘의 상징'으로 돌변하는 곳이 바로 서울이다.

또래 대부분이 '그린빌', '더 행복하우스' 같은 이름의 다세대 원룸 주택에 사는 형편이라면, 나의 주소가 '푸르지오', '래미안'으로 끝나지 않아도 딱히 괴로울 일이 없다. 친구들 사이의 격차란 6평에 사느냐, 8평에 사느냐 정도, 그러니까 2, 3평 수준에 불과한 것이어서 다른 친구의 조금 더 넓은 집에 초대받아 함께 시간을 보낸다고 한들 위화감이 들 일이 많진 않았다. 김가네 셋째 딸인지, 이가네 맏이인지 알 길 없는 '익명의 도시'에서 나는 온전한 나로 존재할 수 있다.

서울은 빈곤해도 많은 것을 누릴 수 있는 도시다. 다시 한번 강조하지만 '가난'이 존재하지 않는다는 의미로 읽히지 않길 바란다. 오히려 어느 도시보다 물질적 양극화가 극심하다. 거금의 보증금이 없으면 셋방 구하기도 만만치 않다. 여기서의 의미는 가난하더라도 충분히 사교하고 풍요로운 문화를 누리며 살 수 있다는 것. 그리고 가난한 상태를 두고 무례하게 구는 사람이 비교적 드물다는 것이다. '차가 없어도', '프리랜서로 일하고 있어도', '멀끔한 정장을 갖춰 입지 않아도' 도처에 향유할 수 있는 것들이 무궁무진하다. 서울에서는 거의 하루도 빠지지 않고 유명 연사의 강연, 북 콘서트, 네트워킹 파티, 낭독회, 문화공연 등이 개최된다. 가난하지만 기발한 아이디어와 지적 교류 욕구가 있는 젊은이들은 모일 만한 공간만 생기면 그곳에서 배움의 기회를 창조해낸다. 빈곤은 더 나은 사람이 되고자 하는 이들의 호기심과 욕구를 가로막지 못한다.

어디 그뿐인가, 가난한 사람이 스스로 자신의 가난을 고백하는 집담회도 심심찮게 열린다. 누군가의 가난은 그 개인의 개별성으로 취급되지 않고 같은 시대와 구조를 겪어나가는 이들의 보편성으로 여겨지면서 연대의 씨앗이 된다. 이런 분위기 속에서 가난은 나의 잘못 때문만은 아닌 것, 누구나 겪을 수 있는 것, 그리고 극복의 대상이 아닌 '상태' 그대로 존재한다.

지방에서 겪었던 가난은 기질적으로 조금 달랐다. 고향의 사람들은 누군가가, 아니 내 눈앞에 있는 사람이 가난할 수도 있다는 것을 잘 상상하지 못하는 듯했다. 서울보다 집값이 훨씬 싸고, 사회생활을 꾸준히 했다면 집 한 칸 마련하기에 큰 어려움 없는 동네. 그렇기에 가난에 더욱 무감했다. 한창 사회생활을 하고 있을 부모가 제대로 된 집을 마련하지 않은 채 자식과 함께 살고 있으면 "그동안 부모님은 뭐하셨대?"라는 의문이 자연스레 따라붙는 곳. 또래의 신혼부부들조차 요령껏 신혼집을 자가로 마련하는 경우가 많고 탄탄한 기업이 많지 않아 직장이 고정적이지 않은 젊은이들도 모두 광안리, 해운대 해변에서 '마이카'를 끌고 다니는 분위기 속에서 가난은 쉽게 고백할 수 있는 것이 아니었다.

그러나 누구의 집에 숟가락, 젓가락이 몇 개인지도 꿰고 있을 만큼 서로를 속속들이 알아야 하는 폐쇄적인 고향에서 꼭꼭 숨긴 치부는 너무 쉽게 새어 나갔다. 가난은 쉽게 '우리 가족의 실패의 역사'와 이어졌다. 가난이 개인의 가난한 상태로 존재하는 게 아니라, '가정 형편'과 연결된다는 의미다. 서울에서 나의 가난은 '미취업자, 청년, 지방 출신'이라는 상태가 부여한 일시적 재정 상태일 뿐, 누구도 나의 주머니 사정을 부모의 실패나 가정의 궁핍함으로 연결 짓지 않았던 것과 달리.

"우리 회사 입사하면 부모님이 차 한 대 정도는 뽑아주지 않나?"

대뜸 한 선배가 말했다. 멋쩍게 웃으며 질문을 넘겼다. 모두가 이른바 '정상 가족' 상태를 유지하는 건 아니라는 것, 설사 그렇다고 해서 차 한 대를 턱턱 선물로 사줄 형편이 되는 가정은 극히 제한적이라는 것을 알 정도의 감수성을 가진 이라면 아마 저런 질문조차 하지 않았을 것이다.

"그런 후진 동네에서 연세대를 졸업했으면 집이 잘사나 보네? 동네에서 너네 땅 안 밟으면 못 걸어 다니는 것 아닌가?"

또 다른 선배의 말이다. 놀랍게도 악의는 전혀 없었다. 기자가 된 지 아마 석 달이 채 안 됐을 시점이었을 것이다. 지금까지 내가 생각한 기자는 저런 말을 생각 없이 내뱉는 유의 군상이 아니었다. 사회에 대한 따뜻한 시선, 소외된 이들에 대한 꾸준한 관심, 무엇보다 고도의 지적 활동을 정제된 언어로 표현하는 섬세함 등등. 뭐 저런 말을 내뱉는 사람도 '기자'라고 하고 다니나 싶어, 첫 직장을 다니는 내내 거리를 두며 내심 경멸했다.

"너희 집 몇 평이니", "아버지와 어머니는 뭐 하시니" 같은 고전적인 질문은 예사였다. 오히려 이런 질문을 들으면 질문의 부적절성을 떠나 핍진한 상상력의 한계에 탄식할 정도였다. 그 납작한 질문은 어쩌면 그렇게 변주도, 발전도 없는지. 그러나 1년 넘게 이러한 질문들을 '하수처리'하듯 속에서 여과시키면서, 내 마음속에서는 처음 나를 홀로 키운 엄마에 대한 원망이 싹텄다. '엄마는 이날 이때까지 영구임대아파트도 못 벗어나고 대체 뭘 한 거야', '우리 집은 현대사회에 조금도 적응하지 못한 패배자야', '이 좁은 집에선 미쳐버릴 것 같으니 나가버릴 거야'. 가난의 원인을 구조가 아닌 개인에게 돌린 전형적인 '가난 혐오'였다.

출근해서는 고상한 엘리트 지식인의 세계에 한 발을 걸치고, 퇴근 후에는 영구임대아파트가 상징하는 빈곤의 세계를 능숙하게 넘나들었다. 이중생활이 이어질수록 마음은 피폐해져 갔고, 가난을 '극복'하지 못한 엄마를 원망하고 가난한 나의 상태를 경멸하는 날들이 늘어갔다. 아마 출근길 버스정류장에서 터져 나온 눈물은 이 모든 것의 복합체였을 것이다.

그러다 부산으로 돌아온 지 2년도 채 되지 않은 2016년 어느 날, 집에서 영화 〈브루클린〉을 보다가 평온과 안정 혹은 권태를 상징하는 고향을 벗어나 모험과 도전, 확장을 의미하는 뉴욕에 돌아온 주인공의 독백을 듣고는 몸을 곧추 일으켜 세웠다.

"그럼 깨닫게 되겠죠. 거기가 당신의 인생이 있는 곳이라는 걸."

이 대사를 끝으로 영화가 마무리된 순간 나는 다시 서울행을 결심했다. 고향은 단순히 '태어난 곳이 아니라, 내 삶이 지어 올려진 곳'이라는 것을 깨달았기에. 그저 존재하는 것만으로 무심한 폭력을 감각하게 되는 이곳은 더 이상 푸근한 어감을 주는 고향 같은 것이 아니게 되었다. 나의 고향은 서울이다. 그곳에 내가 밑바닥부터 쌓아 올린 나의 터전이 있다.

그렇게 나는 고향을 떠났다. 죽기 전까지 단 한 번도 이 선택을 후회하지 않을 자신이 있었다.

'지방소멸'이 국가적 화두가 되어버린 지금, 여성들에게 '익명성으로 가득한 대도시에 오니 숨통이 트이더라'는 메시지를 발신하는 것이 다소 무책임한 태도일 수도 있겠다고 생각한다. 고향에 남은 이들이 느낄 씁쓸함에 대해 알지 못하는 바가 아니기 때문에.

하나, 단 한 번 사는 인생을 두고 여성에게 '나 자신'으로 살기에 녹록하지 않은 풍토를 '무작정 견뎌라, 버텨라, 바꿔라' 하기도 어려운 일이지 않을까. 나는 그저 많은 여성들이 조금 더 자신의 욕망에 충실하며 매 순간 자신의 영토를 넓혀나가기를 바라는 마음에 이 글을 썼다. 발길이 닿는 어디에서 살고 싶은 어떤 모습으로 살아도, 죽지 않는다고. 아무 일도 일어나지 않는다고 보여주고 싶었다.

4. 자기만의 방:

이제 영원히 내 것이지요

No force in the world can take from me my five hundred pounds. Food, house and clothing are mine for ever. Therefore not merely do effort and labour cease, but also hatred and bitterness. I need not hate any man; he cannot hurt me. I need not flatter any man; he has nothing to give me.

세상 그 어떤 힘도 내게서 나의 500파운드를 앗아갈 수 없습니다. 먹을 것도, 집도, 옷도 이제 영원히 내 것이지요. 그러므로 수고와 노동만이 아니라 증오와 쓰라림도 멎었습니다. 나는 그 어떤 남성도 싫어할 필요가 없습니다. 그는 나를 다치게 할 수 없으니. 나는 어떤 남성에게도 아첨할 필요가 없지요. 그는 내게 무엇도 줄 수 없으니.

자기만의
집

2017년, 나는 망명했고 동시에 정착했다.

떠돌아다니는 삶에 이골이 났지만 결국 밀려날 것을 각오하고 또다시 서울로 향했다. 사전적 의미의 고향을 떠나, 스스로 규정한 나의 진짜 고향으로. 이것을 위해 나는 '500파운드'와 '자기만의 방'을 거머쥐었다.

가장 먼저 한 일은 돈벌이가 되는 직장을 서울에 구하는 것이었다. 야생을 갈망하면서도 맨몸으로 수풀 속으로 뛰어드는 무모한 성격이 아니었던 난, 그 와중에 텐트와 침낭을 야무지게 챙겨야만 비로소 모험할 수 있는 재미없는 인간이다. 지독하도록 안정이 담보되어야 떠날 수 있는 타협적 부랑자이자 조건적 망명자.

지역의 무심한 폐쇄성과 강력하게 작동하는 가부장제에 몸서리치던 와중에 서울에 기반을 둔《한국일보》에서 스카우트

제의가 왔다. 한창 언론사가 디지털 영역을 키우던 시기였다. 《부산일보》에 취재 기자로 입사했지만, 엉겁결에 소셜미디어 채널을 담당하는 '최연소 팀장'이 됐고 이 소식이 서울까지 퍼졌나 보다. 어찌하면 서울로 다시 돌아갈 수 있을지 골몰하던 내게, 이직 제의는 조건을 막론하고 응할 수밖에 없던 것이었다. 그리하여 1년 6개월 남짓한 부산 생활을 끝내고 다시 서울로 향했다. 《한국일보》기자가 된 2017년 1월 이후 만 8년 가까이 이 자리에 머물고 있으니, 나름 큰 변곡점에서 정답에 더 가까운 선택지를 골랐다는 생각이 든다.

그보다 더 내 삶을 획기적으로 변화시킨 것은 '자기만의 방', 아니 '자기만의 집'을 갖게 된 사건이었다. 구구절절 가난 이야기를 늘어놓다가 갑자기 서울에 집을 샀다고? 무척 황당무계하게 들릴 수는 있겠지만, 정말 사고처럼 나는 집을 갖게 됐다. 결혼도 하지 않은 스물아홉에.

'내 집 마련' 같은 것이 삶의 화두였던 적은 단언컨대 단 한 번도 없다. 이유는 간단하다. 밥상머리에서 그런 주제를 입에 올리는 집안에서 자라지 않았기 때문이다. 아주 짧은 기간(그마저도 경매에 넘어갔지만)을 제외하고 나의 원가족은 늘 '셋방살이'였다. 목돈이 없어 전세가 아닌 월세만 전전했고, 그조차 어려워지자 외가에 얹혀살다가 주거 취약 계층을 위한 영구임대아파트에서 꽤 오래 지냈다. 중간에 서울로 거주지를 옮긴 나의 사정도 크게 다를 바는 없었다. 첫해에는 기숙사에 살

앉지만, 이후 반지하나 언덕배기 월세 원룸을 전전했다. 평탄한 대로변의 비교적 안전한 오피스텔 같은 곳에 살고 싶었지만 꿈도 꾸지 못할 형편이었다. 대학 시절 우리 집에 여러 번 초대받은 친구(였던 이)가, N번째 집 현관에 들어서며 "또 반지하야?"라고 무심코 내뱉은 말은 여전히 잊히지 않는다. 그는 서울에서 나고 자라 단 한 번도 독립한 적 없이 결혼과 동시에 부모의 집을 떠났다.

아무도 집을 사라 권하지 않던 때였다. 문재인 정부가 들어선 직후였고, 과거 노무현 정부가 종합부동산세 등으로 거센 저항을 받은 기억이 있었던지라 초기부터 부동산과의 전쟁을 선포했기 때문이었다. 기자로 일하며 시사를 살피지 않았을 리는 없으니, 시대 분위기를 모르고 행동한 건 아니었다.

그저 이 도시에서 버틸 명분이 필요했을 뿐이다. 이직한 지 넉 달 정도 됐을까. 학생 아닌 사회인이 되어 다시 발 디딘 서울은 더욱 냉정했고, 간절한 마음으로 봇짐 싸고 떠났던 때의 결심이 무색하게 고향의 아늑함이 눈에 아른거렸다. 외롭고 괴로운 마음 상태는 또다시 환각을 일으켰다. 또다시 '돌아갈 고향'이 있다는 연약한 마음이 스멀스멀 생겨났다.

'강남역 살인 사건' 이후로 안전에 대한 예민함이 극도에 치닫기도 했다. 월세 5만 원이 아쉬웠던 학생 때야 화폐가치와 약간의 허술한 치안은 마지막까지 자웅을 겨루다 결국 조금 더 저렴한 곳을 선택하는 흐름으로 귀결됐다. 그러나 지금의 나는 그래도 평균을 상회하는 임금을 버는 노동자 아닌가. 술 취한 남성에게 주거침입 피해를 입고 경찰서를 드나들었던 1.5층 원룸을 벗어나고 싶었다. 창문을 활짝 열고 살고 싶었고, 건물 현관에 진입하며 뒤따라오는 이가 없는지 두리번거리고 싶지 않았다. 더 나아가 침대 바로 옆 빨래 건조대에서 풍기는 젖은 옷가지의 습한 냄새를 맡으며 잠들고 싶지 않았고, 씻고 자는 것 말고 영혼이 안식할 수 있는 공간을 집이라 부르고 싶었다.

‡

"노원? 너 거기 가본 적은 있어?"

"난 아는 사람 없는 동네는 못 가겠더라."

대학생 때부터 모아온 예금과 주택청약저축(준비성이 철저하여 스물한 살 때부터 꼬박꼬박 부었는데, 황금알을 낳는 거위의 배를 째는 심경으로 해지했다)에 들어 있던 목돈, 그리고 업무 핑계로 겁 없이 올 할부로 뽑았던 준중형차를 팔고 받은 돈, 온갖 저축을 담보로 빌린 돈…… '영끌족'이라는 단어도 없던 시절, 정말로 영혼까지 끌어모았더니, 서울 외곽 노원구 30여 년 된 주공아파트의 가장 작은 평수를 가까스로 LTV 70퍼센트 대출을 받아 살 수 있겠다는 계산에 다다랐다. 명품 가방 하나 없던 내가 그동안 한 번도 만져보지도, 벌어보지도 못한 금액의 '쇼핑'을 하는 것인데도, 이상하리만치 대범했다.

어차피 예산 사정상 살 수 있는 집은 몇 되지 않아 선택권은 없었고, 아파트 구조야 그게 그거란 생각에 매물이 나오자마자 보지도 않고 가계약금을 넣었다. 대학생 때 빨간 버스를 타고 의정부까지 가서 아이들 수업을 했던 적이 있는데, 그때 창밖으로 얼핏 봤던 기억이 나는 동네였다. 아는 사람 한 명 없는 동네라는 것은 숙고할 가치도 없는 요소였다. 남루한 원룸이지만 20대 내내 신촌과 연희동 일대에 살면서 힙하고 세련된 것은 질리노록 보았다. 마케터나 디자이너처럼 트렌드에 민감한 이들이라면 그런 환경을 지척에 두는 것이 중요했겠지만, 평일 뻔질나게 가는 곳이야 서울 시내 경찰서, 국회, 여러 사건과 시위 현장들일 뿐인 나는 이따금 전자 장비를 충전할 수 있는 전기에 맛있는 커피가 갖춰진 몇몇 카페와 어디든 쏘다닐 수 있는 지하철만 곁에 있으면 충분했다. 게다가 내게는 20대 내내 서울 거리를 헤매며 익힌 탁월한 지리 감각이 있지 않은가! 내 세계가 그려진 지도는 익숙한 대학가 반경에 국한되지 않는다는 걸 스스로 무척 잘 알았다. 서울 안이기만 하면 어디든 상관없었던 이유다.

1000만 원이라도 싼 집을 구하느라, 집의 상태는 고려하지도 않았는데 이사 날 살펴본 집은 무척 심각했다. 80년대 첫 입주 이후로 과연 수선한 곳이 있었을까 싶었다. 갈색 베란다 새시는 곳곳이 휘어서 창문이 제대로 닫히지 않았다. 한쪽을 닫으면, 한쪽이 들렸다. 모헤어가 다 닳아 틈새로 바람이 횡 들이

쳤다. 나무와 키를 나란히 하는 3층이어서, 온갖 크고 작은 벌레가 초청하지 않았는데도 이사를 환영하며 집들이를 왔다. 화장실 타일은 성한 데가 없었고, 욕조는 너덜너덜이라는 형용사가 어울릴 지경으로 덜렁거렸는데, 하수구와 이어지는 곳에 거름망이 없어 배관이 그대로 노출돼 있었다. 길거리의 노란 가로등보다 더 탁한 조명이 을씨년스러운 욕실의 분위기를 심화했다. 미관을 제대로 해치며 드러난 전선은 심지어 '투명 테이프'로 휘감겨 있었다. 한마디로, 아파트의 구조만 빼고 모두 갈아엎어야 할 판이었다.

원래 이 세상에 내게 속하는 것은 많지 않았어서, 박스 몇 개에 모든 삶이 실렸다. 이삿짐센터도 아닌 용달차를 불렀다. 그래도 연희동 원룸에서 내 소유 아파트로 이사를 가는 것인데 이사 비용이 10만 원밖에 들지 않았다. 이사 날, 나는 혼자였다. 뻔뻔하게 용달차 기사 옆자리를 차지했다. 당시에는 외롭고 서럽다는 마음 같은 건 없다고 여겼다.

수년이 지나 그때의 마음을 살펴보면, 당시 내게는 다만 그런 마음이 새어 들어올 틈이 없었다는 말이 맞겠다. 나는 어쩌면 극도로 쓸쓸하고 막막했으며, 또 고달팠던 것 같다. 이 큰일을 혼자서 해야 했고, 내 옆에는 생면부지의 용달차 기사뿐이었다. 잔금을 치르고 열쇠를 받은 뒤 처음으로 냉기 흐르는 집에 혼자 들어갔을 때는 베란다에 나란히 쌓인 짐 상자만이 나를 반겼다. 한 손에 꼽힐 정도로 단출한 살림살이…….

가장 먼저 열쇳집에 전화를 걸어 디지털 번호 잠금장치부터 설치하고 짜장면을 시켜 먹었다. 도배도 되지 않은 상태의 80년대생 아파트는 전 소유주의 짐이 다 빠지고 나니 더욱 허름해 보였다. 새시를 통해 가을 바람이 새어 들어왔지만 그 집 한가운데에 돗자리를 펴고 누운 나는 달걀 상자에 안온하게 담긴 한 알의 달걀이 된 기분이었다. 나를 포근하게 감싼 폭신폭신한 콘크리트 테두리…….

그제야 알았다. 나는 안전하고 싶었던 거다. '독종' 소리를 들으면서 공부를 하고, 취업을 준비하고, 성취를 지향하는 과정에서 나는 나를 잘 몰랐다. 내가 무엇을 하고 싶고 뭘 위해 이렇게 열심히 달리기만 하는 건지 명료하게 인식하지 못했던 거다. 그냥 그래야 한다고 생각했기에 했을 뿐이었다. 내 명의의 아파트에 발을 들인 첫날, 직면하게 됐다. 지독한 열심의 뿌리에는, 너무나도 1차원적인 욕구가 존재하고 있다는 것을. 나는 내 생에서 결코 채워지지 않을 그것, '안정'을 간절히 갈망해왔다.

도시에서 밀려나고 싶지 않았다. 나의 존엄을 침해받고 싶지 않았다. 자아를 깎아내고 싶지 않았다. 그저 나로서 살면서, 안전하고 싶었다. 이제 나의 삶도 그럴 수 있겠다는 가능성을 엿봤다. 침대도, 이불도, 베개도 아무것도 준비되지 않아 몇 날 며칠 돗자리 위에서 외투를 덮고 잤다. 여름 기운이 채 가시지 않은 가을이라 가능했다. 제대로 잠기지 않는 베란다 새시 사이로 휘잉휘잉 바람 소리가 무서울 법도 했겠으나, 오히려 안전 감각을 느꼈다. 이 도시에 내 이름으로 된 땅과 집이 있다는 것, 그것만으로 퍽 안전한 요새에 자리를 잡은 듯 마음이 고요했다.

상가가 있는 아파트에 사는 것이 처음이었다. 20대 때 은마 아파트 상가에서 느꼈던 별천지 같은 감상은 아니었지만, 카페와 빵집, 옷 수선집, 있을 것 다 있는 슈퍼마켓이 옹기종기 모여 있는 상가에 손수레를 끌고 갈 때면, 아무 짐을 싣지 않았는데도 든든한 마음이 들었다. 복도식 아파트라 방충망, 방범창만 잠근 채 현관문을 활짝 열어둔 집이 많았는데, 퇴근 시간이면 복도를 가득 메운 쌀밥 짓는 냄새가 정겨웠다. 대학가 원룸촌에서는 맡을 수 없는 냄새였다. 아침저녁으로 마주치는, 과거 진보정당 원로 정치인을 꼭 닮은 경비 아저씨의 정겨운 인사와 호수를 꼭꼭 부르며 챙겨주는 택배 소식도 일상을 따스함으로 채운 장면이었다. 나는 급속도로 안정과 어울리는 사람이 됐다. 스스로 구축한 안전 기지 덕분일 테다.

무엇보다 내 삶을 획기적으로 바꾼 것은, 엄마 잃은 새끼 고양이 두 마리를 입양한 사건이었다. 어쩌다 엄마를 잃은 치즈 색깔과 흰색 털이 적절히 섞인 코리안쇼트헤어 남매 고양이를 부산의 친구가 임시 보호 하게 됐다. 생쥐 같은 모양이었던 생명체는 친구가 임시 보호를 하면서 꽤 그럴듯한 고양이 모양이 됐다. 나는 태어난 지 한 달쯤 된 고양이 남매의 성장기를 인스타그램을 통해 실시간으로 지켜보면서 사랑에 빠졌고, 이 순수하고 맑은 영혼에 충성을 다하겠다 다짐했다. 여름, 가을이라 임시로 불리던 아이들에게 소금, 참깨라는 이름도 미리 지어주었다.

귀곡 산장 같았던 집을 어느 정도 살 만한 공간으로 고치자마자, KTX를 타고 부산으로 가 참깨와 소금을 서울 고양이로 입적시켰다. 고양이를 들인다는 것은 단순히 나의 생활양식이 바뀌는 것만을 의미하지 않았다. 있는 그대로의 존재를 사랑할 수 있게 되었다는 점, 나의 기존 생각과 욕심을 조금은 내려놓고 돌보고 살필 생명이 생겼다는 점에서 어느 정도 육아와 비슷했다. 그간 가장자리로 잠시 치워두었던 안정과 안전, 사랑이라는 단어가 점점 삶을 잠식해갔다.

고백하건대, 혹은 고백하지 않아도 삶의 태도 면면에서 흐를진대, 항상 나의 감정과 정서를 제쳐놓고 살았다. '나는 왜 살지' 같은 존재의 이유와 목적을 찾는 근원적 물음에 천착한 기억도 거의 없다. 생존이 화두였던 20대, 산다는 것은 그냥 살아있어서 사는 것 혹은 살아내야 하는 것이었다. '왜 사는가'를 캐묻느라 시간을 보내는 건 사치였다. 미디어가 '워커홀릭' 권력 지향적 여성들을 묘사하는 방식처럼 편두통을 달고 산다든가, 정신과 약물에 의존하고 주변인과의 관계는 황폐하며 항상 빡빡한 정장 차림에 흐트러진 모습을 보이지 않는 강박적인 캐릭터는 아니었지만, 스스로와 주변을 살피는 일은 늘 후순위에 뒀다. 메말랐고 냉랭했다. 단 한 순간도 사랑하지 않은 적 없는 이들을 처음 품에 안는 순간 깨달았다. 사회 적응을 이유로 나는 스스로를 학대해왔지만, 이제 이 꼬물거리는 존재들이 나를 궁극적으로 바꾸게 될 것이라고.

고양이는 순식간에 모노톤의 단조로운 일상을 따스한 색깔로 물들였다. 나는 내가 외로움을 느끼지 않는다고 생각했다. 고독감에 사로잡힐 새가 없었다. 외동으로 자란 데다 의지할 데 없는 환경이 배양해준 독립심은 경쟁 사회를 살아가는 데에는 편리했지만, 감정 교류를 풍성하게 나누는 데에는 취약이었다. 기질적으로 타인에게도, 자기 자신에게는 특히 더 관대하지 못한 성격이었다. 하나, 고양이를 키우면서 평생 느껴보지 못한 감정에 빠져버렸다. 함께한 지 8년, 이제는 눈빛만 봐도 서로의 뜻을 알고 공감하는 지경에 이르렀다. 하얀색과 치즈색이 조화롭게 자리한 이 고양이들의 외양에 잠시 싫증이 난다 할지라도(놀랍게도 그런 적은 전혀 없어 이는 100퍼센트 상상의 영역이다) 이 고양이가 뱅갈 무늬를 가지기를, 혹은 장모 품종묘의 우아한 자태를 닮기를 바라지 않는다. 이따금 실수로 똥을 엉덩이에 대롱대롱 달고 다니는 바람에, 온 집 안에 구린 냄새가 폴폴 풍겨도 사랑스럽다. 침대 위에 토를 해서 일주일에 한 번씩 묵직한 이불 빨래를 하러 셀프 빨래방을 가야 한다고 해도 괜찮다. 자주 이불 빨래를 하여 수면 위생을 챙길 수 있도록 고양이들이 돕고 있는 것이라고 생각하면 그만이다.

수차례 이성애 관계는 물론이고 애착 관계 수준으로 발전한 친밀한 친구 관계에서도 상대를 있는 그대로 받아들이는 것은 늘 어려운 과제로 남았다. 그런데 나는 이상하게 말도 통하지 않는 이들에게서 존재를 있는 그대로 받아들이고 주면 줄수록 오히려 채워지는 풍성한 사랑을 배웠다. 이 모든 것은 내가 '자기만의 집'을 갖게 된 후에 일어난 변화다.

울프는 난생처음 발표한 서평으로 1파운드 10실링 6펜스를 벌었다. 그 돈으로 빵과 버터를 산 것도 아니고 신발이나 스타킹을 고르지도 않았으며, 정육점에서 고기를 구하지도 않았다. 울프가 산 것은 바로 페르시아고양이 한 마리. 물론 늘 규범에서 벗어나 자유로운 척하면서, 물질적 안정이 갖춰지지 않으면 불안에 시달리는 나 같은 '사이비 히피'로서는 결코 하지 않을 선택이다. 펫숍 같은 곳에서 생명을 사고파는 일을 경멸하기까지 하니까. 이런 무모한 선택은 울프에게 연 500파운드의 유산 상속분과 자기만의 방이 있었기에 가능했던 여유롭고 풍족한 선택이 아닐까. 실용과 생존을 최우선으로 하는 나는 당장에 필요한 먹거리와 생활용품을 샀을 것이다. 아니면 청약 저축에 돈을 붓고, 경기 상황이 좋으면 미국 우량 주식을 몇 주 샀을지도 모를 일이다. 내게 미래는 늘 예비해야 하는 것이었으니까.

그런데 울프는 한술 더 뜨며 말한다. "제 직업적 경험에 관해 이야기를 이어가자면, 처음 발표한 서평으로 1파운드 10실링 6펜스를 벌었습니다. 그 돈으론 페르시아고양이를 샀죠. 그러자 야망이 자라났어요. 말했듯이, 페르시아고양이는 정말 좋았어요. 하지만 페르시아고양이로는 충분하지 않았습니다. 나는 자동차를 가져야만 했어요. 그렇게 해서 소설가가 되었던 거예요. 이야기를 했을 뿐인데 사람들이 자동차를 준다니 이상한 일이잖아요."•

집을 가진 것만으로도 아주 좋았다. 그런데 고양이를 들였더니 야망이 생겼다. 돌봐야 할 존재가 생긴 것만으로, 지금 이 상태에 머무르는 건 충분치 않다는 생각이 들었다. 닥치는 대로 새로운 일을 벌였다. 훗날 자동차도 샀고, 굵직굵직한 기획 보도를 수차례 해냈으며, 큰 저널리즘 상을 받고, 페미니스트임을 선언하며 글을 발표하고 소설가는 아니지만 작가라고도 불리게 되었다.

집을 사는 데 머물렀으면, 그저 나는 어린 나이에 주택담보대출을 가득 끼고 서울 아파트를 산 사람에 불과했을 것이다. 집 자체가 주는 안온함을 누리며 안정적 삶에 머무르는 데 만족했을지도 모를 일이다. 또박또박 들어오는 월급으로 매달 빚을 갚아가며, 쳇바퀴 굴리듯 사는 삶에 스스로를 욱여넣었을 것이다. 그러한 삶에도 숭고한 면이 분명 존재한다고는 생각한다. 그러나 지금의 내가 자부심을 갖는, 글 쓰는 여성으로서의 충만한 커리어와 경험은 갖지 못했을 수도 있다. 고양이

•
버지니아 울프, 〈여성의 직업(Profession for Women)〉, 《나방의 죽음 수필집(The Death of the Moth and Other Essays)》, The Hogarth Press, 1942.

가 없었다면 말이다.

  '자기만의 집'은 내게 새로운 이름과 역할을 주었다. 저널리스트이자 작가이며 페미니스트, 글 쓰는 여성, 오롯이 존재하는 주체적인 인간.

어디든
집이 될 수 있어

턱 끝까지 차오르는 숨, 10킬로그램이 훌쩍 넘는 무거운 배낭이 어깨를 무겁게 짓누른다. 맨몸으로도 오르기 힘든 경사진 등산 코스. 겨우 보조 로프에 몸을 의지한 채 가파른 암석을 조심스럽게 더듬어 딛기란 여간 고행이 아닐 수 없지만, 몸통 크기만 한 60리터짜리 배낭이 더하는 고난이 불쾌하지만은 않다. 그 속에 담긴 것이 괜찮은 노지를 찾아 몸을 누일 '오늘의 집'이기 때문이다.

리스 위더스푼 주연의 영화 〈와일드〉(2014)에서 주인공은 자신의 몸보다 큰 배낭을 메고 산으로 향한다. 첫 장면에 등장하는 출발 지점의 표지판이 가리키는 말, 'PCT_{Pacific Crest National Scenic Trail}'. 남쪽으로 멕시코 국경에서부터 북쪽으로 캐나다 국경까지 장장 4000킬로미터에 이르는 미국 종단 하이킹 코스다. 어린 시절 가난과 아버지의 가정폭력으로 불우하게 자란 주인공은 삶의 유일한 희망이자 안식처였던 엄마가 갑작스럽게 세상을 떠나자 인생의 경로를 잃게 된다. 인생의 목적을 다시 찾고 내면의 상흔을 치유하기 위해 그는 PCT를 걷기로 결심한다. 자연과 야생동물은 물론 같은 인간 남성들마저 생명을 위협하는 길 위, 생사를 넘나드는 극한의 상황 속에 자신을 몰아넣으며 곱씹는다. "몸이 그대를 거부하면 몸을 초월하라"라고…….

대학생 때 신촌의 한 극장에서 이 영화를 혼자 봤던 기억이 생생하다. 앞으로 어떤 미래가 나를 기다리고 있을지 확신할 수 없었던 회색빛 날들. 눈앞에 산적한 생존 과제를 해결하느라 바빴기에, 영화 주인공처럼 배낭을 메고 자연으로 향하는 것은 내게 허락된 장면이 아니라 생각했다.

게다가 나는 여성 아닌가. 비교적 여성들의 야외 활동이 활발한 미국에서도 어려운 일일진대, 야영이라고 해봐야 어린 시절 걸스카우트나 아람단 활동이 끝일 한국의 여성들에게 야생은 좀처럼 어울리지 않는 삶의 무대라 생각했다.

여성에게 '야성野性'은 잘 따라붙지 않는 말이다. '들판 야'와 '성질 성', 그러니까 야생의 거친 성질이라고 하면 좋을까. 역사적으로 여자들에게 허용된 공간은 안전한 가정뿐이었으므로 야성이라는 단어와 여성을 쉽게 연관 짓지 못하는 것도 무리는 아니다.

"집에 도착하면 연락해!" 밤늦게 귀가할 때 여자 친구들이

"잘 가"라는 말 대신 늘 당부하는 말. 일반적으로 여성들에게 '집'은 안전하고 마음을 놓을 수 있는 곳이다. '아빠 빼고는 다 늑대' 같은 말을 시시때때로 들어온 딸들에게 집 밖이라는 공간은 늑대의 무리가 우글거리는 위험 지대를 연상케 한다.

근거 없는 망상만도 아닌 것이 우리는 2016년의 강남역이라는 대한민국에서 가장 번화한 곳에서 발생한 여성 살인 사건을 기억한다. 조금이라도 술 취한 모습을 보이면, 내 돈 내고 타는 택시든, 집 앞 골목길이든, 심지어는 공동주택 현관에 들어선 후 엘리베이터 앞 공용 공간 같은 곳에서도 여러 희롱과 폭력의 대상이 될 수 있다는 것을 체화했다. 메신저나 SNS에 올린 사진만으로도 '딥페이크 성착취물'로 만들어져 남성들의 그릇된 성욕을 '해소'하는 데 사용되는 요즘이다. 하지만 마땅히 가해자를 단속해야 할 사회는 피해자에게 몸가짐을 '바르게' 할 것과 안전 감각을 강요했고, 그렇게 여성들은 위축됐다. 안전한 공간은 오로지 나의 집, 나의 방으로 국한됐다. 심지어 어떤 여성에겐 그마저도 안전한 공간이 아니었겠지만•.

어린 시절 가족과 함께여서 행복했던 기억이 그리 많지는 않지만, 초등학교도 들어가지 않았던 어린아이 때, 휴가철이면 텐트를 쳐서 야영했던 장면이 떠오른다. 부산 인근에 모여 살던 고모 넷과

• 폭력 피해 초기 상담을 피·가해자 관계 유형으로 분석한 '2022년 한국여성의전화 상담통계'에 따르면, 전·현 배우자, 전·현 애인 및 데이트 상대자가 전체 상담 건수의 과반인 53.2%(3496건)를 차지했다. 또 유엔여성기구와 유엔마약범죄사무소의 '젠더 관련 여성살해' 보고서에서 확인한 바, 2021년 기준 한 시간마다 여성 다섯 명이 배우자 등 가족들에게 살해된 것을 감안하면 집도 여성들에게 안전하기만 한 곳은 아니다.

큰아버지네, 그리고 아빠까지 해서 친가 가족들은 틈만 나면 동반 가족 모임을 즐겼다. 특히 주말마다 스무 명 가까운 가족 구성원들이 모여 부산 근교의 산과 들로 떠나곤 했다. 내비게이션도 없었던 때라, 여행을 하는 날이면 기점이 되는 곳에 모여 운전자들끼리 전국 도로 지도를 펴서는 행선지로 향하는 최적 경로를 머리 맞대고 상의했다. 주로 남자들의 몫이었다. 며느리라는 가장 아래의 신분인 데다, 형제 중에서도 가장 막내와 결혼한 엄마에게 그날들이 얼마나 고역이었을까 생각하게 된 건 다 커서의 일이다. 철없던 나는 그저 사촌들과 놀러 간다고 하면 신부터 나는 어린이였으므로. 중학교 즈음부터 싱글맘 가정 딱지가 붙었던 내게는 꺼내기도 멋쩍은 미취학 아동 시절의 기억이지만, 그때의 몇 안 되는 장면이 이른바 '정상 가정'에서 자란 어린이의 것으로 남아 있다.

이후의 날들에서 부모의 실패•를 나의 실패와 분리하기 위해 과하게 '온전한' 가정에서 사랑받고 잘 자란 티 없는 아이인 척 구는 것에 아주 질려버렸는데, 당시의 아주 작은 기억 조각들은 짧은 순간이나마 내가 간절히 바랐던 삶의 형상을 누렸다는 얄팍한 증거가 되어주어 소중하게 남아 있다.

생일 파티를 스무 살이 넘어 처음 해봤다. 주변 사람들과 축하를 나눌 수 있는 여유가 생긴 것이 그즈음이었다. 안쓰러운 사연 때문은 아니다. 내 생일은 당시 모든 노동자의 여름휴가 기간인 '7말 8초'와 겹쳤다. 요즘처럼 자율적인 연차 휴가 제도

•
나는 결코 이혼을 개인의 흠이라 생각하지 않지만
사회적 기준을 반영하여 이렇게 표현했다.

가 보장되지 않았던 90년대, 노동자들의 여름휴가는 대체로 모두 같은 날이었고 7월 마지막 주 몇 날과 8월 1~3일에 걸쳐 며칠을 쉬는 식이었다. 게다가 내 생일은 여름방학 한가운데에 있어 유치원이나 학교 친구들을 부르기 어려웠다. 항상 휴가지에서 십수 명의 친가 친척들과 함께 보냈다. 촌스러운 분홍색 꽃 데커레이션이 올려진 버터크림 케이크는 없었지만 근처 슈퍼에서 사 온 초코파이로 매해 계곡과 산, 바다로 떠난 가족들 사이에서 생일을 맞이했다. 어릴 때는 "나만 생일 파티 안 한다"며 징징대기도 했지만 지금 돌이켜보면 몇 되지 않는 가족에 대한 좋은 기억으로 남아 다행스러운 마음이다. 중학교 이후로는 전형적인 이유로 생일 파티를 열지 못했다. 돈이 없었고, 여유가 없었고, 친구들을 부를 만한 공간이 없었다.

어릴 적 가족과 함께한 '텐트'에서의 기억이 무척 소중해서일까. 부쩍 캠핑 같은 야외 활동에 욕심이 났다. 사회적 거리두기 정책으로 인해 바깥 활동에 제약이 있었던 코로나19 시기 유튜브에서 여행이나 캠핑 영상으로 대리만족을 하는 동안 그 갈망은 더욱 커졌다. 내 또래의 여성 캠퍼들이 그늘막(타프)을 망치로 뚝딱뚝딱 설치하는가 하면, 유료 캠핑장이 아닌 수풀 우거진 산이나 등산로의 데크 같은 곳에 나 홀로 텐트를 쳐서 하룻밤 비박을 하는 것 아닌가. 심지어 마치 로빈슨 크루소처럼 부싯돌 같은 것을 이용해 불꽃을 만들어내어 식사를 준비하는 모습은 '안전한 방'이라는 공간에 갇힌 나의 영혼을 당장이라도 산으로, 들로, 바다로 불러내는 듯했다. 눈이 번쩍였다. '여자도 저렇게 혼자 바깥에서 먹고 자고 놀아도 괜찮은 거였어?'

때마침 '모험하는 여자들의 아웃도어 커뮤니티'라는 수식어를 내세운 단체 우먼스베이스캠프WBC를 알게 됐다. SNS에 공유된 게시물을 보고서였다. 항상 울창한 숲에서, 파도를 마주하는 해변에서, 자연을 침대 삼아 잠드는 삶을 갈망했지만 어쩐지 '나의 것'이라는 생각이 든 적은 없었다. 초등학생 시절 아람단 활동을 하며 야영하는 법을 배웠던 것을 제외하곤 백패킹 같은 아웃도어 활동은 안전 때문에라도 여성에겐 허락되지 않은 일이라 생각했다. 혹은 어린 시절의 나처럼 '아빠'라는 남성 울타리가 존재하는 경우에만, 혹은 '남자 친구'나 '남편' 같은 동행이 있을 때만 시도할 수 있는 과감한 활동인 것만 같았다.

'여자들이 무거운 배낭을 메고 이동해 텐트를 치고, 파쿠르 (자연 속에 존재하는 다양한 방해물을 활용해 자유롭게 움직이는 활동)를 배운다고?'

모험 모집 공고를 보고서 내면의 모험심과 도전 정신이 살아나기 시작했다. 때마침 유튜브에서 본 여러 여성 캠퍼들에 마음이 단단히 홀린 직후였다. 장비 하나 없었지만 흔쾌히 참여를 결정했다. 여자아이로 자라는 내내 행동거지가 조금만 거칠어도 '몸가짐이 조신해야 한다'는 말을 듣기 일쑤였다. 너른 들판은 걸스카우트 같은 단체 행동에서나 허용됐다. 점심 시간이면 남자아이들에게 운동장을 빼앗겨, 식수대 근처 자투리땅에 삼삼오오 모여 고무줄놀이나 해야 했던 어린 시절에 대한 반발 심리도 결단에 한몫했다.

결과부터 말하자면, 더 이상 세상과 자연이 두렵지 않다. 뜻 맞는 동료들과 함께라면 더더욱 말이다. 그때 나는 처음으로 혼자 텐트를 쳐봤으며, 어떤 지면地面을 골라 잠을 자야 하는지 습득하게 됐다. 지금 내 차 트렁크에는 항상 작은 알루미늄 장치(텐트를 고정하는 펙 등)와 텐트, 그늘막이 실려 있다.

'발길이 닿는 곳이라면 어디든 나의 영토가 될 수 있어.' 싱크 대 앞 앞치마 차림이 아니더라도, 광야에서 휴대용 버너로 능숙하게 투박한 한 끼를 요리할 수 있게 됐다. '여성'이라는 꽉 막힌 틀로 인해 충분히 누릴 수 없었던 벌판과 야생의 풍경을 되돌려받은 기분이었고, 시간이 날 때마다 섬으로 산으로 들로 훌쩍 떠나는 삶에 빠져들었다. 사설 캠핑장을 예약해 야영을 하기도 하지만, 해수욕장의 모래사장 뒤에 조성된 소나무 숲속에 텐트를 치기도 하고 해발 740미터에 이르는 산 정상에 몸뚱이만 한 배낭을 메고 꾸역꾸역 올라가 넓게 펼쳐진 산의 능선과 호수를 내려다보며 '오늘의 집'을 짓기도 한다. 공기청정기가 필요 없이 솔솔 불어오는 상쾌한 바람은 기본이고, 텐트에 누워 하늘을 바라보면 금방이라도 내 몸을 향해 쏟아질 것 같은 별 무더기는 덤이다. 이 모든 과정을 함께한 하룻밤 룸

메이트에게서 느끼는 전우애로 관계는 더욱 돈독해진다.

여기까지라면 '여성 캐릭터의 모험 서사' 정도의 행복한 결말로 보일지도 모르겠다. 그런데 2022년 여름 뜬금없이 'WBC'의 이름이 세간에 오르내렸다. 그것도 한참 어울리지 않는 '정치 기사'에 말이다.

2022년 여성가족부는 '성평등 문화 추진단 버터나이프크루(이하 '버터나이프크루')'라는 프로그램을 통해 성평등 문화 확산 프로젝트를 수행하는 청년 팀에 지원금을 제공했다. 일·가정 양립이나 자기결정권, 여성 경력단절 등 다양한 주제를 놓고 청년들이 머리를 맞댔다. 일례로 이 사업을 통해 여성 운전 프로젝트 '언니차'는 남성의 영역으로만 치부되던 차량 경정비 수업을 여성 대상으로 진행했다. 수업을 들은 여성들은 이제 더 이상 정비소에서 무시당하거나 덤터기 쓸 일을 걱정하지 않게 됐다고 한다. WBC는 그해 버터나이프크루 4기에 선정돼, 예산 지원을 받아 더 많은 여성들이 자연에서 아웃도어 활동을 즐길 수 있도록 판을 짜려던 참이었다.

순항하던 사업은 윤석열 정부 집권 초 '실세 중의 실세'였던 당시 권성동 여당 원내대표가 남초 커뮤니티의 극단적 주장에 떠밀려 이 사업을 '남녀 갈등의 원인인 과도한 페미니즘'이라 직격하면서 좌초했다. 남자들의 눈에 거슬릴 법도 하다. 젊은 남자랑 여자랑 함께 캠핑을 떠나고 우연히 손도 잡고(?) 연애도 하고 결혼과 출산도 하고 그렇게 '친하게 지내는' 모습을 보이는 게 '진정한 성평등'일진대, 어디 감히 여자들끼리 집 밖에서 겁도 없이 캠핑을 한다는 것인가. 남성들과 어울리지 않고 여자들끼리 판을 벌여 삶을 꾸리는 것이, 한국 남성들에게는 눈엣가시였을 터. 게다가 정부 부처의 예산까지 쓴단다. "이건 성평등이 아니라 역차별이다!" 분노한 남성들의 목소리가 실시간으로 귓가에 맴돈다.

이 같은 분노는 한국 사회에 만연한 성차별적 맥락을 부정한다. 30년 무사고 운전을 자랑하는 이도 '여성'이기만 하면 '김여사'라는 멸칭으로 불리고, '여성 운전자가 타고 있음직한' 비주얼의 차량이 도로 위를 달릴 때면 온갖 클랙슨 소리와 칼 치기가 난무하는 현상을 반영하지 않는다. 남편과 함께 정비소를 갔을 때와 그렇지 않을 때 왜 차량 정비 가격은 천차만별인가. 왜 남편과 남자 친구 없이 혼자 캠핑을 즐기는 여성들은 유튜브 밖에서는 찾기 어려운가. 왜 여성들끼리 혹은 여성 혼자 캠핑을 하러 오면, 옆 텐트의 남자들이 수군거리다가 텐트를 침범하는 만행을 저지르는가. 이 같은 경험의 불평등은 여성의 시야를 어떻게 좁히고 삶을 어떻게 제약하는가.

여자들끼리 모여 산으로 들로 떠나고, 경정비 수업을 받고, 지역에 페미니즘 네트워크를 만들고, 여성 예술인 조사 활동을 벌이는 것에 기성 정치는 쉽게 '관제 페미니즘'이라는 딱지를 붙여버렸고, 원내대표의 전화를 받은 당시 김현숙 여가부 장관은 하루 만에 해당 사업을 "전면 재검토한다"고 했다. 한 팀에 고작 100만~600만 원의 지원금을 주는, 1년 예산 4억 5000만 원짜리 작은 사업을 익명의 인셀(여성혐오 정서에 매몰된 비자발적 독신자)이 쏟아내는 남초 커뮤니티 여론에 떠밀려 전화 한 통으로 없애면서 국회의원과 장관의 권력을 휘두르는 모습을 보이는 데에도 부끄러움이 없다. 이후 윤석열 정부에서 여가부 장관 자리는 1년 가까이 공석이다.

결혼과 출산의 전통적 역할에 매몰되기보다 주체적이고 자율적으로 자기 삶을 꾸려가는 여성들이 '성평등의 적_敵'인가. 성평등은 여성들을 들판에서 몰아낸다고 해서 이룩할 수 있는 것이 아니다. 쫓겨난 여자들은 아기를 낳으러 과거의 집으로 돌아가기보다 또 다른 들판을 찾으러 떠날 것이기 때문에.

오늘도 나는 텐트를 넣은 무거운 배낭을 등에 들쳐 멘다. 여성들에게 허락되지 않는 땅은 없다. 내 발이 가 닿고, 텐트를 쳐 몸 뉠 수 있는 곳이면 어디든 '자기만의 방'이 될 수 있어.

이 글의 일부는 기자협회보 2022년 8월 3일 자에 실린 칼럼 '[이슈 인사이드] 빼앗긴 들에도 성평등은 오는가'를 재구성했다.

5. 여성과 직업:

글을 써서 무얼 한다고

The world did not say to her as it said to them,
Write if you choose; it makes no difference to me.
The world said with a guffaw, Write? What's the
good of your writing?

세상은 그에게 남자들에게 하듯 "쓰고 싶으면 써요. 난 상관없으니까"
라고 말하지 않았습니다. 세상은 큰 소리로 웃으며 말했습니다. "글을
쓴다고? 당신이 글을 써서 무얼 한단 말이지?"

변두리에서
낙관하기

"너 나랑 약속 하나만 하자. 앞으로 매일 한 페이지라도 소설을 읽어라. 그러지 않으면 너와 연을 끊겠다."

등뼈를 타고 식은땀이 주르륵 흘렀다. 수년 전 사회부 경찰 기자 시절, 일선의 경찰 기자들을 모두 통솔하는 캡(캡틴에서 유래했으며, 서울지방경찰청, 즉 시경을 담당하는 사건팀장의 호칭)이 모두가 퇴근한 시각에 전화를 걸어 내게 통보했다. 내 기사가 손쓸 수 없이 엉망이라, 캡마저 기사를 고치느라 밤 9시가 넘도록 집에 가지 못했던 날이었다.

"너의 부족한 기사로 지방의 독자들은 부족한 기사가 인쇄된 신문을 읽게 됐다."[•] 변명의 여지가 없었기에 "네, 노력하겠습니다" 같은 대답만 이어갈 수밖에 없었던 날들이었다.

지금이야 동전 넣은 자판기가 음료수를 밀어내

[•] 배송 관계로 지역의 신문 독자들은 이른 시각에 완성된 '초판'을 배송받는다. 비교적 근거리인 수도권 독자들은 밤늦게까지 다듬어진 최신의 기사가 얹힌 신문을 배달받는다. 지역의 정보 비대칭에 대한 문제의식이 없는 것은 아니지만, 프린트 매체의 물리적 한계로 이해해주시길 바란다.

듯 챗GPT처럼 기사를 써내곤 하지만, 뭣 모르는 저연차 기자 시절 기사 쓰는 건 공포였다. 긴급 사안이라 한두 시간 안에 급하게 기사를 써야 할 때면, 머릿속이 새하얘져 깜빡이는 커서만 바라보다 30분, 한 시간을 뚝딱 잡아먹었다. 당연히 마감 시간에 임박해 양만 겨우 채운 기사를 보내기 일쑤였고, 한동안 나는 데스크 사이에서 기피 대상이었다. 도무지 손을 댈 수 없을 정도로 논리도, 구성도, 문장도 엉망인 글들을 보내기로 악명 높은······.

자기 객관화는 빨라서 내 글이 함량 미달이라는 것은 충분히 알고 있었다. 그런데 도무지 원인을 알 수 없었다. 어릴 때부터 독서량이 부족했던 것도 아니고, 글쓰기 대회 같은 곳에서도 곧잘 수상을 하곤 했는데······. 어떻게 이렇게 낙오자 수준으로 역량이 곤두박질칠 수 있는 걸까. 캡이 전화를 걸어 불호령을 내린 것도 '애를 이대로 두면 기자 노릇을 못 할 것'이라는 다급함 때문이리라. 지금 돌이켜보면 엄청난 애정과 책임감에서 비롯한 질책인데, 철없던 당시엔 전화를 끊고서 엉엉 울었다. 밥값도 못 하는 무능한 사람이 된 것만 같아서. 기사 하나 제대로 못 써서 선배들을 줄줄이 괴롭히고 있다는 죄책감에 사로잡혔다. 한바탕 눈물 콧물을 다 쏟고 나서 곧장 온라인 서점에 들어가 캡이 시킨 대로 보이는 족족 현대 소설을 샀던 기억이 난다. 하여튼 말 잘 듣는 모범생 기질은 어디 도망가지 않는다.

무엇이 문제였을까.

나는 그저 두려웠다. 내가 전날 작성한 기사 하나 때문에 다음 날 공무원들이 아침부터 고생을 하고 확인을 위해 전화가 오고 잘못한 게 있으면 문책을 받고 나는 항의를 버텨내야 하고…… 그저 밥벌이를 위해 한 자 한 자 써 내려가는 것인데, 뜻밖에 바이럴이 돼서 너무나 많은 사람 사이에 회자되고, 악플을 받고. 숭배 비슷한 반응이 돌아올 때도 두렵기는 마찬가지였다. '내가 뭐라고'라는 수치심이 밀고 올라왔다. 이따금 동굴 속에 숨어서 무명으로 기사를 쓰고 싶다는 생각에 사로잡혔다. 역량이나 깊이에 비해 너무 책임감이 큰 글들을 쓰고 있다는 중압감은, 되레 나를 머뭇거리게 했다.

게다가 한국 사회에서 여성으로 살면서 매 순간 '자기 검열'을 체화하지 않았던가. 검열의 늪에 빠진 나는 기사 마감을 해야 하는 오후 4, 5시를 몇 시간 앞두고도 노트북 앞에 얼굴이 새하얘진 채로 멍하니 있곤 했다. 3, 4년 차쯤의 일이다.

꼭 해야 할 말을 직구로 던지기를 주저한 데다 관점에 확신이 없는 글은 '당연히' 별 볼 일 없었다. 소금 간을 하지 않은 일본 된장국 같은 밍숭맹숭한 활자들. 마우스 스크롤을 내려 처음부터 끝까지 봐도 도무지 주제 의식이 튀어나오지 않는 둥글둥글한 문단들. 때론 '도통 무슨 말을 하는지 모르겠는' 나만 아는 기사 초안을 '에라 모르겠다' 하는 심정으로 보내곤 했고, 랜선을 통해서도 선배들의 보이지 않는 한숨이 전달됐다. 죄

송으로 점철된 염치없는 날의 연속이었다.

주눅 들지 않으려 애썼다. 경험이 일천하니 부족한 건 당연하다는 뻔뻔함을 잃지 않아야 일을 포기하지 않을 것 같았다. '처음부터 잘하면 저도 20년 차 기자게요?' 황당한 정신승리지만 그것이 내 동아줄이었다. 뻔뻔함으로 시간을 벌면서 매일 출퇴근길 캡이 시킨 대로 소설을 읽었다. 글자 한 자 한 자에 녹아 있는 신중하고 정성스러운 마음을 살폈다.

여전히 문학은 내가 구사할 수 있는 문장이 아니라 생각한다. 팩트 위주의 기사를 하루에 하나, 많게는 세 편까지도 빠르게 써내는 기자의 문장과는 너무나 다른 성격의 것 아닌가. 하지만 소설을 읽으면서 일면식 없는 불특정 다수에게 자신의 머릿속에서 구축한 새로운 세계의 가치와 인물을 차근차근 설득하는 친절한 언어를 깨쳤다. 이 지난한 과정을 거쳐 지금 모습의 글쟁이가 될 수 있었음에 감사한다. '아 다르고 어 다름'을 알아, 적확한 단어를 고르고 골라 섬세한 문장을 쓸 수 있는 사람이 되었고, 내 머릿속에 든 것을 와르르 쏟아내며 혼자만의 예술 세계에 빠져든 나르시시스트 작가가 될 기회를 박탈당했다. 대신 남을 살리고 공동체를 고민하는 문장을 한 코 한 코 대바늘로 뜨개질하는 마음으로 지으며 밥벌이를 한다.

'잘' 쓰는 것과 무관하게, 지금은 명실공히 '글 자판기'의 경지에 올랐다. 쓸 재료가 충분하다면 원고지 10매 이상의 기사도 두 시간이면 후딱 쓰는 수준에 이르렀으니(일반적으로 신문

기사는 원고지 매수에 따라 기사 가치를 매기는데, 10매 이상 기사는 꽤 비중 있는 '톱기사' 수준 분량이다). 2020년 첫 단독 저서를 시작으로, 2021년에는 에세이를, 2022년에는 여성들의 인터뷰집을 출간했다. 그리고 이 책은 나의 네 번째 책이 될 것이다. 게다가 2021년부터는 매주 《한국일보》의 여성·젠더·페미니즘 뉴스레터인 〈허스펙티브〉를 보내고 있다. 그러니까 요즘 나의 일정은 마감과의 사투라 볼 수 있는데, 매주 목요일 발송되는 뉴스레터를 그 전날인 수요일마다 마감하고 매일매일 한 편 내지 두 편의 지면 기사를 소화하며 밥벌이를 한다. 거기에 그치지 않고 주말이면 최대한 덩어리 시간을 확보해 나의 글을 쓴다. 무엇이 나를 쓰기의 두려움에서 구원한 걸까.

오랜 시간 돌다리를 두드린 결과 그 해답을 알게 됐다. 바로 '자기 확신'이다. 자기 확신이 없어 제대로 쓰지 못했고, 후천적으로 자기 확신이 생겼을 때 비로소 나의 언어를 갖추게 됐다. 더 이상 내 글이 어떻게 받아들여질지 고민하지 않는다. 나의 주관대로 써도 세상이 무너지지 않는다는 것을 경험칙으로 알게 됐다. 아주 일부라도 공감하고 좋아하는 사람이 있다면 충분하다. 다수가 즐겨서 글로 돈방석에 앉는다는 불가능한 꿈도 꿔본다. 사람을 잡아먹을 듯한 적개심으로 가득 찬 비난은 사뿐하게 무시한다. 모두에게 동의받고 모두에게 사랑받을 생각이 애초에 없기 때문이다.

내게 자기 확신을 길러준 건 2019년의 한 탐사 보도였다. 5년 차, 만으로는 3년하고 조금 더 일을 했을까. 주니어라는 표현조차 민망할 정도로 앞가림도 제대로 못 하는 병아리 기자였던 나는 쪽방촌의 실소유주를 전수 조사해 벼랑 끝에 놓인 주거 취약 계층을 대상으로 한 약탈적 임대 행위가 만연한 것을 폭로한 '지옥고 아래 쪽방' 보도를 세상에 내놓았다.

서울 시내 노른자 땅 위에 수십 년 동안 자리하고 있는 쪽방촌은 보증금을 마련하거나 고시원에 들어갈 여유조차 되지 못하는 도시 빈민들이 노숙과 주거 사이에서 아슬한 줄타기를 하는 경계다. 대체로 만날 가족도 없고, 고정적인 일자리를 구하지도 못하며, 이제는 노령의 나이에 이르러 몸까지 아픈 이들은 월세를 낼 여유도 없어 주세, 일세의 형태로 이 같은 쪽방에서 비와 바람을 피한다. 5년 전 평균 월세가 25만 원 상당이었으니, 결코 싸지도 않다. 그런데 부유한 건물주들이 응당 임대인으로서 해야 할 최소한의 의무도 하지 않고, 공실을 관리하는 사람만 둔 채 방에 문이 없어 겨울바람이 숭숭 들어오든, 누군가 고독하게 사망해 시체 썩는 냄새가 코를 찌르든, 수도관 동파로 계단이 얼음판이 돼 두 달이 넘도록 어르신이 바깥을 나가지 못하든 상관없이 월세만 또박또박 받는다는 문제의식을 골자로 한다.

그간 쪽방촌은 '올겨울 들어 가장 추운 날' 혹은 '폭염이 덮친 날' 같은 때에 조금 더 불운한 처지에 있는 이들의 목소리를 담기 위해 언론이 일회성으로 다루던 공간이었는데, 그 내부에 이 같은 빈곤 비즈니스 생태계가 똬리를 틀고 있음을 드러내 언론계 안팎으로 호평을 받았고 정책의 변화까지 이끌어냈다. 정말로 기자로서는 앞으로 두 번 다시 겪기 어려울 행운이 가득한 경험이었다. 이와 관련한 더 자세한 이야기는 첫 책인 《착취도시, 서울》(글항아리, 2020)에 모두 담았다.

"책을 출간하는 것은 때로 자신이 마음속으로 저지른 것과는 전혀 다른 범죄로 재판에 회부되는 것과 같다"•는 마거릿 애트우드의 문장을 미리 알았다면, 나는 감히 출간 계약을 맺는 무모함을 발휘하지 않았을 것이다. 책을 쓰는 일의 의미, 책의 물성을 구성하는 요소, 작가로서의 삶과 소명, 출판 계약 같은 것에 대해 어떤 지식도 없었던 얼뜨기였기에 출간 계약서에 거침없이 도장을 찍었다. 내 나이 서른한 살의 일이었고 서른두 살에 첫 책이 나왔다. 그리고 이 책은 이후 일본, 대만, 중국 등에 번역돼 나오거나 출간 계약을 맺었다. 이렇게 나의 생각, 나의 글자, 나의 세계가 일파만파 다른 세상으로 확장될 수 있다는 것을 그때는 정말 몰랐다.

부족한 점도 적지 않은 보도였지만, 내게는 다른 차원의 가능성을 활짝 열어준 뜻깊은 결과물이었다. 그해 '이달의 기자상'을 비롯해 '온라인저널리즘 어워드 대상', '올해의 데이터 기반 탐사보도 상' 등을 받았고, 여성 기자로서 최고의 영예인 '올해의 여기자상'과 '최은희여기자상'을 동시에 수상하게 됐다.

•

마거릿 애트우드, 박설영 옮김, 《글쓰기에 대하여》, 프시케의숲, 2021, 161쪽.

특히 1년에 단 한 명의 여성 기자에게 시상하는 최은희 여기자상은 지금까지 40명 정도의 수상자만을 배출했을 정도로 여성 기자에겐 평생의 영예로 꼽히는 일이다. 기자 명함을 갖기 전부터 '나는 꼭 최은희 여기자상을 받을 것'이라는 호기로운 커리어 목표를 세웠었다. 내심 이를 은퇴 조건으로 삼았었는데 예상보다 너무 빠른 시기인 6년 차에 이 상을 받게 되어 슬프게도 나는 아직까지 은퇴하지 못하고 있다……

사실 상보다 더 중요한 것은 따로 있었다. 바로 '세상을 바꾸는 글의 힘'을 온몸의 피부로 느낀 것이었다. 이로써 '자기 확신'을 체화하게 된 것이다. 신자유주의가 모든 것을 잠식하여 모든 것을 개인의 탓으로 돌리고, 동시에 거대한 구조와 권력이 시민성이나 민주주의, 관용 같은 사회 진보적 가치를 압도하게 된 시대에 '세상을 바꾼다'는 두 마디가 얼마나 허황된 말로 들릴지 너무나 잘 안다. 하지만 나는 늘 세상을 바꾸기를 꿈꿨다. 이타적인 목적만은 아니다. 궁극적으로 세상이 조금 더 섬세하고 따스해졌을 때 사회에서 낮은 자리만이 주어졌던 내가 더 살기 수월해진다는 것을 체감하면서다. 2025년의 한국 여성이 놓인 현실은 여전히 녹록지 않지만 2016년 강남역 살인 사건이 촉발한 페미니즘 리부트 시기와 2018년 불편한 용기 집회 등 일련의 움직임 이후로 비로소 숨통이 트인 기분이랄까. '없는' 젊은 여성일수록 느낄 것이다. 지금의 세상은 조금도 평등이나 연대 같은 단어와 어울리지 않지만, 그럼에도 불구하고 몇 년 전의 세상보다는 차츰차츰 더 나아지고 있다는 것을.

한때 누군가 왜 기자가 됐느냐 물었을 때 "따뜻한 시선으로 공동체의 변화와 공존을 모색하고 싶다"고 호기롭게 말했지만, 기자 생활 10년도 채 되지 않아 그 바람은 "더 나빠지는 세상의 속도를 조금이라도 늦추고 싶다"는 표현으로 바뀐 지 오래다. 오스트레일리아의 사회학자 래윈 코넬이 말했던가. 규범에 복종하는 이들에겐 세상은 '보상'을 선사한다. 궤도를 일탈하는 이에게는 전방위적인 처벌이 가해진다. 예컨대 저출생 대책이 당면한 국가적 과제가 되어버린 오늘날, 결혼을 거부하고 출산하지 않는 여성에게 사회는 계속해서 적대적인 메시지를 발신한다. 어떤 나이가 지난 후에도 결혼하지 않으면 세상에서 도태될 것이라는 사회적 압박, 미·비혼 여성은 어딘가 하자가 있을 것이라는 단정적인 시선, 그리고 '이성애 정상 가족'만을 수혜 대상으로 두는 각종 제도의 사각지대에 내몰려 결국 빈곤과 과로로 치달을 수밖에 없는 현실 등. 이 모든 것들은 세상이 요구하는 규범에 불복종하기 때문에 가해지는 징벌이다.

'커리어를 유지하며 혼자 사는 여성'이라는 것만으로 나는 곧잘 복종을 요하는 질서에 저항하며 일탈적 삶을 사는 이로 취급된다. 그것에 그치지 않고 그러한 삶을 추동하는 기사 혹은 글까지 생산해내니, 삶이 형벌처럼 어려운 건 여기에 연유하는 걸까. 모두가 '나는 몇 살에 50억 원을 모아 파이어족이 됐다'는 식의 유튜브 영상에 골몰하고 '상급지 한강뷰 아파트' 따위의 천편일률적 탐욕을 드러내는 천박한 모습을 숨기지 않는 세상에서 영구임대아파트니, 빈곤이니, 공동체니, 연대니 하는 말들을 쏟아낼 때면 꼭 스스로 세상의 왕따가 되기를 자처하는 것만 같다. "구조적 성차별은 없다"는 인식을 가진 이가 대통령이 되고, 전국민적 공분을 산 딥페이크 성착취 관련 처벌법 개정안에 안티 페미니스트들을 등에 업은 젊은 정치인이 꿋꿋하게 '반대'표를 던지는 이런 나라에서, 혹은 시야를 전 세계로 확장해 '나의 조국을 다시 위대하게' 만들 수만 있다면 미국 역사상 최초의 성범죄자 대통령도 다시 선택되는 이런 세상에서, 나는 하루에도 수차례 글과 사유, 가치와 철학이 내포한 가능성을 비관한다.

그럼에도 첫 책《착취도시, 서울》의 기반이 된 2019년 쪽방촌 탐사보도는 내게 '쓰는 것'의 강력한 힘을 알려준 경험이었다.

보도와 책 출간을 전후로 내가 목격한 변화는 이랬다. 언론 비평을 하는 매체는 물론이고 여러 언론 관련 단체에서 내 보도를 조명했다. 여러 TV, 라디오 프로그램에 출연해 내가 쏘아올린 어젠다를 널리 퍼뜨렸다. 반빈곤운동 단체의 자발적 노력으로 서울 시내 쪽방촌에 내 보도가 인쇄된 '쪽방 신문'이 배포됐다. 쪽방 주민들이 모여 '모든 사람이 사람답게 살 수 있는 공간에 살 권리'인 주거권 공부를 하더니, 급기야 서울시청 앞에서 집회를 열어 한목소리로 외쳤다. "사람이 살 수 있는 집에 살고 싶다"고……. 국회에서는 토론회와 간담회가 여러 차례 열렸고, 당시 국토교통부 장관과도 비공식적으로 면담해 직접 취재한 것들과 주민들의 목소리를 대신 전했다. 서울시청 공무원들은 시장이 나의 책을 읽고서는 과제를 잔뜩 내줬다며 볼멘소리를 해오기도 했다. 이후 국토부와 서울시, LH, 현장 활동가, 주거 연구자 등이 일사불란하게 움직인 결과 용산 참사 11주기였던 2020년 1월 20일 공공이 주도하는 쪽방촌 공공주택사업이 발표됐다(하나, 정권이 바뀌고 건물주의 반발이 거세 5년이 지난 지금까지도 표류하고 있다). 그간 한국 사회에서 도시 개발 역사는 거주민을 내쫓고 건물을 허물어버리는 식의 폭력적인 양상이 이어졌는데 처음으로 주민들이 원래 살던 곳에 재정착할 수 있도록 고민한 사업이었다. 한국 사회의 주거에 대해 오래 고민해온 전문가 등은 '주거 개발 패러다임의 전환'이라 이름 붙일 정도였다. 기사를 쓴 후 불과 1년도 되지 않아 일어난 일이다.

'내 기사가 이런 변화를 만들어낼 수 있다고?'

경이로움의 연속이었다. 모든 기자가 겪을 수 있는 일도 아니었다. 입사 5년 정도밖에 되지 않은 어린 기자가 겪은 이 경험은, 이후 녹록지 않은 상황과 마주할 때마다 '처벌이 따를지언정 저항하고 일탈하는 글을 꾸준히 써나가리'라 결단하게 하는 강력한 자산이 됐다. 그래서 나는 4년 가까이 여성·젠더·

페미니즘에 대해 뉴스레터를 쓰고, 무균실의 깔끔한 것만 좋아하는 특권계층이 그다지 직시하고 싶어 하지 않는 온갖 밑바닥의 주제로 글을 쓴다.

10여 년 전만 해도 나는 당장 사라져도 아무도 모를 '무명'의 존재였다. 고향에서 막 상경한 새내기 학생으로 언제까지 기숙사에서 살 수 있을지, 월세 35만 원을 벌기 위해 과외를 하나 더 구할 수 있을지, 반지하가 아닌 집을 구하기는 쉽지 않은 상황에서 조금이나마 '더' 안전한 반지하 원룸을 찾을 수 있을지를 고민하던 미약한 존재였다. 불과 4년 전만 해도, 서울이라는 거대 도시의 압력에 밀려 결국 고향으로 돌아가는 선택을 했던 사회초년생이었다. 돌아간 집은 사회 극빈층이 '구빈원'처럼 모여 있던 영구임대아파트였다. 계급적 요소뿐 아니라 성별 권력 측면에서도 성장 과정에서 늘 변화를 주도하기보다는 불평등에 적응하기를 강요받았던 '여자아이' 아니었던가. 이렇게 미약한 존재였던 내가, 이토록 큰 변화를 일으켰다고? 처음으로 세상이 내게 몫을 던져주는 것만 같았다. 그 몫에는 앞으로 수십 년은 고갈되지 않을 직업적 자부심의 원천이 주렁주렁 함께 달려 왔다. 그런데 문득 서러워졌다. 가난하고 특출하지 않은 여성들이 해내는 일에 누군가가 조금만 더 귀 기울였다면, 어쩌면 더 많은 여성들이 자신의 몫에 대한 권리 감각을 깨쳤을지도, 그리하여 더 일탈하고 저항하는 목소리를 내며 살아갈 수 있었을지도 모른다.

나는 이제 내 생각을 의심하지 않는다. 충분히 취재했다면, 게으르지 않게 현장에서 보고 들었다면, 주제 의식을 확실하게 벼리고 벼렸다면, 좌고우면하지 않고 써 내려갔다. 나의 기분과 관점과 판단과 의견을 타인에게 허락받지 않는다. '철 지난 이야기를 이제야 꺼내는 건 아닐까?', '이 표현이 너무 과한 건 아닐까?', '나 혼자 뜬구름 잡는 이야기나 하는 건 아니겠지?' 이런 의문들은 허공으로 흩어졌다. 열 명 중 아홉 명의 기자가 '긍정적'으로 보도하는 사안을 나 혼자 '부정적'으로 조명하는 일이 있어도 주눅 들지 않았다. 같은 이슈를 보도한다 할지라도 관점은 다양할 수밖에 없고, 홀로 다른 목소리를 내더라도 당당함을 잃지 않았다. '이게 바로 나의 개성'이라며 뻔뻔함을 단련했다. 아주 극소수에게만 환영받아도 상관없다 여겼다. 그랬더니 내 생각을 발화하고 글로 표현하는 것이 훨씬 쉬워졌다. 내 글의 논리가 탄탄하기만 하다면야, 주류 사회에서 어떻게 받아들이든 혹은 너무나 동떨어진 이야기라 할지라도 기죽지 않았다.

나는 좀처럼 쉽게 받아들여지지 않고 싶다.

젠더 뉴스레터를 보내는 마음

―――――――

"이혜마 기자? 훌륭하지만 너무 '페미'예요."

이 문장은 과연 칭찬일까, 악담일까. 우선 훌륭한 기자라는 평가는 감사하다. 페미니스트인 것도 사실이다 못해 널리 알려져 있는 지점이다. 그런데 전체 맥락은 오묘하다. 훌륭한 기자인데 '너무' 페미라는 것. 놀랍게도 높은 자리에 있는 어떤 분이 나에 대해 내렸다는 실제 평가다. 이걸 웃어야 할지 울어야 할지.

여성 기자가 전체 뉴스룸의 30퍼센트를 넘었다고는 하지만 여전히 언론사에서 여성은 소수다. 의사결정권자 단위로 넘어가면 더욱 참담하다. 언론사 간부들이 모이는 회의 사진이나 매일의 주요 뉴스를 결정하는 제작 회의만 들어가도 여성의 존재는 전무하다시피 하다. 꼭 여성만이 젠더 위계를 예민하게 감각하는 것은 아니지만, 중년 남성이라는 균일한 집단이 바라보는 세상은 필연적으로 누군가의 존재를 누락한다. 그리고 그 같은 일이 한국의 언론사 전반에서 매일같이 일어나고 있다.

이러한 공간에서 젠더와 여성, 페미니즘 영역을 특화한 기자가 되겠다고 선언하는 것은, 과장 보태자면 스스로 커리어 무덤을 파는 일과 같았다. 2021년, 한국일보사는 주요 언론사 중 처음으로 젠더 뉴스레터 〈허스토리〉(현재는 '허스펙티브'라는 이름이다)를 보내기 시작했다. 일주일의 뉴스 중 중요한 소식을 젠더 관점으로 바라보는 것을 기치로 내걸었는데, 이대남 현상이나 차별금지법, 여성가족부 폐지 같은 시사 이슈를 다루기도 하고 때때로는 여성들의 번아웃이나 도전 같은 공감할 수 있는 주제를 입체적으로 조명한다. 사내에서 뉴스레터를 보낼 기자를 모집했는데, 그에 응모한 결과였다. 처음에는 사이드 프로젝트였고, 이후 조직으로 잠깐 독립했다가, 다시 또 부업이 되어버렸다. 퇴근 후, 휴일에, 주어진 업무를 끝내고 짬짬이 쓴다. 노동권 측면에서 바라봤을 때 좋지 못한 선례인 것은 알지만, 이렇게 쓰지 않으면 도무지 쓸 수 없는 여건이다. 여권이냐 노동권이냐, 취사선택을 요구하는 사회 속에서 나는 오늘도 아슬아슬한 줄타기를 한다.

이상하게 페미니스트를 자임한 그 순간부터 매사 '불편부당不偏不黨'함을 증명해내야 하는 운명에 처했다. 쓰는 기사마다

'가치지향적'이라는 시선이 내리꽂혔다. 한마디로 젠더 이슈를 다루는 페미니스트 기자가 쓰는 기사는 사실 중심적이지 않고 선동적이라는 말이었다. '객관'을 제1 덕목으로 삼는 저널리스트의 세계에서, 매 순간 나의 생각과 관점이 '편향적'인 것이 아님을 입증하는 일은 고역이다. 기존 질서를 당연한 듯 '객관'으로 상정하고 자신들의 편향을 성찰하지 않는 태도도 화나기는 마찬가지다. 똑같은 요소를 가진 기사여도 그간 기존 문법 안에서 반복되어온 역할을 충실히 수행하는 기사는 문제없이 출고되고 내가 쓰는 기사는 번번이 빨간 줄이 그어져 되돌아오는 일이 반복됐다.

남편을 동행하지 않고서는 외출도 할 수 없는 이슬람 국가 여성이 자유를 찾기 위해 한국으로 와 난민 신청을 했지만 받아들여지지 않았다는 기사를 쓰면, "왜 이 여자는 남편을 찔러 죽일 생각은 하지 않았느냐"는 얼토당토 않은 반론을 논리적으로 돌파해야 했다. 남성의 그것과 달리 쉬쉬하며 거론되지 않는 여성의 쾌락과 성을 조명하기 위해 여성의 성 지식 콘텐츠를 다룬 기사는 '선정적'이라며 출고 금지를 통보받았다. "다른 여자 기자들도 불쾌해한다"는 이유를 들었지만, 다른 여자 기자가 누구인지 그리고 어떤 대목을 불쾌해하는지 설명받은 바 없다. 무엇보다 독립된 한 기자가 쓴 기사를 "다른 여자 기자가 불쾌해한다"는 이유로 출고하지 않을 이유도 없다. 남자 기자들은 어떤 기사를 써도 "다른 남자 기자들도 문제라고 한다"는 이유로 제지되지 않는다. 앞서 얘기한 WBC처럼 캠핑 등 야영하는 여성들을 다룬 기사를 쓰겠다고 하자 "우리 와이프도 매주 함께 캠핑을 가는데 이 이야기가 무엇이 특별하냐"라는 질문과 마주한다.

하나같이 반박할 전의조차 생기지 않지만, 끝끝내 성의껏 논리를 구성하여 하나하나 떠먹여 설득한다. 그저 '남성 중심' 세상에 익숙하지 않은 이야기를 내어놓는 것만으로 나는 불온하고, 편향적이며, 허무맹랑한 사람이 되어버린다. 조금도 논리적이지 않은 부당한 편견이지만, 이런 비판 하나하나에 시선을 돌릴 여유가 없다. 내게는 지금 당장 써야 하는 글들이 놓여 있고, 그 글을 완성하기 위해 치열하게 고민하다 보면 이런 소모적인 편견과 낙인은 그저 노이즈 캔슬링 기능이 있는 이어폰을 끼면 금세 사라지는 잡음 수준에 불과하다. 단지 정신을 집중해 써나가는 수밖에.

"기자로서 더 커나가려면 이제 페미니즘은 그만 쓰는 게 좋지 않아?"

아주 빈번히, 그것도 나를 아끼는 동료 기자에게서 이런 질문을 받는다. 정말로 나를 생각해서 하는 말이라는 것을 생각하면, 여성 억압에 반대하고 성평등을 지향하는 페미니즘이 우리 사회에서 담론을 생성해내는 집단에서조차 어떻게 오해되고 있는지 여실히 보여주기에 안타까움을 숨기기 어렵다. 여성 기자의 수가 늘어났다고는 하나, 여전히 어떤 현장에는 보이지 않는 유리 벽 같은 것이 있다. 어느 수준까지는 함께 어울리고 끼워주지만, 정작 더 깊은 이야기를 하려 하면 남성 취재원과 기자들이 자신들끼리 집단 문화를 공유하며 여성을 배제하는 일이 적지 않다. 젠더나 페미니즘을 다루는 여성 기자는 그들 입장에서는 절대로 불러서는 안 되는 불편한 존재. 맘 편히 '농담' 하나 던질 수 없고 찬물을 끼얹을 거로 생각해서일 것이다. 이런 맥락에서 페미니스트 기자로 불리는 것은, 내가 자랑스럽게 스스로를 그리 칭하는 것과 달리 어쩌면 생업 전선에서는 '주홍글씨'와 같은 것일지도 모르겠다.

하나, 매주 한 차례 내가 보내는 이 뉴스레터는 지금의 나를 구성하는 직업적 자부심의 근간이다. 익명으로 수집되는 독자들의 반응을 하나하나 읽고 있으면 명치 아래에서부터 힘이 불끈 솟는다. 대체로 기자들이 쓰는 기사의 반응은 악플이나 욕설 메일 공격으로 되돌아올 때가 많은데, 성평등한 세상을 꿈꾸며 자발적으로 모인 1만여 명의 독자는 내게 매일 힘을 실어주는 존재다.

> 〈허스펙티브〉를 접하고 기자님이 분석과 함께 잘못된 점을 짚어주셔서, 어떤 점이 불합리한 거고 내가 무엇에 불쾌감을 느꼈는지 알 수 있게 되었습니다. 더불어, 놓쳤던 여성 이슈도 알 수 있고요! 항상 잘 읽고 있습니다. 감사합니다!

뉴스레터를 구독하는 것이 취미라고 할 수 있을 정도로 여러 뉴스레터를 구독 중인데, 그중 가장 기다려지는 레터는 역시 〈허스펙티브〉예요.

근무 시간 외에 어떤 활동을 이어간다는 고충, 그리고 그 일이 고충을 감당하는 것 이상으로 가치 있는 일이라는 스스로의 확신. 이 모든 게 정말 대단한 결심으로부터 비롯된다는 것을 조금은 알고 있습니다. 소속 부서 일과 병행하기 정말 힘드실 텐데, 힘내시라고 말씀드리고 싶습니다. 파이팅입니다.

이런 목소리들이 매주 넘치게 들어오는데 어떻게 쓰는 것을 그만둘 수 있을까. 더 많은 여성이 쓰기를 원하지만, 혹여나 모두가 글쓰기를 중단하는 극단적인 상황을 상상했을 때에도 마지막까지 펜을 놓지 말아야 하는 여성이 있다면 그것은 '직업적'으로 글 쓰는 것이 허용되는 여성들이어야 한다고 생각한다. 육아를 하는 와중에도 새벽에 잠시 노트북을 켜 글을 쓰는 여성들, 평일엔 밥벌이를 위한 일을 하고 주말이면 수업을 들으면서까지 창작에 매진하는 여성들, 비록 이름을 내세울 수는 없지만 여성들을 위해 꾸준히 주장을 담은 글을 생산해내는 온라인의 여성들이 있다. 무급으로, 오로지 글의 힘을 믿으며. 그런데 글을 쓰는 명목으로 월급을 받고, 정보에 접근할 권한도 주어지고, 사회적으로 어느 정도 울타리가 갖춰진 이가 뒷짐을 지고 있을 수는 없었다. 여력이 닿는 한, 사회에 대해 쓰는 것을 멈추지 않겠다고 마음을 다잡는 이유다.

6. 개척하는 영토:

자신을 거부했던 여행과 경험, 지식

She need not waste her time railing against them;
she need not climb on to the roof and ruin her
peace of mind longing for travel, experience and
a knowledge of the world and character that were
denied her.

그는 싸우는 데 시간을 낭비할 필요가 없었습니다. 지붕 위에 올라 자신
을 거부했던 여행과 경험, 세계와 인간에 대한 지식을 갈망하느라 마음
의 평화를 망가뜨릴 필요도 없었습니다.

엄마와
휴대폰

초등학교 4학년 때쯤의 일이다. 2000년에 막 들어서서 와이투케이이니 뭐니 하는 거로 들썩였던 기억이 나니까. 엄마가 처음으로 휴대전화를 개통했다. 아빠는 다짜고짜 화부터 냈다. "집이랑 직장만 왔다 갔다 하는 여자가 휴대폰이 뭐가 필요하냐", "어차피 잘 쓰지도 않을 것"이라는, 열한 살인 내가 듣기에도 억지투성이인 생떼였다.

엄마는 전업주부도 아니었다. 1996년, 내가 초등학교에 입학할 때 즈음, 부잣집 도련님 출신으로 한량 기질이 있었던 아빠의 잦은 무책임으로 엄마는 생업 전선에 나섰다. 딱히 IMF 풍파를 맞은 것은 아니었고, 오로지 아빠의 책임 방기 때문이었다. 맞벌이가 흔하진 않은 때였지만, 엄마는 내가 초등학교에 들어가기 전 아주 찰나의 순간을 제외하곤 계속해서 일을 했다. 늘 사고를 치는 존재가 가정 내에 있었고 또 다른 누군가는 수습해야 했기에.

엄마가 갑작스럽게 구한 직장은 집과 굉장히 멀었다. 먼 정도가 아니라 부산 인근 위성도시인 김해에서 부산의 끄트머리 동네로 시의 경계를 넘어야 했다. 차를 타고도 40분은 훌쩍 걸릴 거리를 엄마는 대중교통 환승도 되지 않던 시절, 버스를 세 번 갈아타면서 1년 넘게 출퇴근을 했다. 실시간 교통정보 같은 것은 알 수도 없을 때였으니 그 고생이 어느 정도였을지 미루어 짐작하기도 쉽지 않다.

간혹 집에서 놀고 있던 아빠가 운전을 해 함께 엄마를 데리러 갔던 날을 기억한다. 김해 집에서 출발하기 전 엄마가 일하던 학원으로 전화를 걸었고, 한 시간 넘게 아빠가 운전하는 차에 타서 부산으로 가 약속된 시각, 약속된 장소에서 기다렸다가 모두가 함께 집으로 돌아오곤 했다. 노을이 지는 김해평야를 가로지르면서 이 긴긴 길을 엄마는 매일 혼자 다니겠구나 생각했다. 차 안에서 잠든 채 집에 도착하면, 곧장 취침 시각과 맞닿을 정도로 하늘이 어둑어둑했다.

엄마의 분투에도 불구하고 집은 경매에 넘어갔다. 내가 가장 좋아하던 검은색 삼익 피아노에도, 엄마가 누런 티를 가려 보겠다며 와인색 시트지를 예쁘게 잘라 붙였던 냉장고에도 압류물임을 표시하는 '빨간딱지'가 나붙었다. 1997년, 결국 우리 가족은 밀려나듯 엄마의 직장이 있는 부산의 한 동네로 이사했다. 10평 남짓 월세 20만 원짜리로, 빈촌에 허가받지 않고 우후죽순 생겨난 다가구주택이었다.

아빠는 왜 엄마의 휴대폰 개통을 그토록 막았을까. 엄마가 전업주부도 아니었던 데다, 연락이 되지 않으면 답답한 건 아빠일 텐데 말이다. 더군다나 아빠는 그보다 훨씬 전, 냉장고만 한 휴대전화를 한 달 월급보다 더 많은, 당시 돈으로도 200만 원가량에 개통해 온 적이 있다. 엄마의 허락도 받지 않고 그 큰 돈을 쓸 수 있는 것은 가장의 특권이었을 것이다. 가족과 상의도 없이 비싼 물건을 집에 들인 아빠는 마치 한정판 건담 피규어라도 구한 듯 거실 한복판에서 엄마와 나를 앞에 두고 시연했다. 그런데 엄마의 '휴대폰 개통 소동'이 일어난 때는 그보다 이동통신이 훨씬 상용됐던 때로, 스카이니 애니콜이니 하는 것들이 첨단 기기로 각광을 받던 때였다. 그런데도 아빠는 왜 그렇게 엄마의 휴대폰에 민감하게 반응했을까.

나는 그 이유가 아빠의 '공포'에 있다고 본다. 통신 수단이 생김으로써 엄마의 세계가 확장되는 것을 두려워한 것이다. 주체적으로 휴대폰 개통을 선택하고, 주위 사람들과 연결되어 집 안의 '마누라'가 아닌 사회의 일원으로 성큼 변한 엄마를 도무지 받아들일 수 없었던 것이다. 엄마의 경제활동으로 늘어난 수입의 혜택은 누리고, 확장하는 자아는 끝끝내 굴종시키려는 시도. 참으로 졸렬한 가부장제의 민낯이었다.

'휴대전화'는 엄마의 성장을 단편적으로 보여주는 상징일 뿐, 근본적인 계기는 경제활동이었다. 물론 엄마는 내가 태어난 직후를 제외하고는 꾸준히 돈을 벌었다. 엄마가 기억하기로는, 내가 아장아장 걷고 말을 할 때부터 아빠가 월급을 드문드문 가져다주기 시작했다고 한다. 슬금슬금 '맞벌이'를 제안하기도 했다. 30년쯤 전의 일인 것을 감안하면, 의도는 불순할지언정 여성의 사회 진출을 독려해버리고 만, 무척 진보적인 행동이었다.

그러나 아빠는 엄마에게 영역의 확대를 허락하진 않았다. 고모가 운영하던 피아노 학원을 인수하자는 게 아빠의 묘책이었는데, 상가 안에 살림을 살 수 있는 방 한 칸과 주방이 딸려 있는 건물이었다. 그러니까 철저히 아빠의 시야 안에 들어오는 '집'의 범위 안에서 '돈'을 벌라는 뜻이었다. 그러다 몇 년 지나지 않아 가계 상황이 더욱 악화하면서 어쩔 수 없이 엄마가 매일을 '대장정'해야 하는 곳으로 돈을 벌러 다녀야 했고, 아빠가 끝끝내 부여잡고 있던 가부장제의 벽에 실금이 가기 시작했다.

아빠는 엄마가 친구들과 함께 영화를 보느라 휴대전화를 잠깐이라도 꺼두면, 속된 말로 '난리부르스'를 쳤다. 그러나 엄마는 꿋꿋하게 휴대폰을 고수했고, 20여 년이 지난 지금은 애니팡 등 스마트폰 게임 랭킹 최상단에 위치해 하트를 보내면서 유튜브에서 방탄소년단 영상을 자유자재로 '스밍(스트리밍)' 하는 열혈 아미다. 엄마는 나와 인스타그램 '맞팔'이기도 한데, 내가 어떤 자리에 연사로 초청받고, 최근 어떤 주제에 천착해 글을 쓰고 있는지, 심지어는 어떤 남자와 데이트를 하고 있는지도 호시탐탐 엿보는 프로 염탐꾼이기도 하다.

20세기 '가전제품의 발명'은 가사에 묶인 주부를 어느 정도 (완전히라고 표현하진 않겠다. 여전히 여성의 일로 취급받는, 가정 내 가사노동과 돌봄노동이 제대로 된 평가를 받은 적은 역사상 단 한 번도 없었다) 해방시켰다. 여유 시간이 생긴 여성들이 조그마한 소일거리라도 떼다 부업을 했다. 용돈이 생겼고, 여가가 생겼다. 21세기 전후, '02-XXX-XXXX', '051-XXX-XXXX' 같은 가정에 놓인 전화로만, "여보세요, 평창동입니다" 같은, 정주하는 집을 기반으로 한 인삿말로만 바깥과 소통했던 주부들은 이제 개인 휴대전화로 언제 어디서든 세상과 연결됐다. 이재에 밝은 주부들은 PC를 이용해 블로그를 운영하고, 쇼핑몰로 큰돈을 벌어들인다. 그들의 딸들은 이제 어느덧 2030이 되어 사회에 진출한다. 가전제품이 여성의 시간을 해방시키고, 휴대전화가 여성의 관계를 해방시켰다면, '교통의 발달'과 '교육 기회'가 맞물려 딸 세대는 이제 공간과 영역에서 해방되고 있다.

그러나 아직 멀었다. 앞으로 우리 사회에는 '집 나간 여자'가 더욱 많아져야 한다. 한때는 직접 손빨래를 하지 않고 세탁기를 쓰는 주부가 '게으른 요부' 따위로 여겨졌다. 여성에겐 휴대전화도 '쓸데없는 사치'로 받아들여지던 때가 있었지만, 이제 누구도 이러한 말을 입 밖으로 꺼내지 않는다. 하나, 우리에겐 아직도 집 나간 여성의 이야기가 너무 적다. 우리 말에서도 '집 나간 여자'는 별안간 돌연변이, 괴짜, 일탈하는, 문란한 여성을 연상케 하지 않는가. 그러나 남성에겐 집 밖이 너무나 일상적 공간이기에, '집 나간 남자'는 'He goes out', 그냥 집을 나간 남자 일 뿐이다.

집이 아닌 밖이 우리의 평범한 장소가 되도록, 여성들은 더욱이 문을 열고 나가 자신의 세계를 확장해야 한다. 고향에서 다른 도시로 가도 좋다. 한국을 떠나 외국을 가면 뭐 어떤가. 살던 곳을 떠나지 못한다면 가정의 울타리에서 벗어나 독립생활을 꾸리는 것만도 인식의 확장, 새로운 세계의 도래다. 여성들은 더 넓은 땅을 밟을 자격이 있다.

자동차,
나의 작은 방

나는 내가 운전을 하는, 그것도 이렇게 핸들을 한 손으로만 제어하며 왼쪽 팔을 창가에 걸치고 능수능란하게 도로 위를 달리는 여성으로 성장할 줄은 꿈에도 몰랐다. 운전은 한 번도 나의 로망이었던 적이 없다. 20대 초반에는 철없게도 "평생 운전하지 않을 것"이라는 말을 입에 달고 살았다. 쌩하고 달려가는 도로 위 슈퍼카만 보면 눈빛부터 달라지던 주위 남자들의 모습이 신기했다. 아반떼와 소나타, 그랜저를 구분하지도 못했다. 그저 내게 차는 단 두 종이었다. 세단과 SUV. 벤츠와 BMW 엠블럼을 구별할 수 있게 된 것도 사회에 진입한 이후의 일이었다.

서울은 뚜벅이에게도 충분히 친화적인 곳이었고, 운전을 하는 행위가 무척 피곤하게 여겨졌다. 그뿐 아니라 내겐 '운전하는 어싱'의 진빔이 없었다. 아빠외 헤어진 이후 우리 집에는 운전하는 사람이 없었고, 외가를 통틀어도 '여성 운전자'는 전무했다. 집이 없어 자연스럽게 투자 관념을 체화할 수 없었던 것처럼, 차가 없었기에 '사람의 이동성'이 개인의 영역 확장에 얼마나 중요한 영향을 미치는지도 알지 못했다.

스물일곱 살. 울며 겨자 먹기로 운전을 배웠다. 처음 자리 잡은 부산의 신문사에 입사하자마자 모든 선배가 입을 모아 "차를 사야 한다"고 했다. 부산은 서울만큼은 아니더라도 꽤 대중교통 체계가 잘 잡힌 대도시지만, 여전히 차가 없으면 진입하기 어려운 농촌이나 어촌, 공장 지대가 외곽 곳곳에 위치해 있고 제약 없이 현장을 취재하기 위해서는 기동성이 필수다.

지금 생각하면 초년생 빤한 월급에 곧이곧대로 들을 필요는 없었지 싶다. 수습 기간엔 통장에 80만 원이 찍혔던 때도 있는데. "무슨 돈으로 차를?" 뻔뻔하게 반문할 줄도 알았어야 했건만, 모범생 기질을 어디 버리지 못하고 선수금을 제외한 '올할부'로 2000만 원 상당의 준중형 세단을 한 대 뽑았다. 선배 말이라면 무조건 그래야 하는 줄 알았다. 주문하고 몇 주 뒤, 대리점에 도착한 차를 집 주차장까지 가져올 줄도 몰라 내게 차를 판 영업 사원이 집까지 운전해 가져다줬다.

이후 조수석에 운전 과외 선생님을 태우고 조금씩 운전하는 법을 배워갔다. 처음에는 집에서 낙동강을 건너갔고, 서면 남포동 같은 번화가를 가로질러 도심 정체에 적응도 해보고, 인터넷 유머 게시글에서 '죽음의 도로'라고 불리는 연산로터리에서 신호 대기 중에 대체 어느 방향으로 핸들을 꺾어야 역주행이 아닐는지 고민하며 심호흡을 여러 차례 하기도 했다. 광안대교를 타고 해운대까지 드라이브를 하고, 궁극적으로는 부산과 포항을 잇는 고속도로 위에 올라 시속 100킬로미터가 넘는 속도로 액셀러레이터를 밟는 재미도 익혔다. 그러니까 한마디로 말하자면, 전국에서 가장 운전 터프하게 하기로 유명한 도시 부산에서 초보 운전 딱지를 뗀 대단한 놈이라 할 수 있겠다.

"혜미야, 어디고?"
부산 외곽 지역을 담당했던 나는 오후 5시쯤이면 기사를 송고했고 퇴근할 때마다 도심을 향하는 고속도로를 탔다. 내가 쓴 기사의 수정 때문에 데스크가 전화를 할 때면 늘 "고속도로에 있다"고 대답해 한동안 선배들 사이에서 '혜미는 왜 항상 고속도로에 있는 것인지'에 대한 논의가 오갔다고 한다. 스피커폰으로 다급한 듯 "아, 부장! 저 지금 고속도로를 달리고 있는데요!"라고 외치면 대번에 "그래. 일단 안전하게 운전해라"라는 답이 돌아오고 전화는 끊겼다. 신문 마감 시간에 데스크에서 전화가 걸려올 때는 내 기사에 문제가 있거나 이해가 되지 않는 부분이 있거나 더 시킬 것이 있을 때일 확률이 높으므로, 고속도로에 있다는 대답은 즉각적인 추궁을 피할 수 있는 좋은 전략이 됐다. 40분쯤 지나 주차를 한 뒤 다시 전화를 걸면

"아이다, 아이다. 해결됐다" 하는 상황 종료 메시지가 되돌아왔다. 그러면 비로소 가뿐하게 퇴근에 임할 수 있게 된다.

당시 나는 논밭 한복판에 있는 부산 강서경찰서에 출입했는데, 이곳은 신도시 건설이 한창이고 주변에 항만이 있어 온갖 레미콘과 컨테이너 트럭 등 대형 차량과 어깨를 나란히 한 채 달려야 했다. 주눅 들지 않고 큰 차들이 일으키는 모래바람을 뒤집어쓰며 액셀을 밟을 때면 미 서부를 쏘다니는 한 명의 개척자가 된 기분도 들었다. 부산의 서쪽 황야를 하얀 차를 몰고 다녔으니 대충 비슷한 느낌이지 않았을까. 이런 출퇴근길을 반복하다 보니 운전 실력은 일취월장할 수밖에 없었다. 그래서인지 여성 운전자를 '김 여사'라 규정하며 비하하는 여성혐오 '농담'을 볼 때면 속으로 콧방귀부터 뀌게 된다. 도로 위무법자의 다수가 정말로 여성들인지 여부는 한 번이라도 제대로 도로를 달려본 사람이라면 잘 안다.

1년 반 넘는 기간 내 차 '달리'(참고로 '달리다'가 아니라 스페인화가 살바도르 달리의 '달리'다)는 나의 가장 친한 친구가 되어줬다. 이름을 붙이는 순간 인격을 부여하게 되고, 대상의 성질과 관계없이 감정을 나누게 되는 건 나뿐일까. 한 차례 사고가 난 뒤 시동을 켤 때마다 핸들을 쓰다듬으며 말했다. "달리야, 오늘도 잘 부탁해." 당시엔 곧 서울로 돌아가게 될 줄은 몰랐고, 영락없이 부산에 정을 붙이고 적응해야 한다고 생각했기에 열심히 달리와 함께 부산을 누볐다. 마치 수년 전, 서울과 친해지고

162

싶었던 때처럼.

마음 맞는 친구를 찾기 어려운 고향에서 외로운 마음이 들 때, 가끔 퇴근 후 내 방 한 칸 없는 9평 영구임대아파트에 머무는 것이 형벌처럼 느껴질 때, 어김없이 달리를 찾았다. 심지어 2016년 포항에 큰 지진이 일어나 대피할 곳이 없었을 때 곧장 차 키를 챙겨 달리 안에 숨었다. 그리고 아파트를 사기로 결심하고 목돈이 필요했던 2017년, 달리를 광주에서 올라온 중고차 딜러의 손에 맡긴 채 우리는 영원한 작별을 했다.

차를 판 지 8년이 다 되어가지만 나는 아직도 달리의 번호판을 외운다. 처음엔 달리를 잊지 못해 중고차 사이트에서 번호판으로 검색도 해보았다. 사진이 판매 사이트에 올라 있었다. 딜러가 때깔 좋게 광을 낸 탓인지, 하얀 스튜디오에 전시된 달리는 유독 새 차 같았다. 돈을 다시 모아 달리를 살 생각도 해봤다. 부산에서의 외로움을 함께 견딘 존재이자, 내가 인생에서 최초로 가진 재산(비록 '올 할부'였지만)이라는 애착 때문이었을 것이다. 세상에 대한 지분과 권리감을 느낄 새 없이 자란 내가 처음으로 갖게 된 내 소유의 재산. 그러나 재산이라는 단어는 내게 있어 달리의 의미를 충분히 설명해주지 못한다. 외롭고, 괴롭고, 초라했던 순간 '자기만의 방'이 없던 내가 숨어들어 혼자 훌쩍일 수 있었던 유일한 공간, 그러니까 어렴풋하게나마 내가 구축한 '자기만의 방'이 아니었을는지.

달리와 기약 없는 작별을 한 건 진짜 나의 방, 나의 집을 마련하기 위한 것이었다. 달리에게 조금 미안하지만, 집을 사자마자 내 소유의 집이 주는 만족감과 안정감이 너무나 충만하여 한동안 달리를 팔기를 잘했다는 생각을 자주 했다. 평일 대중교통으로 서울 도심으로 출퇴근을 하고 아이가 없는 1인 가구에 자동차가 필수 재화는 아니다. 한창 공유 경제가 부상했던 때라, 아파트 주차장에 공유 차량도 여럿 마련돼 있었다. 드라이브를 하고 싶거나 교외에 나갈 때면 차량 공유 서비스를 이용하면 그만이었다. 그마저도 한동안 집이 주는 행복이 무척 커서 시간만 나면 공간을 꾸미고 집의 모든 순간을 함께하느라 필요가 없었다.

그래도 운전하는 나의 모습이 썩 마음에 들었다. 고심해서 고른 플레이리스트를 켜고 해 지는 오후 뻥 뚫린 도로를 달릴 때면, 정말로 이 '안정적인' 세상에 속한 어른이 된 것만 같아 가슴이 부풀어 올랐다. 이따금 서울에 온 엄마를 태우고 대형마트에서 장을 본 뒤 간편하게 트렁크에 짐을 싣고 집으로 돌아올 때면 그 뿌듯한 마음은 배가됐다. 고작 10년 전 고등학생 시절, 방학 보충 수업이 끝나면 엄마와 집 아래 마트에서 접선해 먹거리를 함께 사서 양손 가득 손에 들고 언덕배기에 있는 영구임대아파트로 가기 위해 끙끙거리며 오르막길을 올랐던 장면이 오버랩되면서 스스로가 기특하다는 마음이 들었다. 시간과 공간의 제약 없이 나의 세계가 넓어지는 것도 좋았다. 울적할 때면 차를 몰고 바닷가 카페에 가서 생각을 정리했고, 심야

영화를 보러 가는 데도 거리낌이 없었다. 하지만 집을 사고 나서 나의 온 경제관념은 대출을 갚고 여유자금을 축적하는 데 쏠려 있었고, 자동차는 수년 동안 고려 대상이 되지도 않았다.

‡

초등학교 1학년 때쯤이었을까. 우리 집 차는 현대자동차의 소형 모델인 엑셀이었다. 주말을 맞아 부산에 있는 외가에 방문했고, 아빠는 엄마의 남동생인 삼촌들과 함께 카드놀이를 한창 즐기고 있었다. 아마 포커 같은 유였을 것이다. 부부 싸움은 카드놀이가 과하게 길어지면서 촉발됐다. 다음 날 나는 학교도 가야 했는데 당시 우리 집은 외가에서 차를 타고도 한 시간가량 걸렸다. 엄마의 잔소리가 시작됐고, 아빠는 마지못해 쥐고 있던 패를 거칠게 내팽개쳤다. 차 안에서도 언쟁은 계속되어서, 또렷한 기억은 아니지만 나도 엄마를 거들며 아빠에게 잔소리를 쏟아부었던 것 같다. 아빠는 짜증이 났던지 갓길에 차를 세우고 가던 길을 멈췄다. 그리고 엄마와 내게 위압적으로 말했다. "내리라"고.

일요일 저녁 엄마와 나는 휑뎅그렁한 부산 시내에 황망하게 서 있었다. 버스와 버스를 환승하면 어떻게든 그날 안에 집에 닿을 수는 있을 것이었다. 하나, 어린 마음에도 아빠가 도무지 이해되지 않았다. 운전은 아빠의 몫이었지만, 자가용은 우리 가정의 것. 여덟 살밖에 되지 않은 내가 소유권을 주장할 수는 없을지라도, 엄마는 아빠가 그 차를 몰고 다니는 데 십분 기여했다. 이런저런 이성적인 논리를 갖다 댈 필요 없이, 자신의 분노를 다스리지 못해 부인과 딸을 늦은 저녁 도로에 버려두고 혼자 떠나는 장면 자체가 경악스러웠다. 20여 년이 훌쩍 지난 지금도 길에 남겨졌을 때의 황당함과 모욕감이 선연한데 엄마는 어떤 마음이었을까. 그때 엄마는 휴대전화도 없었다.

뭐 이런 데까지 '권력'을 들이미느냐고 따지겠지만, 관계에는 필연적으로 권력이 개입한다. 애정의 크기로 갑, 을이 나뉘는 것은 차라리 표면적인 분석이다.

그때는 몰랐지만 젠더라는 렌즈를 들이대니 엄마와 아빠 사이에는 위계가 분명히 존재했다. 20여 년 전, 지금보다 훨씬 가부장제가 위력을 떨치던 때 경상도 지역에서의 가장의 권위. 엄마도 일을 했지만, 더욱 안정적이고 제도적으로 인정받는 일을 하는 아빠가 경제력을 행사했다. 자동차를 운전할 수 있는 권한이 아빠에게만 있었기에, 이동권마저 한쪽에 쏠려 있었던 것을 그날의 사건으로 확인했다. 아빠는 가고 싶은 길을 자신이 원하는 속도로 마음껏 내달릴 수 있었다. 아빠의 질주에 배우자나 자식의 존재는 아무런 걸림돌이 되지 않았다. 조수석과 뒷좌석에 태우면 될 일이었으므로.

그날, 아빠의 차에서 쫓겨난 사건은 다분히 징후적이다. 아내와 딸, 아니 여성은 삶의 속도와 방향을 스스로 정하기는커녕, 남성의 권위에 저항했다간 경로를 이탈하며 내쫓기는 위치임을 깨달았다. 사회 안에서도 이 상징은 유효하다. 회사 등 조직에서 여자들은, 애시당초 핸들을 잡지도 못하지만, 어쩌다 한 번 운전석에 앉게 되면 옆자리에서 온갖 길 훈수를 두는 남성과 뒤에서 울어대는 자녀, 그리고 스피커폰을 통해 들려오는 직장과 원가족, 혹은 시가의 여러 압력으로 제대로 액셀 한 번 밟아보지 못하고 애면글면 저속 주행을 할 뿐이다. 겨우 목적지에 다다랐을 때는 이미 쾌적하고 신속하게 도착한 경쟁자가 여유 있게 다음 목적지를 향해 달려가는 뒤꽁무니만 바라보게 된다.

‡

한동안은 ‘차 있는 남자’로부터 편의를 제공받는 것도 나쁘지 않았다. 내가 차를 소유하지 않았었던 것도 아니고, 운전 능력이 없는 것도 아니므로. 또한 차를 살 능력이 없어서가 아니라, 당장의 관심사가 여윳돈을 모으고 더 넓은 집으로 가는 식의 현실적 욕망에 쏠려 있어 차를 보유하지 않기로 ‘선택’한 것이므로 그다지 여성 인권 신장에 역행하는 행동이라 생각하진 않았다. 다른 사람의 차를 타고 돌아다니는 건 어찌나 편하던지. 고생하는 운전자를 생각해 꾸벅꾸벅 졸거나 딴짓을 하진 않았지만, 낯선 길을 식별하느라 쩔쩔매지 않고 집중하지 않은 채 창밖의 풍경을 멍하니 바라볼 수 있는 것만으로도 충분히 여유로웠다.

물론 좋은 점만 있었던 건 아니다. 장거리 연애를 하거나 여행지에서 큰 싸움을 하고도, 교통편이 없어 발이 묶여 자리를 뜨지 못했다. 혹은 운전하는 상대의 기분을 억지로 풀어주기 위해 이른바 '애교'를 총동원해야 하기도 했다. 차에서 내쫓기는 일 같은 건 없었지만, 이동할 수 있는 능력을 상대에게 어느 정도 저당 잡힌 것처럼 느껴졌다. 탐색하고, 데이트하고, 교제하는 대상을 물색하는 조건 중 하나가 '차'인 것도 다소 후지게 여겨졌다. 그런 물질적인 것 외에도 알아보고 맞춰가야 할 정신적 요인과 취향이 얼마나 많은데 말이다.

'차 있는 남자'를 만나는 대신, 나는 차를 사는 것을 선택했다. 달리 이후 5년 만에 갖게 된 차였다. 나의 예산과 분수에 딱 맞는, 작고 귀엽고 경제적인 차다. 가장 잦은 빈도로 집 근처 수영장과 병원, 마트, 텃밭, 동물병원 등을 가는 데에 차를 쓰지만 이따금 기분 전환을 위해 경기 외곽의 카페로 훌쩍 떠나기도 하고, 차 없는 한적한 시간대에 누가 보면 급히 달려 군사분계선을 넘을 기세로 자유로를 달린다. 요즘은 차 트렁크 안에 캠핑 의자와 텐트를 늘 싣고 다니니, 나의 발이 닿는 곳은 어디나 집이 될 수 있다는 자유로움은 덤이다.

조수석에 남자를 태우고 데이트를 하거나, 퇴근한 연인을 데리러 가는 모습에서 '성 역할 고정관념'을 전복하는 쾌감을 느끼기도 한다. 물론 본질적으로는 좋아하는 사람을 위해 기꺼이 하는 수고와 봉사이지만, 묘하게 짧은 순간이나마 기울어진 젠더 권력의 무게추가 조금은 균형점에 가까워지는 것만 같다. 언제 어디에서 만나고 헤어질지를 능동적이고 주도적으로 결정하고, 실제 방향키를 쥐는 것도 나 자신이니까. 별거 아닌 일이지만 '나는 실려 다니지 않고 스스로 운전대를 잡고 갈 길을 정하는 여자'라는 자부심이 일렁인다.

7. 관계:

사랑만이 유일한 통역가일까

Married against their will, kept in one room, and to one occupation, how could a dramatist give a full or interesting or truthful account of them? Love was the only possible interpreter. The poet was forced to be passionate or bitter, unless indeed he chose to "hate women", which meant more often than not that he was unattractive to them.

의지에 반해 결혼을 하고 방 한 칸에 갇혀 한 가지 일만 해야 한다면 극작가가 어떻게 그걸 충분히, 흥미롭게 또는 진실되게 설명할 수 있었겠어요? 사랑만이 가능한 유일한 통역가였지요. 시인들은 많은 경우 여성에게 매력을 끌지 못해 진실되게 '여성을 혐오하기로 결심한' 경우를 빼고는 정열적이거나 비통해할 것을 강요당한 것입니다.

욕망되는 존재,
욕망하는 존재

남자에게 욕망되고 싶은 욕망을 버리는 순간, 나는 자유로워졌다.

2030 직장인이 다수 모인 익명 커뮤니티에 '다들 결혼 의사가 있는지' 묻는 글이 올라왔고, 금세 인기 글이 됐다. 그중 눈에 띈 건 여성으로 추정되는 이의 댓글. "나는 결혼했고, 결혼한 것을 후회하지 않는다. 여자로 태어나서 사랑받는 경험을 못 하는 건 불행하다고 생각한다." 입안에서 까슬하게 맴도는 혀로 나지막이 읊조렸다. 사랑받는다, 받는다…….

여자로 태어나서 추구하는 행복 중 하나가 (이성애의 경우) 남자에게 사랑을 받는 것이어야 할까. 왜 여자는 사랑을 '해서는' 안 되는 걸까. 누군가가 언제 회수할지도 모르는 가역적인 사랑에 의탁하는 그 빈곤한 존재 근거가 더욱 안쓰러운 건 나만의 생각일까. 여자로 태어나서 다니는 회사의 숭역 자리에 오르는 것, 지구촌 방방곡곡 모험을 떠나며 여러 가지 언어를 익히는 것, 스스로를 돌볼 수 있을 만큼의 여유 자금을 통장에 모아두고 안온함을 느끼는 것. 이런 것들은 여자로 태어나서 추구하는 행복이 될 수 없는 것일까. 나는 살면서 '남자로 태어나서 사랑받는 경험을 못 하는 건 불행하다고 생각한다'는 이성의 표현을 한 번도 들어본 적이 없다. 차라리 '인간으로 태어나면 사랑받는 경험을 해야 한다'는 식의 서술이 훨씬 유효하다.

20대 때는 남성에게 욕망되는 것에 과한 가치를 뒀다. 페미니즘이 대중화되기 전이었고, 그럴 만한 나이였다. '좋은 대학 가면 살 빠지고 남자 친구 생긴다' 같은 경구를 들으며 10대 수험생 시절을 버티게 하는 나라 아닌가.

'남자들이 좋아하는'은 마법의 수식어였다. 남자들이 좋아하는 말투, 남자들이 좋아하는 머리 스타일, 소개팅에서 꼭 성공하는 옷 스타일 등등. 그곳에 '나'는 없었다. 주변의 남자들이 나를 어떻게 바라보는가가 곧 나의 존재 가치였던 시기들도 분명 있었다. 물론 30대 중반이 된 지금도 이런 생각에서 완전히 자유롭지는 못하다. 나를 타자가, 특히 남성이 평가할 대상으로 내버려두고 싶지 않아 분투하지만 여성을 남성에게 종속된 존재로 바라봐온 유구한 가부장제의 역사는 일상 곳곳에 스며들어 개별 여성을 괴롭힌다.

그럴 때면 연애의 시작은 쉬워도 '나'의 세계는 축소되었다. 주장하기보다 맞춰주기를, 표현하기보다 표현받기를, 주도하기보다 이끌리기를 택하는 관계는 태생적으로 취약하다.

한때는 상대의 엄청난 애정 공세와 표현, 선물 같은 것을 마음의 척도로 생각했던 적이 있었으나 그럴수록 주도권을 잃는 건 나빴다. 처음과 같은 밀도의 애정이 유지되지 않으면 쉽게 초조해졌고 관계에 과몰입했으며, 하루의 기분이 상대의 행동에 좌우되기도 했다. 그때 깨달았다. 이른바 '공주 대우'처럼 사랑을 받는 것에 행복을 느끼는 것이 아니라 언제든 사랑을 줬다 뺐을 수 있는 주도적인 위치에 있는 것이 권력이라는 것을. 온갖 성 역할 고정관념으로 버무려진 연애소설과 드라마, 연애 콘텐츠를 소비하며 관계 맺기를 배워온 여성들은 자신을 갉아먹는 연애의 끝에 다다라 깨닫는다. 이 괴로운 연애 과정에 '나 자신'은 없었다고. 하지만 또 다른 사람을 만나서는 똑같은 과오를 되풀이한다. 우리들이 배워온 '연애 각본'에 대안이 없기 때문이다.

연애를 하면서 바보를 자처하는 여자들을 너무 많이 봤다. 스스로를 '사랑을 받아야만 가치 있는' 수동적 역할에 가둬버리는. 나 역시 그런 여자 중 하나였기에 그 심리적 메커니즘을 전혀 모르는 것은 아니다. 똑똑한 여자들도 연애를 하는 순간, 남성에게 자아를 의탁하고 그들의 판단에 자신을 내맡겨 버린다. 남자의 눈으로 모든 것을 바라본다. 남자가 좋아하는 음악 장르, 미술과 문학에 대한 취향, 영화 감상 같은 것들을 곧이곧대로 받아들인다.

'사랑이 원래 그런 것'이라 여기기엔, 사랑에 빠졌을 때 자아를 상실하고 사리 분별이 흐려지는 경우를 유독 '특정 성별에서' 너무 많이 봤다. 사회 압력에 따라 사랑이 여자의 존재 목적이라 학습했기 때문이다. 로맨스라는 이데올로기에 따라 사랑받는 게 존재 이유라 주입되었기 때문이다. 사랑하면서 여자는 자신이 원래 좋아했고 푹 빠졌던 것들, 혹은 절대 견디지 못하는 것들을 잃어간다. 많은 문장의 주어에서 '나'는 탈락하고 상대가 등장한다. '우리 오빠가', '남자 친구가' 혹은 결혼을 하게 되면 '남편이', '우리 신랑이'……. "우리 오빠도 신메뉴 먹어봤는데 맛있대", "오빠가 머리 자른 게 더 낫대" 등등. 하다못해 강남의 초등학교 학부모 단톡방에서 교원에 대한 인신공격을 일삼던 엄마의 멘트도 이랬다. "아빠들 나서기 전에 해결하세요. 점잖은 아빠들, 나서면 끝장 보는 사람들이에요." 발언의 정당성은 차치하고서라도, 분노도 남편 없이 할 수 없는 빈약한 자아가 무척 안쓰럽다.

반면 남자들은 자신의 수준과 관계없이 쉽게 여자들을 평가한다. 그럴 자격이 자신들에게 있다고도 생각한다. 여자도 자신들과 같은 뇌를 가진 동등한 인간이라는 생각을 하지 않고, 자신에게 예속되거나 혹은 통제할 수 있는 존재라 생각하기에 빈번하게 범할 수 있는 일이다.

예컨대 나는 거울을 아주 유심하게 보지 않는 이상 내 인중 밑의 솜털을 그다지 인식한 적이 없다. 조금 거뭇거뭇해도 상관없다고 생각한다. 모든 것에는 다 존재 이유가 있기에. 그런데 어느 날 교제하던 사람이 웃으면서 내 인중의 털을 지적했다. 그 이후로 나는 거울을 볼 때마다 인중 털이 눈에 띄고 신경쓰이기 시작했다. 30여 년간 전혀 주목하지 않은 부분이었다. 하루는 덜렁이는 팔뚝 살을 덥석 잡았다. "귀엽다"는 말로 포장했지만, 근육 없이 말캉이는 팔뚝을 평가하는 시선이 내리꽂혔다. 그 박한 잣대는 과하게 관대한 몸매를 자랑하는 자신을 향할 법도 했는데, 숨 쉬듯 판단하며 규정하는 표현은 나를 향했다. 자신에게 그럴 권리가 있다는 듯이. 갈등이 생겨 언쟁을 하며 느낀 바를 조곤조곤 설명하면 "대체 왜 그런 감정이 드냐"며 되물었다. 자연발생하는 감정까지 자신의 판단 영역에 두고 스스로의 기준에 따라 모든 것을 납득하고 이해해야 한다는 건 일종의 나르시시즘이다. '한 사람'에게만 발견할 수 있는 특징이라면 개인의 문제로 치부하겠으나, 친밀한 관계에 들인 뭇 남자들은 '자신은 다른 가부장적 남자와 다른 척'하면서 결정적인 순간에 똑같은 모습을 보였다. 자신을 판단하는 위치에 두는 것이 익숙하기 때문일 테다.

여기서 잠깐, 번외로 "왜 그런 감정이 드느냐"는 질문에 되받아칠 만한 합당한 답변은 무엇일까. 깊은 정서적 교류를 나누는 동성 친구들과의 커뮤니케이션에서는 단 한 번도 받아보지 못한 이런 질문을 듣는 순간, 여자들은 당황한 나머지 너무 쉽게 자신을 되돌아본다. 동시에 상내의 의견을 비판 없이 수용한다. '그런가? 이런 마음이 드는 게 이상한가?' 왜 그런 마음이 드는 것인지 상대에게 설명하며 납득시키려 한다.

하지만 명심해야 한다. 내 감정에는 아무런 죄가 없다. '왜 그런 마음이 드느냐'라는 의문 자체가 타인의 개별성을 온전히 받아들이지 못하는 나르시시스트의 사고 회로다. 관계를 중요시하는 여성들은 순조로운 소통을 이끌어내기 위해 상대의 불합리한 요구에도 부합하려 애쓸 때가 많다. 물론 애정을 가진 상대에게 감정의 이유를 설명하는 것이 어려운 일이 아니다. 하지만 이런 질문은 나의 감정을 '이해'하고자 하는 질문이 아니다. 나의 감정을 나의 자유로 존중하지 않는 것이다. 정신을 차리고 이렇게 되받아쳐 보자. "내 감정까지 스스로 의심하게 만들지 마. 너의 행동에 상대는 어떤 감정이 들 수 있다는 사실을 '그냥' 받아들여."

'내가 부족한가, 못났나?' 신기하게도 살짝 취약해진 틈을 엿본 상대들은 기회를 놓치지 않고 심리적 지배를 강화하려 했다. 그런데 내가 그러한 수법에 전혀 넘어가지 않거나 오히려 반박하면 모든 것을 나의 탓으로 돌리며 화를 냈다. "불편하다", "부담스럽다", "피곤하다", "예민하다" 같은 말을 쏟아내며. 그러면 또다시 자신을 향해 물음표를 던진다. '진짜 내가 예민한 건가. 다른 사람들은 그렇지 않은데 내가 이상한가.' 그리고 무력해진다. 관계에서 발생하는 모든 일은 단 한 사람의 탓이 아니거늘, 계속 비판의 화살은 나 자신을 향한다. '내가 그때 이

렇게 행동했더라면 좀 달라지지 않았을까.'

　남성들은 늘 여성을 전지적 시점에서 평가하는 데 여념이
없다. 누구도 '면접자'의 역할을 맡기지 않았는데도, 여성을 백
화점 마네킹 보듯 점수 매길 수 있고 그것을 쉽게 발화할 수 있
게 만드는 힘 역시 젠더 권력이다.

　지금으로부터 10여 년 전 대학에 입학하자마자 가장 처음
본 장면도 그랬다. 한 남자 선배는 내게, "너는 살만 조금 빼면
(외모) 포텐셜이 있어"라고 했는데 페미니즘 의식화가 전반적
으로 일어나기 전인 당시에는 칭찬인 줄 알고 어물쩍 넘어갔
다. 지금에 와서야 '대체 누가 누굴 평가해?'라며 반감이 치밀
어 오른다. 그저 연장자 남성이라는 이유로 누군가를 '평가'할
수 있다고 여기는 것과, 여성의 평가 지점이 '외모'에 있다는 것
에서 처참한 성인지 감수성을 엿본다. 10여 년 전만의 일일까.
어쩌면 여성으로 태어난 이상 죽기 전까지 겪어야 할 업보일
지도 모르겠다. 철저하게 여성으로 성적 대상화되며, 오로지
여성적 가치에 의거해서 칭송되거나 비난받는 삶.

　기왕 여자를 평가할 거라면 '외모' 말고 좀 참신한 잣대를
들이대는 것을 권해본다. 얼마나 사유의 깊이가 없으면 한 사
람을 판단하는 기준이 오로지 외모뿐일까. 시간이 흐르면서
전방위적 능력 측면에서 성취한 명성, 평판, 네트워크, 재력 같
은 것들은? 혹은 사람을 대할 때의 친절과 배려, 포용력, 경청

179

하는 태도, 지성 같은 정신적 영역은? '포텐셜이 터질 수 있는' 것이 한두 가지가 아닌데, 그 선배가 "너는 앞으로 장관 인사청문회에서 볼 법한 포텐셜이 있어", "자수성가한 부자가 될 깜냥이야", "주위의 사람들이 너를 늘 편하게 생각하는 게 정말 큰 장점이야"라는 언어로 나를 평가했다면, 차라리 더 내가 큰 꿈을 품는 데에는 도움이 됐겠다.

어떤 복학생 선배는 여자 신입생을 두고 룸살롱에서 '초이스'하듯 굴었다. 대학 입학 후 매일매일이 술자리로 채워졌는데, 갓 군대에서 제대한 스포츠 머리 선배들이 술자리에 참석한다는 소식이 전해졌다. 고작 해봤자 한 해 높은 선배들만 대면해온 신입생들은 꽤 긴장했다. 그때까지만 해도 선배들이 주는 술은 꼬박꼬박 마셔야 한다는 이상한 '똥군기'가 지대했다. 백번 양보해 술이야 넙죽넙죽 마실 수 있었다. 그런데 아직도 깊게 각인되어 있는, 도무지 그저 넘기기 어려운 일이 일어났다. '새맞단'이라 불리는, 새내기 맞이 행사들을 실무적 차원에서 모두 준비한 한두 해 선배들이 여자 후배 두세 명씩 조를 짜서 복학생 선배들이 앉아 있는 테이블로 데리고 갔다. '여자' 신입생들이 쭈뼛거리며 선배에게로 가 인사를 하면, 선배들은 머리에서부터 발끝까지 훑어봤다. 그리고 '지명'한 후배를 옆자리에 앉혔다. 예의상 불렀다가도 오랜 시간을 보내고 싶지 않은 후배에게는 고개를 까닥이며 '가봐도 좋다'는 식의 사인을 보냈다. 물론 이게 룸살롱에서 여성들을 보는 방식과 맞닿아 있다는 것을 깨달은 것은 페미니즘 의식화 이후의 일이다. 이를 설명할 언어가 없었던 때의 장면임에도 '불쾌'로 남아 있는 것을 보면, 어쩌면 페미니즘적 사고는 이론과 지식의 영역이 아닌 듯도 하다. 오히려 경험과 감각, 인지에 가까운 사고방식이다.

20대 중반도 되지 않은 이 어린 남성들은 자신들에게 함께 술을 마실 후배를 '선택'할 수 있는 권력, 다른 존재를 마치 상품처럼 하나하나 뜯어보며 평가할 권력, 그리고 마음에 들지 않으면 얼마든지 돌려보내고 다른 후배들을 탐색할 권력이 있다는 걸 어떻게 본능적으로 알고 있었을까. 아마 그건 남성 중심 사회에서 그들이 그런 행동을 하더라도 아무도 제지하지 않았던, 가부장제의 용인으로 학습된 것일 테다. 생물학적 기관인 생식기가 '권력 호르몬'이라는 것을 만들어낼 리도 없고, 태어날 때부터 남자아이들이 자신이 그래도 되는 위치임을 알리 없지 않은가.

요즘 남성들이 멋대로 나를 판단하게 두지 않겠다고 선언하는 여성들이 많아지고 있는 것은 다행한 일이다. 대표적으로는 머리를 짧게 자르고 화장을 하지 않으며 브래지어를 벗는 등 꾸밈 노동을 거부하는, 탈코르셋을 한 여성들이 그렇다. 사회적 활동이 많은 사정으로 인해 완전히 꾸밈을 포기하지는 못했음을 솔직하게 고백한다. 격식 있는 자리에 가기 위해 화장을 하고, 헤어 스타일링을 돕는 고가의 드라이어를 구매하고, 이따금 몸매의 곡선이 드러나는 옷을 고를 때면 죄책감과 부채감을 느끼기도 한다. 페미니스트 기자 혹은 작가라는 정체성을 갖게 되면서 나의 모습이 다른 여성들, 특히 독자들에게 어떤 영향을 미치지는 않을지 일거수일투족을 점검하는 시간도 늘었다.

그러나 너무 강박을 가지면서 스스로를 옥죄지는 않으려고 한다. 운동의 순수성에 집착하는 목소리가 커질수록 그 운동은 배타적인 소수에 갇혀 생명력을 잃기 쉽다. 그저 본질에 집중하며 일상 속에서 실천하는 작은 걸음들이 모이면 큰 변화를 만들어낼 수 있다고 믿는다. 예컨대, 특별한 일이 없으면 나는 출근할 때 무척 루즈한 와이드핏 데님 바지에 후드티나 플리스 재킷을 교복처럼 입고 다닌다. 구두를 신지 않는 건 물론이고 화장도 잘 하지 않는다. (이따금 물이 아까워 머리를 안 감고 출근할 때도 있다……) 화장을 하지 않으면 대중교통을 타는 것도 어려워했던 어린 시절을 떠올리면 격세지감이다. 두툼한 옷을 입을 때면 브래지어를 착용하지 않을 때도 있다. 와이어가 들어간 불편한 브래지어가 시대착오적 코르셋이라는 비판이 이어지면서 와이어를 부착하지 않은 편한 브래지어도 무척 많이 출시됐다. 세탁하기도 번거롭게 레이스로 감싼 딱딱하고 답답한 와이어 브래지어 대신, 밋밋하고 실용적인 브래지어를 여럿 구매하면서 오히려 '노브라'만큼 편한 일상을 누리고 있다. 이런 상품이 나오고 대중화되는 것 자체도 여성들의 지속적인 각성과 주장이 이루어낸 큰 변화인 셈.

프랑스 사회학자 에바 일루즈의 책《사랑은 왜 끝나나》에서 여성은 남성의 시선을 통해 등급이 매겨지고 소비되는 섹슈얼리티의 대상이라고 분석된다. '성적' 대상인 여성은 동시에 모성애나 자애로움 같은 덕목을 갖춰 뭇 존재를 돌봐야 하는 역할도 요구받는다. 이런 요구는 즉각적이어서, 어떨 때에는 누군가의 감정을 살펴야 하는 동시에 관능적 면모로 성적 만족감을 제공해야 한다. 남성과의 관계를 지속적으로 유지하기 위해서는 둘 중 어느 것 하나도 소홀히 하지 않아야 하므로 여성은 쉽게 지치고 만다. 나는 일루즈의 통찰을 접하고 안도의 한숨부터 쉬었다. 어쩐지 사는 게, 아니 이성과 좋은 관계를 가꾸고 유지하는 게 너무나도 힘에 부치더라니…….

나 자신을 잘 알고 나름의 매력 자본을 가꾸는 데 소홀하지 않는데도 늘 '로맨스'에 있어서는 진전이 없었다. 누군가 내게 매력을 느껴 곧잘 다가오고, 이성애적 관계로 전환되는 것까지는 그렇다 쳐도 이성과의 관계를 '유지'하는 것에는 유독 애를 먹었다. 한때 신붓감을 평가하는 고리타분한 표현 중에 '낮에는 요조숙녀, 밤에는 요부' 같은 게 있지 않았던가. 디지털로 모두가 24시간 연결된 사회에서 이제 여성들은 밤낮이 아닌 24시간 내내 스위치를 켰다 껐다 하는 것처럼 두 가지 모드를 오가야 한다. 남성이 보기에 충분히 섹슈얼한 매력을 내뿜으면서, 그들의 감정적 요구에도 현명하게 대처할 수 있어야 하는 거다. 그에 더해 사회 진출까지 늘어 일터에서는 제 몫 하는 노동자의 역할을 성실히 수행해야 하고 결혼이라도 하면 출산과 육아에 주렁주렁 달려 오는 온갖 노동도 다 해내야 하니, 원더우먼이 아니라 원더우먼 고조할머니가 나타나도 못 해낼 것들 아닌가. 2023년 5월 영국 주간지 《이코노미스트》는 치솟는 젊은 한국 여성의 자살률에 주목하며 "여성에 대한 모순적인 기대 때문"이라 분석했다. 전통적인 여성상을 따를 것을 강요받으면서도, 동시에 학교나 일터에서 살아남기 위해 극심한 경쟁을 견뎌야 한다는 의미에서다.

이제야 깨닫게 됐다. 남성과의 관계에 있어 여성은 '무조건' 세 부류로 나뉜다. 첫째, 남성의 정서적 돌봄 요구에 부응하지 못해(가령 순종적이고 포용하는, 가부장제가 요구하는 '여성'의 모습이 아닌, 자신의 욕구가 더 중요한 주체적인 여성) 관계를 유지하지 못하는 여성. 둘째, 남성의 성적 욕구에 부응하지 못해 관계를 유지하지 못하는 여성. 셋째, 남성의 정서적 돌봄 요구와 성적 욕구를 충족시키는 데에 자신의 에너지를 모두 다 쏟아버리는 바람에 번아웃에 시달리고 자신의 욕구가 흐릿해진 여성. 여성은 세 가지 중 어떤 모습을 택해도 '불완전함'에서 벗어나지 못한다. 그건 바로 '남성과의 관계'로 설명되고 있기 때문이다.

남성의 시선에서 정서적 욕구나 성적 욕구를 충족하지 '못하는' 혹은 충족시켜주는 여자가 아닌, 여성을 욕망의 주체로 두면 새로운 가능성이 열린다. 남성으로부터 정서적 욕구나 성적 욕구를 충족시켜줄 것을 요구받지만, 그것을 '거부'하는 여자. 남성의 요구와 관계없이 자신이 그것을 '주고 싶을 때 주는' 여자. 자신의 욕구에 가장 먼저 귀 기울이는 여자.

'욕망 억누르기'에서
벗어나자

⬭

"당신은 누가 돌보죠?"

30여 년 경력의 미국 심리상담가 낸시 콜리어가 자신을 찾아온 여성 내담자에게 이렇게 물었을 때, 백이면 백 눈물을 쏟아냈다고 하는 마법의 문장이다. 그리스 로마 신화나 기독교 교리를 바탕으로 한 서양 문명이든, 기원전 1세기 한나라에서 쓰인 《열녀전》이 2000년 넘게 맹위를 떨쳐온 동양 유교 문화권이든, 혹은 생명을 잉태하고 돌보는 땅으로 여성을 형상화하는 세계 각국의 민간 신앙 영역이든 여성의 원형은 언제나 '돌보는 존재'다. 집단 무의식에 뿌리박힌 '원형'들이 개인의 삶과 행동에 핵심적인 영향을 미친다고 본 심리학자 칼 융은 '어머니의 원형'을 양육, 보호, 생명력에서 찾았다. 영미권에서 생명을 만들어내고 모든 것을 품는 대자연을 일컫는 단어도 '마더 네이처Mother Nature'다. 동서고금을 막론하고 여성에게 강요되는 이러한 원형은 현대 여성에게까지 영향을 미쳐 자신을 돌보기보다 타인의 욕구에 집중하기를, 착한 여자가 되어 만인을 널리 품어주기를 기대하는 압박으로 작용하는 경우가 많다.

여성들은 자신의 욕구를 정확하고 건강하게 말하는 것을 힘들어한다. 직장에서, 가정에서, 연인 관계에서, 친구 사이에서 스스로 원하는 것을 정확하게 말하는 것을 편안하게 느끼기보다, 다른 사람들이 무엇을 필요로 하는지 살펴 부족한 부분을 미리 채워오는 역할을 자처하는 경우가 많다. 여성들이 수동적이고 순종적인 게 '문제'여서가 아니다. 콜리어에 따르면, 우리 사회가 여성의 욕구를 무시하고 깎아내리기 때문이다. 자신의 욕구를 당당하게 드러내는 여성을 조롱하고 부정적인 낙인을 찍기 때문이다. 타인에게 헌신하고 희생하는 여성을 칭송하는 것은 동시에 개별 여성들이 자신의 욕구를 부정적으로 받아들이게 만든다. 결과적으로 여성들은 욕구를 품는 자신의 모습을 낯설어 하고, 심지어는 거부하게 됐다.• '남편이', '남자 친구가', '부모님이' 바라는 무언가에는 빠삭하지만, 정작 자신이 무엇을 바라고 어떤 인간으로 성장하고 싶은지 한마디도 입을 떼지 못하는 여자들이 지천에 널린 이유다.

여성들은 사회에 수용되기 위해서는 주변의 눈치를 보고, 호감을 얻어야 하며, 욕구를 억눌러야 한다. 그렇지 않으면 이런 말을 듣기 십상이다. "넌 너무 까다로워", "어떻게 그렇게 이기적이야", "너는 통제광이야", "이번엔 또 왜? 뭘 요구하려고?",

• 낸시 콜리어, 정지현 옮김, 《나는 왜 나보다 남을 더 신경 쓸까?》, 현암사, 2023.

"애정 결핍이 심해", "너는 도무지 만족을 몰라", "왜 그렇게 공격적이야", "왜 그렇게 손이 많이 가". 연인 관계에서 응당 해야 할 요구를 했을 뿐인데 '부담스럽다'는 반응이 되돌아오거나, 부모에게 바라는 바를 말했을 때 '욕심이 많다'는 답이 되돌아오는 일은 비일비재하다. 회사에서 정확한 의견을 개진했을 때 '이기적이고 잘난 척한다'는 비난이 뒤따르고 의욕적으로 업무에 임하면 '자신이 빛나는 일에만 관심이 많다'는 맥락 없는 평가가 따라붙는 건 어떻고.

이 모든 비난에서 자유로울 수 있는 방법은 딱 한 가지. 자신이 원하는 바를 꼭꼭 숨기고, 타인의 감정을 보살피거나 보조 역할에 머무르는 데 만족하며, 호감을 얻기 위해 다른 사람의 눈치부터 살피는 것. 혹은 마음속 분노를 어찌 해결할 수 없어 소극적으로 표현하거나 격한 운동에 중독되고, 혹은 더 착한 사람이 되기로 다짐하거나 자기 비하에 빠지는 것. 어찌 되었든 그 끝은 '번아웃'일 것이다. 하나 여성을 탓하지는 말자. 여성들이 유독 수동적이고 소심해서 욕구를 제대로 표현하지 못하는 것이 아니다. 여성에 대한 차별적 압박이 분명히 존재하는 사회에서, 살아남기 위한 '생존 방식'이었을 테니. 다만 순간의 위기에서 벗어나는 묘책이 될 수는 있어도 장기적으로는 '나 자신'이 사라지는 파괴적인 생존 방식임에 틀림없다.

착한 여자가 되지 않아도 괜찮다. 꼬치꼬치 따져 물어도 괜찮다. 타인이 나에 대해 불편한 감정을 느껴도 괜찮다. 부탁을 자신 있게 거절해도 괜찮다. 기념일을 잊은 연인에게 불만을 정확한 언어로 표시해도 괜찮다. 내 말을 다른 사람이 어떻게 들을지 전전긍긍하며 예단하지 않아도 괜찮다. 남을 배려하고 타인의 기를 살리는 것에 지나치게 몰두한다면, 결과적으로 '내'가 사라진다. 욕구와 욕망의 주체가 되는 연습이 여성들에겐 필요하다.

남성이 평가하고 판단하는 대상으로 자신을 방치하지 말자. 차라리 스스로 욕망하는 사람이 되자. 나는 욕망되는 존재에만 머무르고 싶지 않다. 누군가가 간절히 욕망하는 대상이 된다는 것은, 무척이나 황홀한 경험임이 틀림없지만 나는 내가 욕망하는 대상을 찾아 나설 것이다. 그것이 상호적인 욕망의 형태를 띤다면 더할 나위 없이 행운일 테고. 더 이상 남자들이 판관으로 등장하는 그 재판에 피고인으로 서서 나 자신을 설명하고 변명하지 않을 것이다.

'남자들이 좋아하는 것'에 나를 끼워 맞추는 날들이 줄면서 나는 자유로워졌다. 본연의 말투, 목소리, 행동, 스타일, 취향, 호기심에 집중하면서 나 자신을 더욱 잘 알게 됐다. 내가 어떠한 것을 좋아하고, 어떠한 사람 옆에서 편안해하며, 어떠한 것을 못 버티는지 등등. 스스로 단단하게 서 있을 수 있게 되어도 관계가 어려운 건 어쩔 수 없다. 나 혼자만이 잘한다고 되는 일이 아니니까. 하지만 적어도 이성과 맺는 관계로 인해 내 중심이 흔들리지 않도록 부단히 애쓸 것이다. 내게는 사랑 말고도 지켜내야 할 것들이 무척 많으므로.

사랑은
무얼까

남성에게 재단되고 판단되는 위치에 스스로를 올려놓기를 원치 않는다고 해서, 사랑을 포기한 것은 아니다. 나는 사랑을 믿는다. 그리고 지금 이 순간에도 사랑을 시도하고, 사랑을 기대하며, 사랑을 탐구한다. 사랑은 내 인생의 핵심 화두다.

기자, 작가 같은 '글 쓰는 사람'이라는 정체성을 몸에 남기고 싶어 오른쪽 약지에 'write'라는 타투를 새겼다. 결혼을 하지 않았으므로 나의 왼손 약지는 텅 비어 있다. 통념적인 사랑의 결실이 '결혼'이고 그것의 표식이 왼손 약지라면, 그것만큼이나 중요한 것이 '글 쓰는 나'라는 자아임을 잊지 않기 위한 표현이다. 세상에 글 쓰는 사람이 너 혼자인 것도 아닌데 무슨 유난이냐고 해도 하는 수 없다. 이른바 '결혼 적령기'를 거쳐가는, 혹은 결혼하지 않은 여성에게는 예상치 못한 순간순간 결혼에 대한 압박이 가해지므로, 그럴 때면 왼손 약지 내신 오른손 약지를 보며 정말로 내가 원하는 것이 무엇인지를 상기하겠다는 나름 비장한 행동이다.

그렇다고 해서 비혼'주의자'라고 호명되고 싶지는 않다. 결혼을 한 '한 쌍'이 아닌, 오롯이 존재하는 개인을 사회를 구성하는 단위로 보는 나로서는 결혼을 하거나 하지 않은 것은 하나의 '상태'다. 컵 안에 들어 있는 물이 뜨거운지 차가운지 같은 성질과 다름없다. 그렇기에 비혼을 '~주의~ism'라는 준엄한 접미사까지 붙여가며 주장할 생각은 없다. 지금 나의 상태는 비혼이며, '남은 생'이 아닌 '생의 많은 부분' 혹은 '긴 시간'을 함께 하고 싶은 상대가 생겼을 때 어떤 식으로 결합할지는 차근차근 논의하며 만들어가야 할 사랑의 형상이라 생각한다. 한평생 혼인하지 않고 제도에 규정되지 않는 결합을 만들어낼 수도 있겠지. 불타게 사랑하다 50~60살쯤 초혼을 하여도 재밌겠다. 어쨌든 분명한 건 결혼을 하기 위해 사랑을 할 일은 없다는 것이다.

"결혼을 안 하고 싶으시면 어떤 형태로 사랑의 결실을 맺고 싶어요?"

또래 남성과 데이트를 할 때면, 정말 십중팔구 듣는 질문이다. 나는 사랑의 결실이나 완성이 '결혼'이라고는 전혀 생각하지 않기에, 그리고 사랑은 평생에 걸쳐 추구하는 것이지 '결실'을 필요로 하는 과정이라 여기지 않기에 이런 질문 자체가 생경하다. 남녀가(이성애를 가정했을 때) 결혼식을 올리면 그것이 사랑의 완성인가. 아이를 낳으면 사랑의 결실인가. 이런 질문을 받는 것만으로, 나는 너와 나의 '사랑'이 성립될 수 없음을 직감한다.

사랑은 여전히 미완의 과제다. 인간 대 인간으로 교류하는 이들은 내게서 자주 따뜻한 사랑을 읽는다고 한다. 좋아하는 상대에 대한 표현이 충만하고 솔직한 데다, 마음을 주는 데에 인색하지 않은 편이다. 그런데 이 마음을 받을 대상을 찾는 데에는 곧잘 실패했다. 대체로는 나의 사랑을 받을 자격이 없는, 건강한 정서를 품지 못한 사람이었고 혹은 서로가 생각하는 사랑의 형상이 달랐으며, 이따금 내가 미숙하거나 안정감이 없는 처지에 놓여 있거나, 같은 생각에 이르렀어도 사랑의 유효기간이나 속도가 달랐기 때문이리라. 무엇보다 처음으로 취약성을 내보이며 사랑했으나 그 대상이 사라졌을 때 겪어본 상실감이 두렵기도 했다. 페미니즘을 의식화한 후로 사랑은 더욱 달성하기 힘든 과제가 됐다. 가부장제 구습을 무비판적으로 체화한 상대와의 시간과 대화를 견딜 수 있는 심리적 방어선, 즉 '역치'가 확 낮아졌기 때문이다.

> 사랑은 수동적 감정이 아니라 활동이다. 사랑은 '참여하는 것'이지 '빠지는 것'이 아니다. 가장 일반적인 방식으로 사랑의 능동적 성격을 말한다면, 사랑은 본래 '주는 것'이지 받는 것이 아니라고 설명할 수 있다.•

•
에리히 프롬, 황문수 옮김, 《사랑의 기술》,
문예출판사, 2019, 42쪽.

에리히 프롬의《사랑의 기술》에 있는 구절이다. 나는 성숙해가면서 사랑이 참여이자, 실천이자, 활동이자, 의지라 시나브로 믿게 됐다. 누군가를 전적으로 응원하고 지지하는 경험, 나로 인해 한 사람의 삶이 따뜻해지는 것을 느끼고 바라보는 것은 상대에게 사랑받고자 겉을 치장하고 애교를 부리고 자아를 내려놓는 것보다 훨씬 풍요로운 일이다. 그런 대상이 세상에 존재하는 데다 여러 상황이 딱 들어맞아 지금 현재 나와 친밀하고 특별한 관계를 맺고 있다는 것. 그것만큼 행운인 일이 있을까. 그런 기회는 평생 한두 번 올까 말까 할 테니, 사랑의 물결이 일렁이면 능동적으로 뛰어들어야 한다. 내게 사랑은 '하는' 것이다.

　　사랑이란 뭘까. 시대 불문 모든 철학자가 들러붙어 고뇌했던 주제, 사랑. 자아를 좀먹는 파괴적 연애를 마치고선 사랑을 좀 잘하고 싶어 프롬의《사랑의 기술》을 책꽂이에서 꺼내본 경험, 다들 한 번쯤은 있지 않을까. 20대 때의 나 역시 이 책이 사랑 분야의 자기계발서 정도 될까 싶어 도서관에서 빌렸다가 다 읽지도 못한 채 반납했던 기억이 있다. 그런데 무수한 실패 이후 30대가 되어 읽은 이 책은 과장 더해 내게 주체성을 알려준《자기만의 방》만큼이나 본질적인 통찰을 줬다. 그럼에도, 사랑을 삶에서 포기하지 말아야 하는 이유에 대하여…….

　　도처에 사랑이 넘치지만, 사실 사랑이 본질적으로 무엇인지는 아무도 모른다. 책《사랑을 배울 수 있다면》의 요지는 시대가 사랑이 어떤 것이어야 하는지를 더 이상 성찰하지 않게 되었으므로 우리는 매 순간 사랑의 의미를 찾아내며 '우리 시대의 낭만적 사랑을 재발명해야 한다'는 것이다. 저자인 로버트 C. 솔로몬은 "진정한 사랑이라는 것은 없다"면서도, 사랑이 일시적 열정이 아닌 행위자들이 만들어가는 '과정'임을 강조한다. 궁극적으로 그는 플라톤의 대화록 《향연》에 등장하는 극작가 아리스토파네스의 연설을 꺼내 와 자신이 생각하는 사랑의 개념을 구체화한다. 그리고 이는 내가 꿈에 그리는 사랑과도 일맥상통하다. "사랑이란 공유된 자아-정체성, 우리 각자가 자신의 나머지 반쪽을 찾으려는 절절한 필생의 노력이며, 타인을 통해 자신의 자아를 재정의하는 경험."

아아, 순진하다 웃을지 몰라도 나는 여전히 사랑(꼭 이성애를 말하는 것은 아니다)으로 말미암아 우리는 완생에 이르게 된다고 믿는다. 중요한 것은 '어떤 사랑'이냐겠지만.

‡

연애와 로맨스가 인간에 의해 구성된 발명품이라는 것을 아는가. 그것도 주류 사회가 포섭한 젠더 규범을 내재화한 문학작품과 미디어가 쥐도 새도 모르게 주입하는 관념이라는 것을. 여기까지 이르면 대체 우리가 사랑이라 믿고 떠드는 관념은 정말루 사랑의 실체와 그다지 관련이 없는 건 아닌가 하는 회의에 이르게 된다. 일찍이 수전 손택은 이렇게 말했다. "제가 사랑이라는 주제에 매료되는 지점은, 사랑에 부과된 모든 문화적 기대들과 가치들이 실제 사랑과 무슨 상관이 있는가 하는 점입니다."•

　문화평론가 이정옥의 《로맨스라는 환상》은 로맨스가 어떻게 발생하고 변용되었으며, 시대마다 어떤 양상으로 드러나는지를 분석한 책이다. 18세기 산업혁명 이전까지만 해도, 오늘날 우리가 생각하는 연애는 존재하지 않았다. 결혼이라는 것은 가문과 가문 간의 정략적 결합이었기 때문이다. 굳이 따지자면 사랑의 결과로 결혼에 이르는 것이 아니라, 사랑은 결혼이라는 선행조건에 딸려 오는 부산물 같은 것이었다. 자본주의 체제로 이행하면서 남성은 일터에서 돈을 벌어 오고 여성은 가정을 담당하는 '남성 생계부양자 모델'이 가부장제를 떠받드는 주요 축으로 기능하기 시작했고, 그제야 남성과 여성은 스스로가 결혼할 사람을 '선택'하는 단계로 이행했다. '개인'이 부상하면서다. 그러니까 짝을 찾고 연애를 하며 감정을 키워나가 결혼에 이르는 이 모든 시나리오는 근대 이후 2세기 안팎의 짧은 기간 동안 인류가 정립해온 질서나 다름없는 것. 그러니 지금 내가 사랑이라 믿는 연애의 양상도 기실 사랑의 본질과는 한참 떨어져 있을지도 모른다.

　이따금 연애가 틀에 박힌 '역할 놀이'처럼 느껴질 때가 있다. 20대 때는 우연한 장소에서 첫눈에 반해 가슴앓이를 하고, 30

•
수전 손택, 조너선 콧, 김선형 옮김, 《수전 손택의 말》, 마음산책, 2015, 148쪽.

대 때는 결혼 등 생애주기 과업을 달성하기 위해 엑셀에 일목요연하게 정리한 듯한 여러 조건을 따지고 재본 뒤 '보편적인 연애 각본'에 의거한 역할 놀이에 돌입할 것인지 결정한다. 짧게는 일주일 길게는 한두 달 데이트를 하고 연락을 주고받으며 서로를 탐색한다. 주변에서 "너네 사귀는 거 아니야?" 같은 추임새가 붙으면 전개에 가속도가 붙는다. 적절한 타이밍이 되면 확실하게 관계를 정립하고 "짜잔, 오늘부터 1일" 같은 대사로 1부는 끝난다. 1부의 제목은 '썸'이다.

2부 '연인'에 들어서면, 비슷한 장면이 반복된다. 만나서 데이트를 하고, 인스타그램에서 유행하는 핫플레이스에 가고, 남자는 여자의 사진을 찍어주고 컨펌과 퇴짜가 반복되는 고정적인 구조. 이따금 갈등 상황에 들어서면 냉전기를 겪고, 이른바 '밀당' 같은 것도 시도해보며, 단조로워진 관계에 리듬감을 주기 위해 관계가 아닌 자기 삶에 집중하는 시간도 갖고, 100일, 200일, 300일 같은 기념일을 챙기고……

3부 '결혼'에 이르러서는 더욱더 정형화된 역할을 수행한다. 웨딩은 신랑과 신부라는 역할 놀이의 정점이다. 예식 1년 전까지는 치열하게 예식장을 물색하여 예약해두고, '스드메'로 요약되는 표준화된 프로토콜을 결정하며, 예식 일주일 전까지도 청첩장을 돌리는 모임을 완료하여 바야흐로 사회의 공인을 받은 '사랑'을 하고 있다는 것을 만인에게 알려야 한다. 이 공정은 너무나 철두철미하게 짜여 있어, 남사가 얼마를 해오면 여자는 그의 N분의 일에 해당하는 규모로 준비해야 한다 같은 식으로 공유된다. 이 모든 것이 결혼을 준비하는 이들이 통과의례처럼 거치는 과정이 된 데에는 아마 그럴 만한 편의가 있어서겠지만, 왜인지 이 모든 단계에서 이상하게 '사랑'이라는 본질은 도통 끼어들 틈이 없어 보인다는 생각이다.

한순간 짜릿한 성애적 감정이, 누군가의 모든 것을 알고 서로를 구속하고 싶다는 소유욕이, 사랑이라고 생각하지 않는다. 정답은 없겠지만 사랑을 나누는 상대와 꾸준히 대화하며 만들어나가는 형상을 궁극적으로 내가 지향하는 사랑의 원형으로 삼을 수 있겠다곤 생각한다. 그래서 늘 내가 반하거나 가능성을 열어두는 상대들은 사랑에 대해 많은 대화를 해나갈 수 있을 것 같은 이들일 때가 많았다. 주로 지적인 측면에 매료되곤 했다.

다만 그러한 첫인상이 꼭 다정함이나 포용력, 감수성 등을 정확히 드러내는 것은 아니어서 기대하며 다가갔다 실망하며 퇴장하는 일도 적지 않았다. 안타깝게도 말이 통할 것 같은 '지적 능력'을 가진 남성들은 동시에 자기애와 고집도 만만찮기 마련이라, 기대 이상으로 똑똑한 나는 "응응, 자기 말이 다 맞아요" 같은 영혼 없는 맞장구를 치는 것을 힘겨워하는 부류의 사람이었고 꼭 참지 못하고 잘못을 지적하거나 한마디씩 거들어 남성들의 비대한 자의식에 흠집을 내곤 했다. 혹은 "너의 시성과 사유가 좋다"며 다가왔던 이들도 중요한 순간에 호락호

198

락하거나 순종적이지 않은 나를 바꾸려고 하는 경우가 부지기수였다. 똑똑한 건 좋은데, 자신이 허락한 수준까지만 똑똑했어야 하는 걸까. 똑 부러지는데, 그 모든 것이 허구가 아닌 실재에 명백한 근거를 두고 있는 데다 심지어 자신이 똑똑한 줄 너무나 잘 아는 여자. 아마 한국에서 오냐오냐 소리만 들으며 살아온 남자와는 상극이지 않을까 싶다. 그렇다고 해서 선명한 생각과 자기주장 없는, 그야말로 물에 물 탄 듯 술에 술 탄 듯한 이성에겐 도무지 매력을 느끼지 못하는지라 나의 사랑은 계속해서 미궁을 헤매고 있다.

포스트모더니즘과 신자유주의 물결 속에서 사랑은 더욱 예측 불가능하고 유동적이며, 혼란한 무언가가 되었다. 지그문트 바우만은 '고체'와 '액체'로 근대와 현대를 구분하는데, 사회는 합리적이고 정확하며 예측 가능성이 높았던 근대에서 우연하며 경계가 없는 탈근대로 이행한다. 사랑도 마찬가지다. 재생산이나 가족, 공동체를 중시하며 헌신과 책임을 담보하는 관계를 내포했던 사랑의 양상이, 개인화가 심화하면서 성욕이나 도파민 흐르는 짜릿한 연애 감정을 우선적으로 취급하는 '인스턴트 사랑'으로 변모한다는 게 바우만 생각의 요지다.

일루즈는 《사랑은 왜 끝나나》에서 '어떻게 자본주의가 성적 자유를 점령해, 성적 관계와 낭만적 관계를 유동적이고 혼란스럽게 만들었는지'를 촘촘하게 논증한다. 그러니까 이런 식이다. 틴더 같은 데이팅 앱을 필두로 현대사회는 우리에게 무척 많은 사랑의 자유가 담보된 것처럼 군다. 새로운 사람을 쉽게 탐색하고, 쿨하게 헤어질 수도 있는 사회가 마치 '자유로운 선택'을 가능하게 만든 것 같지만, 개인은 자본주의가 점령해버린 감정 체계에서 결코 독립되어 존재할 수 없다. 사랑을 찾아 헤매는 한 사람 한 사람은 마치 상품처럼 학력, 재력, 직업, 외모와 몸매 등으로 등급화되고 심지어 이 같은 심리를 이용해 점수를 매기는 데이팅 앱까지 성행할 정도다. 이러한 연애 생태계에서 매력 있는 이성 후보군은 편의점에 진열된 삼각김밥과 별반 다르지 않다. 오늘 '전주비빔'을 먹었는데 마음에 들지 않으면 다음 날 '참치마요'를 먹으면 된다. '이런 모습이 조금 거슬리네?' 작은 계기에도 쉽게 이별을 고려한다. 대체재 공급은 지속적으로 이뤄지기 때문이다. 오히려 무수한 가능성이 개인의 섹슈얼리티와 관계 맺기에 큰 혼란을 야기하는 것이다.

이러한 맥락하에 차츰차츰 장기적으로 쌓아나간 둘만의 유대감 같은 것은 관계 안에 자리할 공간이 없다. 지속 가능한 애정, 관계를 유지하려는 배려, 노력, 양보 같은 것은 구시대의 산물이 되고 쿨하고 쾌락적인 성적 모험이 점차 주류적 형태가 되어간다. 독일의 사회학자 울리히 벡과 엘리자베트 벡 게른스하임 부부는 이처럼 지독한 혼란을 극복하기 위해 "남자와 여자들은 과거에 여성적인 미덕이라고 여겨졌던 것들, 즉 이해, 인내, 양보를 실천해야 하며, 계속해서 새로운 타협을 시작하는 용기를 발견해야 한다"●고 말한다.

 '썸', '그린라이트' 같은 얄팍한 단어가 연애의 추동을 설명하고 '어장관리', '유사연애' 같은 애매모호한 신조어가 관계의 본질을 덮어버리는 '오늘날 사랑'이 지겹다. 주류 세태가 사랑의 종말을 향하는데, 여전히 사랑의 가능성을 탐구하고, 좇고, 기대하는 것이 너무나 순진한 생각일까.

●

울리히 벡, 엘리자베트 벡 게른스하임, 배은경,
권기돈, 강수영 옮김, 《사랑은 지독한, 그러나
너무나 정상적인 혼란》, 새물결, 1999, 146쪽.

―――――――

고양이만 키워봐도 우리는 너무 사랑을 잘 느낄 수 있잖아요. 비록 인간의 언어를 구사할 수는 없지만 정말 모든 순간 온몸으로 발신하는 그 사랑을 말이에요. 고양이의 종이나 털 색깔 같은 것을 나의 기호에 맞게 바꾸려는 시도도 하지 않고, 그럴 마음조차 들지 않으며 그 존재 자체를 아끼고 사랑하며 그의 행복에 기여하고 싶은 마음. 이렇게 쉽게 느낄 수 있는 사랑을 왜 남성과는 나누기가 어려울까요.

이따금 유효기간이 무척이나 확실하고 상대를 착취하거나 자신의 입맛대로 바꾸려 하는 이성애에 질린 여자들끼리 '연애 대성토 대회'가 열리곤 한다. 밀도 높은 감정과 대화를 나누며 우리는 늘 차라리 고양이와 나누는 사랑이 더 고차원적인 감정인 것 같다는 결론에 이르곤 한다. 왜 우리 시대의 이성애는 상상력이 메마른 수능 시험의 오지선다 같은 것이 되어버린 걸까.

뚜렷하게 인지하지도 못할 만큼 시나브로, 사랑을 연상할 때에 '설렘'보다 '친밀함'을 먼저 떠올리는 나를 발견했다. 이성을 볼 때도 첫눈에 반해 섹슈얼한 매력에 도취되기보다, 내가 바라는 수준의 친밀한 유대감을 쌓아나갈 수 있는 기질일지를 가장 중요하게 보기 시작했다. 그와의 대화와 세상을 바라보는 시각, 안정적인 성품 등을 통해서 말이다. 단순히 잔잔하고 평온한 관계를 추구하는 30대에 이르렀기 때문일까. 그렇다기보다 변화하는 사랑 담론이 부지불식간에 개인에게도 영향을 미친 탓인 듯하다.

"바야흐로 로맨스의 시대에서 친밀성의 시대로 전환 중이다." 이정옥은 《로맨스라는 환상》에서 사회학자 앤서니 기든스의 주장을 받아 이렇게 말한다. 로맨스는 한마디로 '낭만적 사랑'이다. 《로미오와 줄리엣》이나 《춘향전》에서처럼, 어느 날 갑자기 운명과도 같은 짝을 만나 사랑에 빠지고 결혼의 성공 여부를 사랑의 성패로 결론짓는 서사다. 세상에서 가장 아름다운 여자와 세상에서 가장 용감하고 멋진 남자가 운명처럼 만나 각종 역경을 이겨내는 '불같은 사랑'이 주인공의 이름과 지위, 시대와 국적만 바꿔가며 변주된다.

'친밀성'은 로맨스의 대안으로 등장했다. 한 순간도 안 보면 몸이 바스러질 것 같은 그런 성적 끌림이나 열정이 아닌, 두 사람 사이에 이뤄지는 지적·신체적·정서적 친교를 통해 발현되는 세계의 확장이다. 이때의 사랑은 신뢰나 우정, 인간적 유대감의 형태로 나타날 수 있다. 두 사람 역시 '애인'이라는 협소한 표현보다는 소울메이트나 동반자 같은 정신적이고 통합적 관계로 서로를 범주화한다.

이를테면 로버트 C. 솔로몬의 《사랑을 배울 수 있다면》에 나오듯 어느 한적한 시골 마을의 노부부의 모습을 상상해보자. 평생에 걸쳐 동반자로 살아온 그들은 아침에 일어나 딱히 모닝 키스를 하지는 않는다. 아마 "사랑해"라는 표현도 거의 하지 않을 것이다. 그저 새가 지저귀는 소리와 함께 평온하게 조간신문을 읽고, 상대를 위해 블랙커피를 곁들인 아침 식사를 준비해 조용하게 식사를 하는 풍경은 여느 '할리퀸 소설'이나 '로맨스 드라마'가 묘사하는 낭만적 사랑과는 자못 다르다. 필시 이 노부부에겐 한때 사랑의 라이벌도 있었고, 서로를 향한 소유욕이나 질투에 원망과 분노 섞인 말을 쏟아냈던 시기도 있었을 것이다. 그런데 그 같은 장면은 이들이 평생에 걸쳐 쌓아온 서사 중 아주 일부분에 불과하다. 그러나 이 부부를 감싸고 있는 기류가 '사랑'이라는 것은 의심의 여지가 없다.

개인이 자신의 주체성과 자율성을 포기하지 않으면서 새로운 세계를 창조해나가는 사랑의 힘을 나는 믿고 좋는다. 기든스는 《현대사회의 성·사랑·에로티시즘》에서 '합류적 사랑'이라는 대안을 제시한다. "각기 따로 흘러오던 두 개의 지류가 합쳐져 하나의 강물이 되어 흐르듯 두 사람의 정체성이 과거에는 각기 달랐음을 인정한 위에서 다가오는 미래의 시간을 향해 사랑의 유대를 공유하고 새로운 정체성을 협상해 가는"• 사랑. 사회집단의 구속보다 특별한 '관계'에 집중하는 사랑. 시몬 드 보부아르는《제2의 성》에서 "진정한 사랑이란, 반드시 두 사람의 자유가 서로 상대방을 인정하는 기조 위에 세워져야 한다"고 했다. "서로를 자신처럼 또는 타자처럼 느끼면서, 어느 한편에서도 자기 초월을 포기하지 않고 또 자기를 불구로 만드는 일 없이 함께 세계 속에서 가치와 목적을 발견할 것"이라고……. 이런 사랑이 가능할까. 지난하지만 희망을 잃지 않으려 한다.

이쯤 되어 털어놓는 나의 은밀한 취미는 책을 읽을 때마다 헌사나 감사의 말에 담긴 사랑의 메시지를 발췌하는 것이다. 이때의 사랑은 꼭 이성애를 전제하지만은 않지만, 늘 동료애나 파트너십에 기반을 둔 이성을 향한 메시지에 매료되곤 했다. 이따금 작가와 같은 호칭으로 불리면서, 나 역시 언젠가 서문에 열정적으로 사랑을 담고 싶다는 꿈이 있어서일 테다. '계약 결혼'으로 더욱 잘 알려져 있는 프랑스의 지성인 커플 보부아르와 사르트르의 모습은 늘 내게 일말의 희망을 품게 만든다. 보부아르에게 사르트르는 사실 성적 매력이나 정서적 지지에서 충만감을 주는 상대는 아니었다. 그러나 보부아르는

•
앤서니 기든스, 배은경, 황정미 옮김,《현대사회의
성 사랑 에로티시즘》, 새물결, 1999, 108쪽.

205

자신의 신체처럼 사르트르를 아꼈고, 그는 고유한 위치를 점했다. "내 몸과 마음에서는 다른 사람들도 그렇게 될 수 있겠지만 내 사유의 친구로는 그에 견줄 상대가 없다." 사르트르도 보부아르를 아끼기는 매한가지였다. 둘은 발표 전 원고를 유일하게 보여주는 상대로도 잘 알려져 있다. 서로의 사유를 귀하게 여기고, 낯 뜨거운 초고일지라도 함께 나누며 성장하는 관계라니. '지식 권력 커플'이라는 독보적인 명성과 지성을 갖춘 그 시대 보부아르와 사르트르였기에 가능했던 것 아닐까.

비관에 사로잡히지 않기 위해 꿋꿋하게 나는 여러 저자의 책에서 사랑의 흔적들을 찾는다. 그리고 사랑에 대한 희망을 품어본다. 언젠가 나도 이런 사랑의 상대를 만날 수 있을 것이라고. 그리고 그 이름을 헌사에 남길 것이다. 다음은 목적 없이 책을 읽던 나의 눈을 사로잡은 우연한 사랑의 문장들이다.

> "우리는 상대의 직관, 상상력, 창의성, 지각에 반했고 결과적으로 한동안은 육체적으로도 사랑했습니다. 하지만 정신을 지배할 수 없듯이 취향, 꿈, 희망 따위를 지배할 수는 없어요. 어떤 면은 비버(보부아르)가 낫고 또 어떤 면은 내가 더 낫습니다. 비버의 승낙 없이는 내가 어떤 글도 발표하지 않을뿐더러 누군가에게 공개하지도 않는다는 거 알아요?"
> (…) 내가 아는 나 자신, 내가 무엇을 하고 싶은가를 아는

사람은 보부아르 한 사람뿐입니다. 참으로 찾기 힘든 완벽한 대화 상대죠. 나의 유일한 행운이에요."

_ 1975년 6월 "르 누벨 옵세르바퇴르"에 실린 사르트르 일흔 번째 생일 기념 인터뷰.《보부아르, 여성의 탄생》(교양인, 2021)에서 재인용

"나는 아내 로런의 총명함과 창의성에 매일 반한다. 함께 책을 읽고 음악을 들으며 영적으로 지적으로 성장해온 것에, 로런과 결혼해 내가 그 기회를 얻었음에 한없이 감사할 따름이다."

_《긴즈버그의 마지막 대화》(이온서가, 2023)의 저자 제프리 로즌의 '감사의 말' 중

"가장 신뢰하는 연구자이자 페미니스트이며 또한 나의 아내인 윤보라에게 표현할 길 없는 감사와 사랑을 전한다. 이 책의 핵심이라고도 할 수 있는 일베 이용자 인터뷰를 진행할 수 있었던 데는 당시 여자 친구였던 아내가 해준 조언이 결정적이었다. 일베 연구자라는 인연으로 시작해 지금에 이르기까지, 윤보라는 연구자로서나 생활인으로서, 무엇보다 성숙한 인간으로서 한계가 가득한 나에게 삶과 정신의 토대이자 지향점이 되어주었다."

_《보통 일베들의 시대》(오월의봄, 2022)의 저자 김학준의 '감사의 말' 중

"마티는 매우, 특별했어요. 처음으로 내게도 뇌가 있다는 걸 고려해준 남자가 마티였습니다. 내가 아는 나보다 날 더 가치 있게 여겨주었어요."

_《긴즈버그의 마지막 대화》에 수록된 인터뷰 중 긴즈버그가 남편 마티를 떠올리며.

8. 사랑:

남성 없이 설명되는 여성

But almost without exception they are shown in
their relation to men. It was strange to think
that all the great women of fiction were, until
Jane Austen's day, not only seen by the other sex,
but seen only in relation to the other sex. (…)
for so a lover would see her as his love rose or
sank, was prosperous or unhappy.

하지만 거의 예외 없이, 여성들은 남성과의 관계로만 제시되었습니다.
제인 오스틴의 시대까지 작품 속 모든 위대한 여성들이 다른 성의 관점
으로만 보이고 다른 성과의 관계 속에서만 나타났다니 이상하단 생각이
들었습니다. (…) 그건 그가 사랑이 타오르거나 가라앉음에 따라, 충만
하거나 불행함에 따라 여성을 보기 때문입니다.

나도
　　엄마가
　　　　될 수 있을까

"엄마, 나 애 낳을까?"

"정자는?"

결혼도 하지 않은 30대 중반의 딸이 대뜸 보낸 카카오톡 메시지. 온갖 잔소리를 더할 법도 한데, 엄마는 쿨하다 못해 실용적인 답장을 보내왔다. "허수경이랑 사유리는 어떻게 낳았지?" 일반적으로는 '빨리 좋은 사람 만나 결혼을 하라'는 말이 따라붙겠지만, 엄마는 비혼 출산한 방송인 허수경, 사유리의 기사를 공유하면서 적극적으로 '정자를 구해' 딸 혼자 출산하는 법을 대신 알아봐 줬다. 엄마는 신년 운세를 보러 가서도 늘 나의 커리어나 건강, 인간관계 같은 것만 묻고 돌아오기도 한다. 결혼에 대해 묻는다고 해서 복채를 더 내야하는 것도 아닌데 돈 아깝게 말이다. 그럴 때면 결혼에 대해 별생각이 없는 나조차 "돈 아끼우니 안 궁금해도 결혼 같은 것 좀 물어보라"고 닦달을 하게 된다. 역시 페미니스트 딸은 하늘에서 뚝 떨어지는 게 아닌가 보다.

재해가 휩쓸고 간 땅에도 싹은 튼다. 싱글맘 가정에서 아주 잘 자라버린 것의 장점을 굳이 꼽자면, 부모와 2인 자녀로 구성된 한국 사회의 이른바 '정상 가족' 형태가 아니더라도 충분히 살아낼 수 있음을 경험적으로 알고 있다는 것. 이따금 아버지나 가장의 부재는 다소 삶을 궁핍하게 만들고, 구태여 하지 않아도 되는 설명을 늘어놓아야 하는 번거로움을 요구하고, 혹은 정상 가족 이데올로기 만연한 사회에서 늘 '기준 밖' 인간으로 여겨져 나를 위축시켰지만 그럼에도 불구하고 어떻게든 일상은 지속되고 오히려 호흡이 맞지 않는 원가족과의 결별이 삶의 경로를 대단히 깔끔하게 정돈한다는 것을 생애에 걸쳐 깨달았다. 그래서인지 늘 사랑에는 진심이었지만, 남편이라든가 가장 같은 역할을 누군가에게 맡기는 데는 심드렁했다. "결혼 제도에 대해서는 비판적이지만, 정말 좋은 사람을 만나면 결혼을 할 수도 있지." 누군가 결혼 의사를 물으면 이런 애매모호한 대답을 내놓곤 했다. '관계'와 '마음'의 문제이지, '시기'와 '상황'에 얽매이고 싶지 않다는 나름의 타협적인 표현이리라.

그런데 불현듯 출산이 궁금해졌다. 뜻밖에도 페미니스트들과 이야기를 나누면서다. 우리나라에서 손꼽히는 페미니스트 정치인, 사업가, 언론인 등 선배 여성 여럿과 저녁 자리를 가졌는데, 입을 모아 "아이를 낳은 것이 인생에서 가장 잘한 일"이라고 하는 것이 아닌가. ("결혼은 그다지 추천하고 싶지 않다"라는 단서가 따라붙는 것도 흥미로운 지점이다.)

페미니즘의 고전, 슐라미스 파이어스톤의 《성의 변증법》을 통해 나는 '종족 번식'이 동물의 본능임과 동시에 여성을 감정적, 심리적, 문화적, 물질적, 육체적으로 값비싼 비용을 치르게 하는 족쇄임을 알게 됐다. 출산은 세상에서 가장 정교한 창조물인 다른 생명을 만들어내는 숭고한 행위임을 너무나 잘 알지만, 동시에 나머지 절반의 성별이 종족 유지의 부담을 떠안지 않고도 자유로울 수 있도록 기여하는 노예계급의 일인 것도 파이어스톤의 논증을 통해 이해하게 되었다. 그리고 국가와 가부장제 남성 권력은 모든 가능한 방법을 동원해 여성을 생식의 압제로 몰아넣고 있다. 오늘날 출산하지 않는 여성을 향해 전방위적으로 가해지는 폭력적 언행을 보라. 미국 최초의 여성 부통령 자리에 오르고, 자신이 낳지 않은 남편의 자녀를 충분히 양육했음에도 카멀라 해리스는 '아이 없는 캣 레이디childless cat lady'라는 멸칭으로 2024년 대선 과정 내내 비판받았다. 가히 세계 정상의 자리에 있는 테일러 스위프트도 '캣 레이디'로 불릴 정도이니, 전통적인 가족을 꾸리지 않는 비출산 여성을 향한 '마녀화'는 동서고금과 지위 고하를 가리지 않는 셈이다.

파이어스톤은 '출산과 모성애'라는 미명 아래 여성을 노예계급으로 몰아넣는 사회에 저항하기 위한 대안으로 '인공생식으로 태어난 아기와 아이들을 공동체 가구에서 키우는 신세계'를 제시했다. 1970년대의 주장이라고는 믿을 수 없을 정도로 급진적이면서 선구적인 제안이다. 이 정도 논의까지는 아니더라도 한국 사회에서는 출산이 여성의 아주 큰 희생을 담보로 한다는 사실에 대한 공감대라도 조성되어야 한다. 매사 여성들의 요구에 '너만 힘드냐'는 식의 논점 흐리기로 응수하는 남성들은 한쪽 성별에 집중된 출산과 양육 부담의 불공정함을 꺼내면 "사랑의 결실인 아이를 희생이라고 보는 것 자체가 문제"라고 입을 막는다. 그렇게 출산과 양육이 고귀한 것이라면 왜 사회는 제대로 평가하지 않는가. 왜 육아휴직을 다녀온 여성들은 각종 고과에서 밀려나고 이등 시민으로 전락하는가. 아이가 아프다는 연락에 발을 동동 구르며 직장에서 조퇴하는 건 왜 높은 확률로 여성의 몫인가. 왜 여전히 대기업의 남성들은 육아휴직을 사용하는 것을 꺼리는가. 자신들은 손발 벗고 나서거나 권장하지 않을 일을 두고, "요즘 애 낳지 않는 여성들이 문제"라고 욕하는 것에 어폐를 느끼지는 않는가. 그럼에도 불구하고 생명을 만들어내는 고귀한 위업을 해내는 여성들이 있지만, 나는 자신의 어떤 것도 포기하고 싶지가 않은 마음이다. 오늘날 한국의 저출생은, 결국 이러한 여성들의 생각이 주류화됐다는 것을 명징하게 보여주는 현상이다.

출산이 여성을 가부장제의 노예로 존속시키는 겹겹의 억압 구조가 되어버렸다는 오랜 결론을 바꿀 생각은 없다. 생물학적 본능이자 자연스러운 과정인 출산을, 사회가 그렇게 만들어버렸다. 그런데 이런 의견에 동의하는 나도 선배 여성들로부터 들은 '아이'라는 사랑스러운 존재에 대한 간증에는 귀가 쫑긋 섰다. 그들로부터 "출산은 자아의 상실, 결혼은 가부장제 복속 수단" 같은 저항적 언어가 오갈 거라 예상했던 터라 더 산뜻한 충격을 받았다. 그들이 찬탄하는 '무조건적 사랑'의 대상이 생기는 삶에.

때마침, 한국 사회의 이성애 규범적 사랑이 너무 시시하다는 생각에 사로잡혔다. 교제하는 남성들과 나누는 감정은 무척이나 일차원적이었고, 대화도 알맹이가 없었다. 물론 일상 속의 사소한 감정과 장면을 공유하며 떨어져 있으면서도 한 몸처럼 지내는 것이 연인끼리의 연결감을 극대화하는 일종의 연애 각본임은 알고 있으나 마음속으로는 '이런 것이 진짜 사랑일 리 없다'는 이상한 반발심이 생기곤 했다. 있는 그대로의 나에 대한 깊은 이해, 평가와 판단을 배제한 정서적 교감, 서로를 배려하며 섬세하게 언어를 골라 불쾌함이 끼어들 겨를 없는 질 좋은 대화처럼 궁극적으로 내가 사랑하는 이에게 충족받고 싶었던 진짜 욕구를 채워주는 건 정작 깊은 우정을 나누는 여자 친구들이라는 것을 깨닫게 됐을 때 나는 혼란에 빠졌다. 여자들과는 되지만, 남자들과 되지 않는 교류를 내밀하게 살피면서 남성이 사랑이라 상정하고 있는 것과 여성이 사랑이라 상정하고 있는 깃이 본질적으로 무척 다르다는 것을 감각했다. 동시대를 살아가는 남성과는 내가 나누고 싶은 종류의 사랑을 아마 평생 나눌 수 없겠구나 좌절했다. 사랑을 갈구하면서도 마땅한 대상을 찾지 못해 헤매는 날이 이어졌다. '내 인생에서 경험할 수 있는 사랑이 이게 끝일 리 없어!'

"지구상에 내 사랑 하나 더 추가!" 출산한 친구가 갓 세상에 태어난 아이의 사진을 소셜미디어에 올리며 이런 표현을 썼을 때 비로소 나는 여자들이 그 희생과 고통에도 불구하고 왜 기꺼이 출산을 감내하는지를 알게 됐다. 심지어 난임 병원을 다니며 자신의 배에 직접 주사를 놓고, 몸이 축나는 것을 감당하면서까지 생명을 잉태하는 데에는 '종족 번식' 같은 무성의한 언어가 결코 포함할 수 없는 돌봄과 사랑의 욕구가 자리하고 있는 것이었다.

친구에게 출산의 의미를 물었다. "나는 이성애자인 것이 분명한데, 또 동시에 남자와의 사랑은 내가 생각한 이상적인 사랑에는 못 미친다는 생각을 했어. 남편은 분명히 좋은 사람이지만 말이야. '내 인생에 이 정도 사랑이 끝이라고?' 하는 생각이 들었던 것 같아. 새로운 차원의 사랑을 경험하고 싶었어." 절대적이고 초월적인 사랑. 돌려받을 것을 기대하지 않고 무조건 퍼주기만 해도 충만한 사랑. 그런 대상을 한평생 찾아 헤맨 내게 솔깃한 이야기가 아닐 수 없었다.

그렇다고 "내 아를 낳아도"가 아닌 "내 아를 낳게 정자 좀 도" 할 수도 없는 노릇. 아이를 낳고 싶어졌을 때, 동반자를 구할 생각부터 하는 것이 일반적 수순일 텐데 평생에 걸쳐 남성 가장의 필요보다 번거로움에 질렸던 엄마와 나는 신기하게도 비혼 출산부터 냅다 알아본 것이었다. 수개월 동안 여러 기사를 읽어보고, 과연 이 험한 세상에 나는 외벌이다 못해 단독 양육자의 삶을 감당할 준비가 되어 있는지를 꼼꼼히 스스로에게 되물었다.

하나, 오랜 탐색 끝에 내린 결론은 '할 수 없다'였다. 싱글맘 외벌이로 감당할 수 없는 비용이나 일-육아 양립은 부차적 문제다. 2020년 보건복지부는 비혼모의 출산이 '불법'이 아니라고 밝혔으나, 현재 산부인과학회의 윤리지침은 법률혼·사실혼 부부에게만 인공수정이나 체외수정 같은 시술을 실시하게 돼 있다. 겨우 정자 기증을 받아도, 산부인과에서는 이 지침을 근거로 미·비혼의 보조생식술을 거절한다. 30대 중반이 되니 '혹시' 하는 마음에 주변에서는 '난자 냉동' 정보도 활발히 공유하는데, 미·비혼은 보험이 적용되지 않아 500만 원 정도를 자비로 지불한단다.

역시 사람들이 결혼하는 데는 다 이유가 있었다. 결혼이 출산할 수 있는 '가장 손쉽고 저렴하고 확실한 방법'이라는 깨달음에 가닿으면서. 그간 결혼을 삶의 선택지로 '전혀' 고려하지 않으면서, 기혼 여성들의 삶에 대해 잘 알지 못했다는 생각도 들어 직업 정신을 발휘하여 주변 여성들을 심층 취재했다. "경력 공백 이후 다시 성_性직을 얻을 상상도 못 한다", "아이 맡길 데가 없어 학원에 보내는데 교육비에만 한 명의 월급이 들어간다", "육아휴직을 쓰겠다던 남편은 막상 승진과 고과 때문에 계속 회사를 다니고, 독박육아 하는 나만 경력이 끊겼다", "출산과 육아로 자리를 비우는 여성은 조직에서 늘 '이등 시민' 취급을 받는다", "육아에도 일에도 온전히 집중하지 못해 매일 죄책감을 느낀다"……. 괴로우니 그만 알아보자.

합계출산율이 결국 0.7명대를 기록했다. '무책임하고 이기적'이라며 결혼도 출산도 거부하는 여자들을 비난하는 목소리가 거세다. 언제까지 애먼 여자들을 탓하고 있을까. 나는 오히려 '구조적 성차별'이라는 문제의 본질과 '성평등'이라는 해법을 외면하는 사회와 국가가 여성들의 '출산할 자유'를 강탈하고 있다고 본다. 혼인이 아니고서도 부부에 준하는 사회적 보장을 받을 수 있도록 시민연대계약 제도를 도입한 프랑스에서 태어났다면 나는 평생 1.83명의 아이를 낳았을 것이다. 아빠도 의무적으로 육아휴직을 쓰는 스웨덴에서 태어났다면 아이에게 형제, 자매도 만들어줄 수 있었다. 그런데 안타깝게도 성평등 주무부처를 없애려는 정부가 집권하고 유교가부장제가 굳건한 성차별 사회에 태어난 탓에, 아이 낳고 기르는 기쁨을 경험하지 못하고 있다.

부디, 우리 사회가 '성평등'이라는 본질에 접근하기를 바란다. '여성을 출산의 도구로만 바라보지 않고, 양육자들이 공평하게 기르고, 아이를 공동체의 일원으로 환대하며, 엄마가 되고 나서도 자기 자신으로 존재할 수 있는 세상이라면' 나도 엄마가 될 수 있지 않을까.

이 글의 일부는 기사협회보 2023년 3월 7일 자에 실린 칼럼 '[이슈 인사이드] 나도 엄마가 될 수 있을까'를 재구성했다.

사랑과
우정

나는 자주 내가 뼛속까지 이성애자인 것이 한탄스럽다. 여성에게 성애를 느낄 수 있었다면 당장이라도 사랑에 빠질 멋진 여성들이 내 주변에만 한 트럭은 있기 때문이다. 사회에서 책임감 있는 역할을 다하면서도, 매사 자신을 성찰하고, 타인의 말을 경청하며, 깊은 이해와 공감을 바탕으로 소통할 줄 아는 여성들과 대화를 하다 보면 정말이지 시간이 가는 줄 모르겠다. 워낙 많은 것을 동시다발적으로 사랑하고, 하나의 주제에 천착하면 그 심연까지 파고드는 것을 즐기는지라 시간과 깊이에 구애받지 않는 밀도 높은 대화를 소중히 여긴다. 그런데 이런 대화가 가능한 사람은 십중팔구 여성들이었다. 지위고하나 연령과 상관없이 말이다.

나를 빠져들게 만드는 대화의 순간은 이런 것들이다. 순식간에 화제를 여기에서 저기로 전환하고 이따금 언어로 표현하기 어려운 무척 섬세한 감정을 두서없이 꺼내놓아도 대화의 맥락이 흐트러지지 않는다. 어떻게든 서로를 이해하려 촉각을 곤두세우고 있기 때문이다. 배울 점 충만한 대화를 나눌 때면 나는 몇 시간이고 상대의 말에 흠뻑 녹아든다. 이따금 사랑에 빠진 눈빛을 너무나 쉽게 내보이기도 한다. 얼마나 오래 알았고, 사회에서 어떤 위치에 있는지, 혹은 서로에 어떤 도움을 줄 수 있는지 같은 실용적인 의도로 엮이지 않은 관계에서 온전히 나의 감정이 수용되는 경험을 하는 것은 마치 따끈한 어묵국물이 든 비닐봉지를 꽉 끌어안은 기분이 들게 한다. 그저 품고만 있어도 온화하고도 든든한 마음. 그런데 이런 충만한 마음이 들게 하는 대화는 정말이지 유독 여성들과만 가능했다.

가끔은 이런 마음이 사랑이 아닐까도 생각한다. 우리는 이따금 사랑을 우정이라 착각하고, 우정을 사랑이라 오해하며 인연을 놓쳐버리는 것 아닐까. 어디부터 어디까지를 사랑이라 불러야 할까. 보고 싶고 이해받고 싶고 내 모든 순간을 사사건건 공유하고 싶고 그가 행복하기만을, 그리고 그 행복에 내가 기여하기를 간절히 바라는데, 상대가 동성이라면 그것은 선천적으로 '우정'으로 명명되어야만 하는 감정인 걸까. 혹은 그저 취미가 잘 맞아 함께 있는 시간이 유희적으로 즐거운데 이성이라는 이유로 그 감정에는 '사랑'이라는 이름표를 붙여야 하는 걸까.

늘 사랑을 찾아 헤맸고 여전히 갈구하는 중인 나는, 이제 나의 우정에 사랑이라는 이름을 주기로 했다. K는 나와 동갑인 여자 친구다. 결혼을 했고, 같은 직업을 갖고 있다. 그리고 나는 기꺼이 K에게 '나의 삶을 바꾼 사람'이라는 수식어를 붙인다.

2013년 언론사 입사 시험을 준비하던 논술 수업에서 우리는 만났다. K에게 내 첫인상은 '우와 진짜 화려하게 생겼다'였다고 한다. 20대의 많은 나날 속에 K는 여러모로 나의 결핍을 비추는 거울이었다. 내가 갖지 못한, 그리고 아무리 가지려고 발버둥 쳐도 절대 구할 수 없는 것들을 갖고 있었으므로. 유머 감각 넘치는 아버지와 자식을 살뜰히 챙기는 어머니, 그리고 평생 베스트프렌드와도 같은 여동생까지. 불공평하게도 K는 기품 넘치게 예쁘기까지 해서, 노력형 인간인 나를 늘 열등감에 사로잡히게 했다. 10년 동안 알고 지냈고, 많은 날에 우리는 서로를 '베프' 같은 이름으로 규정했지만 사실 친밀함의 강도는 롤러코스터를 탔고 꽤 오랫동안 데면데면했던 시기도 분명히 있었다. 그런데 신기하게도 연이 끊어지진 않았다. 사람에 큰 기대가 없어 쉽게 타인과 친해지면서도, 진한 애착 관계를 맺으며 의존하게 되는 것을 경계하는 편이니, 아마 '친한 친구'라 부르면서도 끝끝내 K를 마지막 벽 안으로 들이지는 않았었기 때문이리라.

내가 나 자신을 조금 더 사랑할 수 있게 되고 삶의 중심이 잡히면서, 서로가 함께 지켜온 관계의 역사가 무척이나 소중하다는 것을 깨닫게 되면서, 그리고 각자의 결핍을 거울처럼 반사하는 서로를 보며 느끼는 마음속 부대낌, 질투, 애정을 기탄없이 털어놓으면서 우리의 우정은 걷잡을 수 없게 포동포동 살이 쪘다. 내 인생에서 엄마조차 뚫지 못한 마음속 여러 층의 방어벽을 모두 깨부수고 끝까지 들어온 단 한 사람을 나는 주저하지 않고 K라 답할 것이다. 어느 날 나의 잘못으로 K를 잃는 꿈을 꿨는데, 눈물을 흘리면서 깼다. 그때 나는 비로소 깨닫고 말았다. 이건 사랑이라고……. 심지어 이 문장을 쓰는 순간도 K를 생각하니 눈가가 촉촉해졌다.

타인 앞에서 나의 못난 점을 드러내기를 싫어했지만, 어느 저녁 솔직하게 나의 결핍의 역사를 여러 명의 친구 앞에서 털어놓을 수 있었다. K가 옆에 있었기 때문이다. 병리학적 문제가 있는 상대들과 연애 관계를 맺었다가 일상이 피폐해졌을 때도 쉽게 털어내고 본 궤도로 다시 돌아올 수 있었다. K가 늘 지지해줬기 때문이다. '이대로 일을 계속할 수 있을까 혹은 결혼을 해야 할까.' 으레 결혼하지 않은 여성이 맞닥뜨리는 사회적 압박에 수차례 흔들리지만, 다시 중심을 잡을 수 있다. K가 나의 결정을 믿어주기 때문이다. 그리고 나 역시 K에게 그런 사람이었으면 좋겠다.

"혜미야, 네가 사랑하고 사랑받고 싶은 사람들은 이미 너를 사랑해." 내가 사랑받을 자격이 없고 나를 사랑하는 사람이 없는 것만 같은 좌절감에 빠져들어 스스로를 미워할 때 K가 해준 이 말로 나는 다시 일어날 힘을 얻었다.

"나는 네가 둘 다 맞을 수 있는 사람인 것 같아. 혼자 살면 혼자 사는 대로 단단하고 소담하게 자신의 삶을 잘 꾸려나갈 것 같고, 누군가와 같이 살면 사는 대로 사랑을 무한히 줄 수 있는 사람이야." 30대 중반의 나이에 이르러 뒤늦게 누군가와 동반하는 삶과 결혼이라는 제도, 그리고 주체적으로 혼자의 삶을 지탱해나가는 것 사이에서 혼란스러워할 때 K는 이렇게 말했다. 그래서 다시 중심을 잡고 나의 삶을 개척해간다.

독립적이고 외로움을 잘 느끼지 않는 것을 장점으로 여기고 살아왔다. 적당한 수준으로 곁을 내어주고, 처절한 밑바닥을 구태여 드러내지 않는 것이 성숙한 어른의 자세라고도 생각했다. 결점을 고백하는 것은 어쩐지 취약해지는 것 같아 방어기제부터 올라왔다. 하지만 이제는 안다. K가 가르쳐줬다. 상처받아온 오랜 역사에서 만리장성처럼 견고하게 쌓아온 벽을 허물고, 기꺼이 누군가 정해놓은 선을 넘나드는 것이야말로 '내가 너의 삶에 들어가겠다' 혹은 '너를 나의 삶에 받아들이겠다'는 선언적 행동이라고. 그리하여 우리는 평가나 판단을 배제한 채 서로를 있는 그대로의 존재로 바라보고, 조건 없이 행복을 바라게 된다. 그리고 이는 내가 늘 견지해오던(그러나 남성과 나누는 데에는 늘 실패했던) 사랑의 원형이기도 하다.

우리는 매일 아침 출근할 때 안부 인사를 나누고(K는 어떤 책에서 일을 하면서 친구와 대화를 나누면 행복도가 높아진다는 자료를 읽은 이후로 업무 시간에 꼭 메시지를 보내온다. 그리고 나는 이런 유의 소통을 힘들어하는 편이지만 K의 기대에 부응하려 한다. K가 좋아하기 때문이다), K의 가정에 경사가 있으면 함께 축하하고 또 어려운 일이 있으면 함께 머리를 맞대는데 세상에 제도나 피로 엮여 있지 않은데도 이렇게 온 마음을 쏟고 싶은 상대와 같은 마음을 나눌 수 있다는 건 크나큰 축복이다. 나는 남편이 있는 K를 독점할 수 없고(이 감정은 독점을 요하지도 않는다) 나와 나눌 수 있는 K의 시간은 아주 일부에 불과하지만 그런 것은 이 친밀함에 조금의 영향도 미치지 않는다. 오히려 K의 삶이 더 다양한 종류의 사랑과 장면으로 풍성해지는 것이 반갑다. 그의 확장된 세계를 통해 나도 조금은 넓어질 수 있을 테니. 언젠가 몸과 마음이 떨어져 오랫동안 소식이 끊긴 채 각자의 길을 걸어갈지라도, 세상 어딘가에서 서로의 분투를 지지하고 있을 것을 믿는다.

이 책의 원고를 가장 먼저 받아 보고, 또 피드백을 해준 사람 역시 K다. 나는 늘 보부아르에게 원고를 보여준 뒤 출간하던 사르트르처럼, 이성애 관계에서 그러한 지적인 욕구를 충족시켜주는 인물을 찾아왔는데 굳이 남성에게 그 역할을 맡기지 않아도 되겠다는 생각을 비로소 하게 된다.

> *이렇게까지 다 드러내도 되나 싶은 마음이 많이 들면서도, 이렇게 다 꺼내놓은 이유까지 책에 다 나타나 있어서 너를 조금 더 이해하게 됐어. 지금도 그렇지만 네 인생에*

서 절대적으로 너를 응원하고 지지해주는 사람 중 하나가 되어야겠다, 평가나 걱정보다는 응원과 지지, 믿음을 주는 친구로 오래 남고 싶다, 그런 생각을 하면서 읽었어. 나를 너의 내적 자원으로 생각해주면 좋겠고, 기꺼이 그렇게 되고 싶어.

하루도 채 되지 않아 원고를 읽은 K는 논술학원 첨삭 선생님 수준의 피드백을 보냈고, 나는 또 눈물이 맺히지 않을 수가 없었다. 이것이 '사랑'이 아니면 무엇일까.

이런 사랑이 남성과의 관계에서 가능할까. 동성애를 선택할 수 없듯, 이성애자인 것을 후천적으로 '교정'할 수 없는 나로서는 이런 사랑을 남성과 나누고 싶다. 하지만 숱한 시도와 탐색, 도전 끝에 이런 종류의 마음은 남성과는 경험하기 어려운 것으로 잠정 결론이 나는 중이다. 좀처럼 'K-연애'와 맞지 않는 것 같다고 입버릇처럼 말해왔다. 도처에 '연애 팁'이랍시고 서로를 시험하고 착취하고 경쟁하는 식의 행동 양식을 볼 때면 이 같은 생각은 더욱 확실해진다. '카카오톡은 몇 분 안에 대답해야 하고, 섹스는 몇 달째쯤이 좋고' 등등…… 뭐든지 경험이 없었던 20대 때야 이런 중론을 진리로 받아들이며 천편일률적인 연애 시장에 나를 내던졌지만, 이제는 애초에 여성과 남성이 사랑이라 상정하고 있는 개념이 원천적으로 다른 건 아닐까 의심이 사라지지 않는다. 존재하는지에 대해서도 회의하게 된다.

여전히 내게 이성과의 사랑은 불멸의 과제로 남아 있다. 그러나 나는 이를 '무한한 가능성'으로 받아들인다.

‡

> 버지니아, 가장 소중한 사람, 이렇게 풍요로운 것을 쏟아낸 당신에게 그저 감사할 뿐이야.
> - V.
> 당신이 놀을 묘사한 단락들이 날 울렸어, 나쁜 사람.•

누가 쓴 편지일까. 울프의 남편 레너드 울프의 이름에는 철자 'V'가 포함되어 있지 않은데.

울프의 소설 《올랜도》의 모델이기도 한 작가 비타 색빌웨스트가 1928년 10월 11일 울프에게 보낸 편지의 맺음말이다. 사랑이라는 단어는 출현하지 않으나, 분명한 사랑의 문장들. 1922년 처음 만난 둘은 거의 20년간 연인이자 친구로 관계를 이어가며 서로 예술적 영감을 주고받는다. 버지니아는 비타를 만난 후 《댈러웨이 부인》, 《등대로》를 연이어 발표하며 작가로서의 입지를 굳혀나갔고, 이미 인기가 절정이었던 비타는 문학계의 권위 있는 상인 호손든상을 수상하며 함께 성장했다.

《올랜도》는 400년을 사는 인간이 된 소년 올랜도가 주인공

<hr/>

•
버지니아 울프, 비타 색빌웨스트, 박하연 옮김,
《나의 비타, 나의 버지니아》, 큐큐, 2022, 372쪽.

인 소설이다. 놀랍게도 성전환을 하는, 시대를 무척이나 앞서나간 장치를 포함한다. 잠에서 깨어보니 여자로 변한 올랜도가 19세기에 결혼하여 아들을 낳고 작가가 된 후 책 출간 시점인 1928년에서 소설은 끝난다. 특유의 '의식의 흐름' 서술로 읽기 쉬운 책은 아니지만, 이 작품을 통해 울프는 성과 시간을 초월하여 진정한 삶의 의미를 탐구한다. '전기a biography'라는 부제가 붙은 것처럼, 비타의 삶을 소설에 촘촘히 녹였다. 그의 뮤즈인 비타가 《올랜도》를 처음 읽고는 황홀함이 흘러넘치는 반응을 보이는 건 어쩌면 당연한 일이었다.

두 사람의 육체적 사랑은 찰나로 끝나버린 것으로 알려져있다. 하지만 비타와 울프는 그 후로도 서로의 글을 읽고 의견을 나누며 정서적 동반자 관계를 놓지 않았다. 버지니아는 죽기 몇 달 전, 자신의 친구에게 쓴 편지에서 "남편 레너드와 바네사(울프의 셋째 언니)를 제외하고 내가 진정으로 사랑했던 유일한 사람은 비타였다"고 말했다.

대체 오늘날 세상이 말하는 사랑과 우정은 무엇이란 말인가. 여전히 헷갈리지만 이것 한 가지만은 확실하다. 연애나 이성애만이 아닌 풍요로운 감정 자원으로서의 사랑이야말로 가부장적 세풍에 휩쓸리지 않고 스스로 생각하는 사람으로 존재하기 위한 '정신'의 근원을 이룬다는 것. 그리고 이 정신이 가득찬 '자기만의 방'은 비로소 한 여성의 '안전 기지'로 작동한다. 결코 결혼 제도나 남편 같은 존재가 대체할 수 없는.

9. 글 쓰는 여성:

그에게 자기 생각을 말하게 하고

give her a room of her own and five hundred a
year, let her speak her mind and leave out half
that she now puts in, and she will write a better
book one of these days.

그에게 자기만의 방과 연간 500파운드를 주세요. 그에게 자기 생각을
말하게 하고 쓴 것의 절반을 덜어내게 하세요. 그러면 그는 머지않아 더
나은 책을 쓸 것입니다.

'집 안의 천사' 살해하기

    버지니아 울프는 소설만큼이나 빼어난 에세이를 다수 남겼다. 평생 잡지에 기고한 서평과 산문만도 600편에 달했다고 한다. 여성, 문학, 독서 등을 주제로 하는 그의 사유를 따라가다 보면 불쑥 연민이 치밀어 오른다. 이 똑똑한 여성에게 세상은 얼마나 가혹했을까 싶어서. 외부 세계가 호락호락하지 않았기에 치열하고도 날카롭게 쓴 글을 읽을 수 있는 것은 또 하나의 축복이면서도. 《자기만의 방》이 한 번 읽고 소화하기엔 다소 난해한 부분이 있다면, 짧은 산문들은 그보다 훨씬 명징하고 정확하다. 그중 가장 좋아하는 것은 〈여성의 직업〉이다. 1931년 1월 21일 전국여성고용협회 앞에서 한 연설의 축약 버전으로, 산문은 울프 사후에 출간됐다.

    <u>글쓰기는 평판 좋고 무해한 직업입니다. 펜으로 긁는다</u>

고 가족의 평화가 깨지진 않으니까요. 가족의 돈이 필요한 것도 아니고요. 10실링 6펜스면 누구든 셰익스피어의 희곡을 전부 쓰기에도 충분한 종이를 살 수 있지요.•

울프에 따르면 작가는 거창한 초기 투자를 요구하지 않는 일이다. 여성을 교육시키지 않고 세상에서 큰일을 할 거로 생각하지 않았던 시대에는 재능만 있다면 글쓰기만큼 이른바 '가성비' 좋은 생산 활동이 없었을 테다. 그의 말처럼 "피아노나 모델, 파리, 빈, 베를린 유학, 대가나 선생님 모두 작가에겐 필요하지 않"은 데다 "값싼 종이도 물론 여성들이 다른 직업에서 성공을 거두기 전에 작가로서 성공하게 된 이유"였다.

이따금 내가 어떻게 '쓰는 사람'이 되었는가 반추해본다. 지긋지긋하게 가난했지만, 범접하지 못할 정도의 부를 쌓고 싶다는 욕구는 크게 없었던 것 같다. 오히려 나와 비슷한 처지의 뒤따르는 여성들이, 내가 겪은 어려움의 딱 절반만큼만 경험했으면 좋겠다는 생각은 했다. 그러려면 나 자신이 부자가 되는 것도 중요했지만, 그보다는 세상에 조금은 선량한 이야기를 퍼뜨리는 사람이 되는 게 우선했다. 그리고 가난한 여성이었던 내게 가장 가성비 좋은 수단은 역시 '글'이었다.

기자가 오로지 '글을 쓰는 직업'이라고 보는 규정에는 동의하지 않는다. 내게 기자는 세상을 바라보고 기록하여 바꾸는 일이다. 이를 위해 현장을 신발 밑창 닳도록 쏘다니고, 꾸준히

•
버지니아 울프, 〈여성의 직업(Profession for Women)〉, 《나방의 죽음 수필집(The Death of the Moth and Other Essays)》, The Hogarth Press, 1942.

새로운 사람들을 만나며 어렴풋하게 존재하는 현상을 언어화하여 세상에 드러내 보인다. 매일매일 한 사람의 세계를 확장시키는 아주 좋은 직업이라 생각한다. 특히 세상에 대한 호기심으로 도무지 가만히 앉아 있을 수가 없는 나 같은 사람에게는 더더욱.

울프는 신문에 서평을 쓰고 돈을 벌면서 "이보다 더 쉬운 일이 또 뭐가 있겠어요?"라면서도, 서평을 쓰며 하나의 난관과 맞닥뜨리게 된다. 서평을 쓸 때마다 어떤 여자 유령과 마주하게 된 것. 울프는 그 유령에 '집 안의 천사'라는 이름을 붙였다.

예컨대 이런 식이다. 울프가 남자 소설가의 서평을 쓸 때면 그 유령이 다가와 귓속말을 한다.

> 여보세요, 당신은 젊은 여자잖아요. 그리고 남자가 쓴 책에 대해 글을 쓰려 하죠. 그에게 공감해야 해요. 부드럽게 써야 하고, 기를 살려주세요. 거짓말을 해요. 우리 성별이 아는 모든 기술과 계략을 전부 활용하세요. 절대로 당신이 고유한 생각을 갖고 있다는 걸 다른 사람이 짐작하게 해선 안 돼요. 그리고 무엇보다, 순진하게 굴어요.•

모든 창작 행위는 스스로를 비평의 제물로 올리는 일이다. 마거릿 애트우드는 "모든 종류의 예술가는 총살 집행장에 일렬로 줄을 서 있다"는 말을 인용하며 어딘가에 시체가 묻힌 걸

•

버지니아 울프, 〈여성의 직업(Profession for Women)〉, 《나방의 죽음 수필집(The Death of the Moth and Other Essays)》, The Hogarth Press, 1942.

알고(심지어 대개 엉뚱한 시체를) 온 힘을 다해 파낸 뒤 작가를 뒤쫓는 이들을 '분노에 사로잡힌 자경단'이라 일컫는다.[*] 입에 오르내리는 것은 문장력, 어휘 수준, 논리 구조만은 아니다. 여성은 자신의 생각을 드러내는 순간부터 공격의 대상이 된다. 차라리 글 자체에 초점을 맞춘 비판은 생산적이고 성의 있어 보이기까지 한다. 주체의 외모나 평소 행실, 배경 등도 인기 화두다. 오죽하면 캐나다 현대문학의 대모로 불리며 매해 노벨문학상 유력 후보로 꼽히는 애트우드마저 '여성 작가'로 사는 고난을 이렇게 말할까.

> 사회가 단지 작가로서만이 아니라 '여성' 작가로서 어떤 역할을 기대하는지 조금이라도 의심했다면, 나는 잉크가 새는 내 푸른색 볼펜을 방 저편으로 내던졌거나, 끝내 정체를 밝히지 않은 《시에라 마드레의 황금》의 작가 B. 트라번처럼 철통 같은 필명으로 자신을 가렸을 겁니다. 아니면 토머스 핀천처럼 절대 인터뷰도 하지 않고 책 커버에 내 사진을 쓰도록 허락하지 않았을지도 모릅니다. 하지만 그런 묘수를 생각하기에 당시의 나는 너무 어렸고, 지금은 너무 늦었네요.[**]

　생의 민낯까지 숨기지 않고 고작 '허구적 에세이'라는 말장난 같은 규정으로 스스로를 보호하며 이 글을 쓰는 나로서는,

[*]

마거릿 애트우드, 박설영 옮김, 《글쓰기에 대하여》,
프시케의숲, 2021.

[**]

위의 책, 45쪽.

애트우드의 문장을 옮기면서도 과연 이 책을 출간하는 것이 현명한 일인지 번뇌하게 된다.

모든 부류의 여성이 겪는 일이겠지만, '글을 쓰는 여성'으로 스스로를 정체화하면 정말 별별 무례하고 저열한 공격을 받게 된다. 이는 상대가 진보인지 보수인지, 젊은지 늙었는지, 심지어는 페미니즘에 우호적인지 아닌지와도 상관이 없다.

일례로 나는 '여성주의 도서'깨나 읽었다는 진보 성향 남성으로부터 꽤 오랫동안 질 낮은 괴롭힘을 당했다. 이런저런 매체에 기고도 하고, 온라인 논객을 표방한 말 많은 누리꾼인 그는 처음에는 우호적인 취재원이었다. 오랫동안 소셜미디어로 소통했지만 오프라인에서는 몇 차례 밥을 먹거나 차를 마신 정도의 거리였다.

그런데 주고받는 메시지의 양상이 거슬렸다. 어떤 사안에 대해 의견을 나눌 때면, 자신이 잘 모르는 분야임에도 불구하고 급하게 인터넷에서 건져 올린 정보를 총동원해 내 의견에 반박하거나 우위에 서려는 태도를 보였다. 피곤한 대화가 이어져 답을 피하면, 묻지도 않았는데 또 온갖 뒤틀린 가설과 정보를 긁어 와 자기의 의견을 앞세웠다. 무시가 이어지자 대뜸 알지도 못하는 누군가의 이름을 거론하며 "서울에 가면 같이 만나자"고 제안했다. 나는 그 사람이 누군지, 왜 만나야 하는지도 몰랐다. 상대방이 불쾌해할 줄 몰랐다면 나르시시즘이 의심되고, 상대방의 관심을 사고 싶은 욕심이 지나친 거라면 요령이 없는 것이며, 통상 이런 식으로 대화를 한다면 사회성이 발달하지 않은 것이다. 통제 가능한 범위를 넘어섰다는 생각에 나는 수년 전 "대화가 불쾌하다"는 의사를 남기고 더 이상 연락하지 않았다.

그 직후 저열하고 치졸한 온라인 괴롭힘이 이어졌다. 곧바로 불특정 다수에 말하는 것처럼 "SNS 친구를 정리할 생각이니 친구를 이어가려면 먼저 연락하라"며 '차단 예고제'까지 해댔다. 당연히 연락하지 않았고 차단됐다. 차단당한 남성들이 자격지심에 어떻게 돌변하는 줄 잘 아는 나로서는, 약간의 기를 세워주더라도 그냥 먼저 차단당하는 게 편했기에 잘된 일이라고 생각했다.

그런데 몇 년 뒤 그가 다시 내 소셜미디어에 등장했다. 차단당했으니 내 눈에 띌 리가 없는데, 내가 댓글을 단 제3자의 포스팅에 그가 댓글을 달았다는 알람이 떴다. 상황 파악을 위해 (그리고 그의 의도대로) 그의 프로필로 들어갔다. 내가 다른 소셜미디어에 올린 짤막한 글을 캡처해 이름만 살짝 지우고는, 자신과 뜻을 함께하는 남성들과 깔깔거리며 조리돌림을 하고 있었다. 그러니까 나를 욕하고 싶고, 그것이 내 눈에 띄게 하고 싶은데, 차단 관계라 연락이 닿을 길이 없자 잠시 차단을 해제한 뒤, 겹치는 지인의 계정에서 나의 흔적을 찾아 댓글을 달아 자신의 존재감을 어떻게든 드러낸 것이다. 상상을 초월하는 수준의 지질함과 정성이다. 물론 그에 응수하는 것은 격에 맞지 않는다 생각하여 무시로 일관했다. 이 서술이 사실상 첫 언급이다. 여자에게 가해지는 어떤 음흉하고 교묘하며 집요한 괴롭힘의 실제 예를 보여주기 위해서 일부러 상세히 서술했다. 이런 식의 집착은 스토킹처벌법 같은 잣대를 들이댈 수도 없다.

자기 생각을 가진 여자, 글 쓰는 여자, 자신의 뜻대로 움직이지 않는 여자를 공격하는 방법은 수만 가지다. 2021년부터 젠더 뉴스레터를 보내고, 여러 자리에서 여성을 대표하여 마이크를 쥐는 일이 늘어나면서 정말 감당하기 힘든 공격과 맞닥뜨릴 때가 많았다. 댓글 창을 도배한 소위 '신남성연대'류 인셀의 저주는 귀여운 축에 속한다. "기생충, 벌레, 저능아 같은 페미 기자" 같은 유의 메일이 기사를 쓸 때마다 쏟아졌는데 어떤 발신자는 말미에 이렇게 남겼다. "이런 남성 혐오적인 기사를 쓰면, 당신의 아버지, 당신의 남편, 당신의 오빠, 당신의 아들에게 미안하지도 않습니까!" 자못 비장한 결기가 담긴 문장이지만 타격감은 제로에 수렴하다 못해 친구들 사이에 깔깔깔 웃으면서 씹는 안줏거리도 못 된다. "아니 글쎄, 페미니스트에게 화가 나서 협박하는 사람이 아빠, 남편, 오빠, 아들에게 미안하지 않냐면서 욕하는 거 있지?"

기자가 아닌 일상적 글쓰기 순간에도 이런 일은 비일비재하다. 온라인 플랫폼 '브런치'에 '여성의 자립'을 주제로 한 연재 글을 썼었다. 빈곤한 처지와 소수자 정체성이라는 물리적 조건에서도, 왜 여성이 안정적 주거를 영위하며 자신만의 창작을 해나가야 하는지 다뤘다. 지금 쓰는 이 글의 전신이다.

그런데 의도치 않게 그 글 중 하나가 대형 플랫폼 메인에 걸렸나 보다. 팔로워가 적어 개인 기록용으로 사용하던 브런치에 처음 보는 독자들의 알림이 실시간으로 빗발쳤다. 글로 밥 벌어 먹고사는 사람이지만, 한 편의 글로 큰 관심을 받게 된 것 같아 얼떨떨했다. 플랫폼의 힘을 새삼 실감했다. 다만, 단점도 분명했다. '여성주의적 글쓰기'를 면면에 녹이면서 '여성의 자립과 창작'이라는 화두를 던지고자 쓴 글이었으나, 이에 대한 공감 수준이 낮은 독자들도 우후죽순 유입된 것이다. 정확하게 표기한 작가 의도와 연재 취지가 무색할 정도의 댓글들이 달리기 시작했다.

가난에 대한 트라우마를 폐쇄적 분위기의 지방에서 더욱 심하게 느꼈던 경험의 고백이자, 자전적 에세이●를 '가난할수록 서울에서 살아야 한다'는 논쟁적인 제목으로 소개했다. 단숨에 독자의 눈을 사로잡아야 하는 온라인 문법을 따른 것으로, 생각이 다른 독자도 얼마든지 있을 것이라는 가능성을 염두에 두고 글을 발행했다.

생각이 다른 것은 얼마든지 있을 수 있는 일이다. 공적 영역에서 쓰는 글은 언제나 논쟁을 불러일으킬 수밖에 없고, 나의 생각에 세상 전체가 동감하고 반응하는 일이란 일어날 수 없다는 것을 잘 알고 있다. 그렇기에 시간과 공력을 들여 나의 생각에 반론이나 반박을 하는 분들의 의견을 귀하게 여긴다. 이

● 이 책 3장의 내용이 이를 고쳐 쓴 것이다.

런 과정을 통해 내 생각의 부족한 부분을 깨닫고, 또 닮고 싶은 부분은 모사해 성장의 발판으로 삼는다. "저는 공감이 잘 안 가네요" 같은 피드백을 통해, 추상적이고 애매모호한 생각을 어떻게 더 명쾌하게 전달할 수 있을지 고민함으로써, 내 글의 지평이 넓어지니 어찌 좋은 일이 아닐까.

문제는 '어견'이 아닌 '무례'다. 프로필에 담긴 정보로 말미암아 중장년 남성으로 추정되는 이가 그 글에 이런 댓글을 남겼다. "서울이 가난에 관대한 곳이 아니라, 가난에 관대했던 시절을 보내서 그렇게 착각하는 거 같아요. 가난에 대한 자격지심을 조금 벗어나길 바라요."

댓글의 앞부분은 십분 동의한다. 그리고 내가 새겨들어야 할 귀한 의견이라고도 여긴다. 하지만 나는 이 댓글이 무례하다는 것을 조목조목 따져야겠다는 욕망에 즉각 사로잡혀 버렸다. "자격지심에서 벗어나길 바란다"는 표현 때문이었다.

당신은 이 글이 다루는 주제에 대해 얼마만큼 생각했길래, 타인의 생각을 '착각'이라 멋대로 규정하는가. 당신은 가난에 대해 얼마나 잘 알기에 개인의 트라우마를 손쉽게 '자격지심'이라 규정하는가. 당신은 상대에 대해 무엇을 알고 얼마나 가깝길래 태도의 변화를 촉구하며 타인의 영역을 침범하는가.

나는 이런 무례한 태도가 특히 '생각하고 말하는 젊은 여성'에게 집중된다고 생각했다. 조금도 참지 않고 곧바로 이 표현이 왜 문제인지를 따진 반박 글을 브런치에 게재했다. 유독 어린 여성의 주체적 사유의 의미를 훼손하며, 여성을 생각하는 존재로 인정하지 않으려는 이 같은 시도를 결단코 반대한다.

이런 장면은 지금 이 순간에도 가정, 회사, 학교 등에서 숱하게 반복되고 있다. 이를테면 여성 직원이 몇 날 며칠을 몰입해 만들어낸 페이퍼 워크를 두고, 단 1분도 숙고하지 않은 채 내뱉는 남성 동료의 무감한 인상 비평 같은 것들. 행간마다 녹아 있는 누군가의 성의와 헌신을 존중하고 평가하기는커녕 눈치챌 노력도 않는 그 젠더 권력.

사회생활 중 특히 연장자 남성들에게서 지겹도록 목격한 이 무성의함을 저 댓글에서 발견한다. 특히나 타인의 사유를 '착각'으로, 글의 화두를 '자격지심'으로 매도하면서 자신의 논거는 한 줄 설명하지도 않는 불성실함은 어떠한가. 그도 그럴 것이 한국 사회에서 남성, 특히 중년 남성은, 무언가를 시작하게 만들 때도 무언가를 뒤엎게 만들 때도 설명을 굳이 부연하지 않는 특권을 가진다. 가족회의에서 부인이나 자녀가 설명할라치면 "됐다, 마 치아뿌라" 한마디로 모든 대화를 종료하는 가부장의 권위. 질의응답까지 완벽하게 준비한 새 프로젝트 발표 도중 "지루한데 빨리 하자"는 한마디로 의사 진행을 결정해버리는 남성 중역의 권력. 나는 2024년 12월 '45년 만의 비상계엄'이라는 초유의 상황을 초래한 대통령 윤석열의 사고 회로에도 성찰 않는 중년 남성의 특권 의식이 큰 영향을 미쳤으리라 보는 편이다.

더 큰 문제는 '빈곤의 영역'을 다루는 방식이다. 동년배에 비해 이룬 것이 많은 이들에게서도 어린 시절 가난이 할퀸 상처가 트라우마처럼 남아 있는 경우를 왕왕 본다. 불과 몇 해 전까지만 해도 임대아파트에 살았지만 운이 좋아 평균 정도에 이른 나만 해도, 가난을 스스로 입에 올리기에는 오랜 시간이 걸렸다. 빈곤을 오랫동안 연구한 한 선생님으로부터 "가난은 '구멍 난 양말'이 아니다. 구멍 난 양말 때문에 신경이 쓰이고, 그걸 남이 볼까 봐 눈치 보게 되는 것"이라는 문장을 들은 적이 있는데, 나는 이런 표현이 가난의 본질을 제대로 꿰뚫고 있다고 생각한다. 내가 알고 있는 가난 역시 단지 주머니에 돈이 없는 그 상태가 아니라, 빈곤함으로 인해 일상생활에서부터 위축되는 그 마음이며, 시간이 흘러도 절대로 잊지 못할 감각에 가깝다. 오늘 먹을 쌀 한 톨이 없어 배를 곯는 것보다 주민센터에서 긴급구호를 요청하는 모습을 누군가에게 들켰을 때, 가난은 존엄의 마지막 공간을 침투한다. 자수성가한 기업가의 회고에도 빠지지 않는 것이 가난에 대한 기억일 정도로, 이 마음은 누군가의 성장 과정에 선명한 상흔을 남긴다. 오죽하면 정치인 홍준표처럼 별별 일을 다 겪으며 유아독존으로 사는 사람마저, 인터뷰에는 학창 시절 도시락 대신 수돗물로 배를 채워야 했던 한 서린 경험이 아직까지 단골 멘트로 등장할까.

이러한 복잡한 정서를 '자격지심'이라 납작하게 오역해버리는 둔감함, 심지어 무딕대고 '벗어나길 바란다'는 조언의 감투를 쓴 훈계에서, 나는 잘 알지도 못하면서 가르치려 드는 기성세대 남성의 공통 정서를 읽는다. 이게 이렇게 꼬치꼬치 지적할 정도의 잘못이냐고? 예술사회학연구자 이라영은 《여자를 위해 대신 생각해줄 필요는 없다》에서 이렇게 썼다. "상상의 빈곤은 타인의 고통에 대한 상상도 빈곤하게 만든다. 이것이 윤리의 결여다." 그렇다. 이것은 윤리의 결여다. 더군다나 이런 둔감함을 바깥으로 표현하기까지 하는 것은 더더욱 그렇다.

지금까지 젊은 여성들은 이 같은 무례함을 묵과했다. 아니 오히려 싱긋 웃어 보였다. 약자의 습관이다. 약자성을 적극적으로 내비쳐, 나는 당신에게 위협이 되지 않는 존재라고 호소하는 방식이다.

그러나 앞으로 나는 잘못되고 무례한 관성 앞에서 웃지 않고 적극적으로 기록할 것이다. 그리고 반박할 것이다. 내가 글을 쓰는 이유 역시 생각하는 여성을 교묘하게 억압해온 과거와의 결별을 위한 것이다. 여자를 위해 대신 생각해줄 필요는 없다. 그 생각이 실제로 착각이었으면 여자가 스스로 알아챘을 것이며, 그 생각이 실제로 자격지심이었으면 여자가 스스로 극복했을 것이다. 그걸 굳이 당신이 교정할 필요는 없다.

이런 무차별 공격에 나 자신을 지키는 방법은 분명 존재한다. '집 안의 천사'의 유혹에 넘어가서 글을 쓰기. 아마 안전하고 회피하는 글을 썼다면 큰 수난은 뒤따르지 않을 것이다. 애교를 떨며 잘 달래면서 고분고분한 말투로 쓴다면, 남성 독자들의 열렬한 환호를 받을 수도 있을 것이다. 그러나 나는 그러한 품평 기준에 스스로를 맞출 생각이 조금도 없다.

첫 책 《착취도시, 서울》을 시작으로 나는 신변을 상당 부분 드러내면서도 나름 명징한 주장을 하는 글쓰기를 해왔다. 주제도 치열했다. 빈곤, 세대, 여성(페미니즘)……. 문제의식의 발로는 나의 존재였기에, 성장 환경이나 지금의 처지, 일상의 풍경을 소환하지 않고서 주장을 하기가 꽤 곤란했기 때문인데 지인들은 걱정 어린 감상을 보태기도 했다. "이렇게 솔직하게 다 써도 괜찮아요?"

아무것도 쓰지 않으면, 아무것도 바뀌지 않는다. 아무것도 존재하지 않는 것처럼 여겨진다. 그래서 울프는 '집 안의 천사'를 어떻게 했을까. 목을 졸라 죽여버렸다!

내가 그를 죽이지 않았다면 그가 날 죽였을 테니까요. 그는 내 글에서 심장을 뽑아내 버렸을 테니까요.

생각하는 대로 쓸 수 없는 것은 죽은 것이나 다름없다. 울프가 '정신'을 강조하는 이유다.

내가 펜을 종이에 대자마자 알아차렸듯이 고유한 정신 없이는, 인간관계, 도덕성 그리고 성에 대해 당신이 무엇을 진실이라 생각하는지 표현하지 않고서는 단 한 편의

서평도 쓸 수가 없습니다."•

그리고 이 산문의 주제는, 또다시 《자기만의 방》의 문제의
식과 맞닿는다. 울프는 고백한다. 기꺼이 '집 안의 천사(라고 쓰
고 대중이 여성에게 기대하는 방식의 집필 활동을 의미한다)'를 목 졸
라 죽일 수 있었던 것은, 자신의 조상이 남겨준 유산 덕에, 생계
가 '여성으로서의 매력'에 달려 있지 않았기 때문이라고.

어쩌면 나 역시 울프의 전철을 밟았을는지 모른다. 따박따
박 연금처럼 들어오는 조상의 유산은 없지만, 울프보다 140년
뒤 태어난 덕에 교육의 수혜를 입었다. 이제는 한국도 계급 이
동이 쉽지 않은 사회가 되었지만, 가까스로 몇 계단 정도는 자
력으로 사다리를 올라가지 않았나 싶다. 기자라는 직업을 택
하면서 나의 영토는 더욱 넓어졌다. 정치인 등 유력 인사들과
교류하고, 이름 걸고 쓰는 만큼 쌓인다는 성취는 부차적 문제.
4대 보험 등 각종 제도 안에 안착한, 그래도 적지 않은 월급을
받는 '정규직'의 지위를 얻었다는 것은 아주 큰 안전감을 갖추
게 해줬다. 내 명의로 된 집을 갖게 되면서 '쌓아가는 삶'의 보
람을 깨달았다. 그리고 이 모든 것은 내가 '집 안의 천사'를 목
졸라 죽이고, 맑고 강건한 정신을 유지하며 쓸 수 있는 든든한
뒷배가 됐다. 이것이 나의 500파운드다.

처음으로 여자들은 질문하고 책을 쓰고 생각하기 시작했
다. 이 모든 자유의 기점에는 '자기만의 방'과 '500파운드'가

버지니아 울프, 〈여성의 직업(Profession for
Women)〉, 《나방의 죽음 수필집(The Death of the
Moth and Other Essays)》, The Hogarth Press, 1942.

있다. 울프는 산문 말미에 이렇게 말했다. 대략 1세기 전 문장임에도 현재적 의미는 충분하다.

> 여러분은 집에서 지금까지 남성들의 전유물이었던 자기만의 방을 얻어냈습니다. 엄청난 노동과 노력 없이는 안 될 일이지만 집세도 낼 수 있게 되었지요. 1년에 500파운드의 돈을 벌게 된 겁니다. 하지만 이러한 자유는 시작일 뿐입니다. 자기만의 방이지만 아직 헐벗은 그대로죠. 가구도 들여놓아야 하고 장식도 해야 할 겁니다. 누군가와 함께 쓸 수도 있겠지요. 그 방에 어떤 가구를 들이고 싶나요? 어떻게 장식할 건가요? 누구와 살고 싶나요? 어떤 조건으로요? 내 생각엔 이것이야말로 매우 중요한 질문입니다. 역사상 처음으로 여러분은 그러한 질문을 할 수 있게 되었습니다. 역사상 처음으로 여러분은 그 질문의 답이 무엇이어야 하는지를 스스로 결정할 수 있게 된 것입니다.•

•
버지니아 울프, 〈여성의 직업(Profession for Women)〉, 《나방의 죽음 수필집(The Death of the Moth and Other Essays)》, The Hogarth Press, 1942.

10. 세계:

아무리 하찮아도 주저하지 말고

Therefore I would ask you to write all kinds of books, hesitating at no subject however trivial or however vast. By hook or by crook, I hope that you will possess yourselves of money enough to travel and to idle, to contemplate the future or the past of the world, to dream over books and loiter at street corners and let the line of thought dip deep into the stream.

그러므로 나는 여러분에게 그 주제가 얼마나 하찮든 혹은 방대하든 주저하지 말고 모든 종류의 책을 다 써보기를 권하고 싶습니다. 나는 여러분이 무슨 수를 써서라도 여행하고, 빈둥거리고, 세계의 미래와 과거를 생각하고, 책 너머를 꿈꾸고, 길모퉁이를 배회하고, 생각의 줄기를 더 큰 흐름으로 만들어낼 만큼 충분한 자기 몫의 돈을 갖기를 바랍니다.

고백,
해방의 시작

"자기 얘기 쓰는 거 안 무서워요?"

책을 낼 때마다 이런 반응과 마주한다. 첫 책《착취도시, 서울》은 서울 시내 쪽방촌의 실소유주를 전수조사하고 그들의 약탈적 임대 행위를 폭로한 탐사보도 뒷이야기를 담은 논픽션이다. 6개월가량 취재에 공을 들였는데, 당시에는 '빈곤'이라는 주제에 무척이나 과몰입했던 터라 책을 쓰면서도 나의 가난을 고백하지 않을 수 없었다.

지금에 와서야 광화문광장에 발가벗고 선 것처럼 성장 과정과 가난했던 상태, 그리고 억척스러운 극복 과정을 솔직하게 말할 수 있지만 기실 첫 책을 내기 전까지는 가장 친한 친구마저도 나의 상황을 결코 알지 못했다. 중산층 이상의 부유한 이들이 가득한 캠퍼스 안에서, 언급했다시피 나는 초라해지기보다는 기어코 분투해 동등해져버리는 유의 인간이었으므로.

그리하여 대학 생활과 사회 경험을 통해 만난 서울의 사람들은 내게서 조금도 가난의 기색을 읽어내지 못했다. 적어도 외양에 있어서만큼은. 어쩌면 기회가 왔을 때 유독 여유 없이 절박한 태도에서 약간의 빈곤을 눈치챘을지도.

과거 한 선배의 표현처럼 '잘 교육받은 있는 집 딸내미'처럼 보이는 것은 그다지 어려운 일은 아니었다. 말끔하게 차려입고, 지성을 갖춘 어휘로 대화하며, 대체로 품격 있는 아비투스를 면면에 드러내면 될 일. 하나, 나는 그 무대에서 자유롭지 못했다. 솔직하게 말하자면, 당시 내가 '가난'을 고백할 수 있었던 것 역시 2020년 즈음에 이르러 누가 봐도 가난과 멀어진 사람이 되었기에 비로소 가능했다는 것임도 안다. 가난이 현재진행형이었다면 그만큼 진솔할 수 없었으리라.

가난을 고백했을 때, 나는 가까스로 해방되었다. 《착취도시, 서울》에서 처음으로 공개적으로 성장 배경과 계급적 토대 등을 밝혔다. 그것이 내가 다소 빈약한 사유와 일천한 경험에도 불구하고 빈곤이라는 주제에 천착할 수 있었던 강력한 동기였으므로 쓰지 않을 수 없었다. 그런데 10년 이상 꽁꽁 싸매며 숨겼던 이 가난이 생각보다 나의 숨통을 죄고 있었다는 사실을 그제야 알게 됐다. 글을 쓰기 위해 나는 나의 치부까지 포함하여 자신을 직면해야만 했다. 글을 쓰면서는 내게 주어지지 않았던 언어를 획득했다. 이 모든 것이 얽혀 자유와 해방이 되었다.

꽤 오랫동안 매주 심리 카운슬링을 받고 있다. 우울증도 없고, 질 좋은 수면도 하루 일곱 시간을 충족하는 편이며, 섭식장애는커녕 여전히 무쇠도 씹을 만큼 에너지는 왕성하다. 살아오며 쌓아온 따뜻한 유대 관계 속에 언제나 따스함을 느끼고, 당장 큰 고민이 생겼을 때 터놓을 수 있는 친구도 적지 않다. 적당한 수준의 불안감을 가지고 삶을 대하며, 좀처럼 도망치지 않는 성격이라 간이 인터넷 애착유형 검사에서는 회피 점수로 상위 99.6퍼센트를 찍었다. 그럼에도 불구하고, 사회에서 만난 빌런 혹은 연애로 인해 받는 상처 같은 것을 토로할 통로가 필요하다고 생각했고 괜히 주변 친구들을 '감정 쓰레기통'으로 쓰느니, 좋은 상담사와 만나 오랫동안 유대 관계를 맺으며 심리적인 지지를 받고 싶었다. 원가족을 비롯한 나의 선천적 심리 자원은 황폐하다 못해 메마른 사막이나 다름없었으므로…….

현재의 문제를 해결하려고 나의 이야기를 꺼내놓다 보면, 인식하지 못했던 과거의 경험들이 넝쿨째 딸려 올 때가 많았다. 조직 내에서 부당한 공격을 받고 지속적인 괴롭힘을 당했을 때의 나의 감정과 대응은 고등학생 때 친구들과의 갈등을 제대로 해결하지 못했던 기억과 긴밀하게 연결됐고, 애착 대상을 대하는 반복된 양상은 내가 엄마를 대할 때의 태도와 같은 뿌리를 갖고 있었다. 혼자 있을 때 이따금 아무런 맥락 없이 수치심이 불쑥 올라오곤 했는데, 그 이유를 알기 위해 수치심이 들 때마다 머릿속을 스친 과거의 장면들을 하나둘 기록했다. 그리고 그 에피소드에 얽혀 있던 내 감정을 상담사 선생님에게 말하다 보니 공통된 원인이 수면 위로 떠올랐다. 상담심리학에 대해서 잘 알지는 못하지만 무의식에 있었던 것이 의식화되는 순간부터 그 감정은 충분히 관리되고 해소될 수 있다고 한다. 어떤 일이 발생했을 때 아무에게도 말하지 않고 꼬깃꼬깃 접어 내 마음 한구석에 처박아두면 지금 당장은 덮어둘 수 있어도 처리되지 않은 감정이 부지불식간에 올라온다는 거다. 나의 경우 수치심이라는 감정이 주요했고, 그 뿌리에 무엇이 똬리를 틀고 있는지 살피는 작업을 한 것이다.

"오늘 한 이야기 중에 어떤 것이 기억에 남아요?"

"특정 이야기가 기억에 남는다기보다, 그냥 후련해요. 아! 후련하다. 이 마음뿐이에요."

상담사 선생님은 반가운 표정으로 나의 감정이 너무나 훌륭하게 기능하며 제대로 느끼고 표현하고 있다고 답했다. '후련하다'라는 감정은 배설의 결과일 터. 곰곰 생각해보니, 이날 내가 꺼내놓은 이야기들은 창피하거나 민망해서, 혹은 굳이 타인에게 말할 필요가 없어 혼자 삭히고 삭혔던 감정이 얼기설기 엮인 것들이었다. 적절히 표현하고 해소하지 않은 미해결 감정들은, 내 마음속에서 부패하고 팽창해 제멋대로 나의 수치심을 구성한다. 선생님은 '의식화'가 모든 것의 단초라고 했다. 무엇이 문제인지 직면하지 않고 숨겨두면 영원히 드러나지 않은 채 나의 무의식을 오염시키는데, 적어도 언어로 표현하기 시작하고 용기 내어 실체를 직시하면 관리하거나 수용하여 궁극적으로 해결할 수 있다는 뜻으로 이해했다.

내가 글쓰기를 해방의 도구로 여긴 데에는 다 이유가 있었다. 20대 때는 가난한 상태를 누구에게도 고백하기 어려워했다. 취약성을 드러내면 약점으로 작용할 것이라 생각했고, 실제 그런 일이 비일비재했다. 숨기기 위해 애쓰면서 마음은 더욱 곪았다. 빈곤을 벗어나려는 노력이 지금의 나를 만든 것은 부정할 수 없지만, 감정을 수없이 억제해야 했고 매사 스스로에게 솔직하지 못했다는 죄책감이 발목을 잡았다. 하나, 첫 책을 쓰면서 그야말로 가난을 만천하에 '공표'했다. 큰 용기였다.

여전히 부담스러울 때가 많다. 처음 만나는 상대들이 내가 쓴 책을 모두 읽고 오는 경우가 대표적이다. 예를 들어 소개팅. 첫 책에서 가난했던 과거와 분투를 토대로 한국 사회의 빈곤을 논했다면, 두 번째 책은 생활 에세이로 일상 곳곳에 녹아 있는 나의 사유와 의식을 담았다. 무려 내가 환경보호를 이유로 일회용 생리대가 아닌 면 생리대를 쓴다는 내밀한 이야기도 담겨 있다. 세 번째 책은 페미니스트 기자로서 여성 개척자들을 만난 인터뷰집이었다. 세 권을 다 버무리면 어찌저찌 '나'라는 총체를 어설프게나마 구성할 수 있는 서사가 완성된다. "혜미 씨를 만나기 전에 책도 다 읽었어요"라고 의기양양하게 짓는 표정 앞에서 찬물을 끼얹을 수는 없어 "고맙다"고 답하기는 하지만, 그다지 기껍지만은 않은 게 사실이다. 정글 같은 사회에서 책에 쓴 내 이야기들이 언제 어떤 상황에서 칼날이 되어 돌아올지 모른다는 점 역시 예측하기 어려운 두려움이다. 한가할 때면 온갖 공상에 빠지곤 하는 난, 때로 십수 년 후 중요한 면접 자리 같은, 나 자신을 검증하는 자리에 선 스스로를 상상해본다. 내가 과거에 쓴 기사, 책, 혹은 사적인 글로 비판받진 않을까?

그렇다고 글을 안 쓸 텐가? 있을지 없을지도 모르는 가상의 상황을 상정하며 지레 겁을 먹기엔 세상을 향해 해야 할 말이 내겐 무척 많다. 내가 지금 내어놓는 생각이, 20년, 30년 뒤에는 더 이상 생명력을 갖지 못하는 유효기간 지난 폐기물 같은 것으로 비칠까 봐 두렵다. 지금이야 옳다, 맞다, 정당하다 생각하며 외쳐댄 구호가 시간이 흘렀을 때 그렇지 않은 것으로 전복되는 것은 상상만 해도 아찔한 일이다.

하지만 그런 것들을 두려워하면 아무것도 쓰지 못한다. 그런 결론에 이를 때면, 나는 조금 뻔뻔해지기를 선택한다. "아, 그땐 분명히 그렇게 생각했는데요, 저도 성숙하는 과정을 겪으면서 다소 의견이 달라진 부분도 있어요. 사람은 누구나 성장하기 마련이잖아요!" 신념을 완전히 뒤집는 식의 몰염치가 아니고서야, 너무 스스로에게 박하게 굴 필요가 있을까. 미래의 나는 어쩌면, 아니 분명 더욱 능수능란한 사람으로 자라 있을 것이므로 그때의 나를 믿고 지금은 열심히 글을 쓸 테다.

결점은 스스로 말할 수 있게 된 순간부터 더 이상 결점이 아니다. 쉽게 떨어지지 않는 입술 사이로 고백하게 된 그 시점부터 결핍은 오히려 나 자신을 충만하게 채워주는 자산이다. 결핍 없이 완벽한 사람이 과연 존재할까. 애초에 그런 건 가능하지 않다. 그렇다면 성숙한 사람에게 중요한 것은 결핍을 없애 완벽한 사람이 되는 것이 아니라, 스스로의 결핍을 직시하고 인정하며 곪지 않게 잘 관리하는 것일 테다.

더 나아가 다른 여성들에게 증명해 보이고 싶다. 이렇게 온갖 매체를 동원하여, 심지어는 자신을 페미니스트로 공표하고 강력하게 자신의 목소리를 내어도 정말로 '아무런' 일도 생기지 않는다고. 오히려 여성이 스스로의 목소리를 내기 시작했을 때 더욱 잘 살게 된다는 것을, 나의 경로로 드러내 보이고 싶다는 욕심이 있었다. 이렇게 나 자신을 다 드러냈을 때, 사회가 수치심을 불러일으키고 억압을 시도하겠지만, 굴복하지 말라고 외치고 싶었다. 이따금 내가 쓴 글들로 하이에나 같은 익명의 무리가 나를 화형대 제물로 올려 마녀사냥을 할지라도, 그러한 시도들은 나의 존엄에 손톱자국 하나 남기지 못한다. 가끔은 치유의 시간을 필요로 하겠으나, 결코 나의 쓰는 행위를 멈추게 하지 못할 것이다.

45년간 글쓰기 워크숍을 운영하고 16년 동안 아픈 아들을 간병하며 힘든 시간을 견뎌온 작가 낸시 슬로님 애러니는, 자신의 지시《내 삶의 이야기를 쓰는 법》에서 자전적 에세이 쓰기의 의의부터 어떻게 써야 하는지를 총망라해 소개한다. 글을 쓰는 방법이야 제각기 자신만의 비기가 있겠으나, 나의 눈을 사로잡은 건 '자전적 에세이'라는 장르를 정의 내린 작가의 시선과 글쓰기에 임하는 태도 같은 것이었다.

외로운 줄 몰랐지만, 나는 늘 외로웠다. 나의 이야기를 들어주고 수용하는 이가 주변에 존재하지 않는다고 생각했다. 연인, 친구 등에 여러 역할을 부여하며 나의 옆에 두곤 했지만 그것은 일시적이었다. 타자가 아닌 스스로에 의해 내면을 치유할 필요성을 느꼈을 때 나는 글을 쓰기 시작했다. 애러니는 자신의 관점을 누군가가 판단하지 않고 있는 그대로 들어주는 것이 '치료제'로 기능하며, 그것이 바로 자전적 글쓰기가 가진 힘이라고 봤다.

객관적이면서도 직업적인 글쓰기로 매일 수행처럼 행하는 '기사 쓰기'와 달리 '자전적 에세이'가 개인에게, 특히 현대사회를 살아가는 여성에게 얼마나 위험한 시한폭탄이 될지 너무나 잘 안다. 그런데 동시에 이 폭탄이야말로, 나의 내면에 꼬인 실타래를 한 번에 쾅 하고 터뜨릴 해소의 수단이기도 하여 그 파편이 훗날 어디로 날아갈지를 고려할 새도 없이 그저 쓰고야 말아버리는 것이다. 글쓰기는 나의 구원이다.

'대체 내가 뭐라고……' 에세이를 쓸 때마다 늘 이런 감정에 봉착한다. 주어인 '나'가 등장하지 않는 객관적인 글을 쓰는 데에 익숙한 까닭이다. 철저히 문장 뒤에 숨어서, 연구자들이 도

출해낸 데이터와 시민들의 목소리, 전문가의 제언 등으로 밀도 있게 채운 기사 속에 '나'는 등장하지 않는다. 나의 목소리, 감정, 인격은 그 객관적이고 냉정하며 사실적인 글에 끼어들 틈이 없다. 그러다 보니 에세이를 쓸 때마다 등장하는 '나'가 어딘가 민망하다. "내가 어렸을 때 이렇게 힘들었어요. 그런데 열심히 살았어요. 그랬더니 지금은 꽤 괜찮은 어른이 됐어요." '너무 교만하고 자의식이 비대한 글이지 않을까' 수십 번 자문했다.

게다가 세상에는 분투하고 싶으나 여러 사정으로 절망하고 포기한 이들이 훨씬 많다. 내가 스스로 일궈내고 확보해낸 영토가 내 자부심의 근원이자 새로운 것에 도전할 수 있는 든든한 기둥이 되어주는 건 사실이나, 이런 것을 나열한다고 해서 독자들에게 어떤 효용이 있을까를 겸손하게 묻지 않을 수 없다. 하나, 애러니에 따르면 '자전적 에세이'는 자서전이 아니다. 그러니까 나라는 인간이 기저귀를 떼고 첫 걸음마에 성공하고, 글자를 익히는 등 태어나서 일어난 모든 일을 기록하는 '자아도취적 글'이 아니라는 얘기다. 애러니가 생각하는 진정한 에세이는 자신에게 일어난 일을 단순히 기록하는 것을 넘어, 그 일이 '왜' 일어났는지를 묻는 일이다. 그 질문에 천착할 때 나 혼자만의 이야기는 우리 모두로 확장할 수 있는 '보편성'을 얻는다. 애러니는 바로 이점에서 우리가 자전적 에세이를 읽는 이유를 찾는다. 그리고 내가 '허구적 에세이'를 가장한 나의 자전적 에세이를 쓰는 이유이기도 하다.

나는 이렇게 살아왔고, 살아남았다. 결코 정답은 아니며 앞으로도 오답을 반복할 것이다. 그러나 이렇게 살아도 꽤 잘 살고 있다는 것을 보이고 싶다. 깎여나가는 일들이 없지는 않지만, 매 순간 성찰하며 잘 더듬어가고 있다고. 그리고 이 모든 성장과 성취, 자존의 근간은 내가 직접 쌓아 만든 안전 요새, 즉 '자기만의 방'이 있었기에 가능했다고 감히 증언하고 싶다.

나가며:

100년 후, 여성은

Moreover, in a hundred years, I thought, reaching
my own doorstep, women will have ceased to be the
protected sex. Logically they will take part in
all the activities and exertions that were once
denied them. The nursemaid will heave coal. The
shopwoman will drive an engine. All assumptions
founded on the facts observed when women were the
protected sex will have disappeared.

현관 계단에 다가서며 생각하건대, 100년 후, 여성은 보호받는 성이기
를 그만둘 것입니다. 논리적으로 그들은 한때 거부당했던 모든 활동과
힘든 일에 참여하게 될 것입니다. 아이 돌보는 여자는 석탄을 나르고 가
게 점원 여자는 기관차를 몰게 될 것입니다. 여성이 보호받는 성별이었
을 때 관찰된 사실에 근거한 모든 가정은 사라질 것입니다.

집을 떠나고
국경을 넘다

⬭

　2023년, '자기만의 방'을 처분했다. 내게 창작과 자존을 가능하게 해줬던. 이곳에서 나는 세 권의 단독 저서를 냈고, 기자 경력 5년을 더했다. 국회, 공공기관 등 각종 공신력 있는 곳의 토론회, 세미나, 강연 등에서 발언했고 외부 매체에 정기 기고를 했다. 인터뷰를 하는 사람이면서 동시에 인터뷰를 받는 사람이 되었다. 여러 지상파 라디오, TV 방송에 출연했고, 온라인에 검색만 하면 도처에 흔적이 남아 있다. 저명한 책의 추천사를 쓰고, 1만 명이 훌쩍 넘는 독자들에게 뉴스레터를 보낸다. 그리고 지금은 중국으로 떠나기 위해 가구와 자동차를 내다 팔고 있다.

　모처럼 찾은 삶의 '안정'을 내팽개치고 또다시 나의 삶을 '잠정' 속으로 던져버리는 걸까. 예측 가능성을 불가능의 소용돌이로 밀어넣어 버리는 걸까.

261

'잠정: 임시로 정함'

글을 마무리하는 지금, 사전상 잠정의 뜻을 골똘히 응시해본다. 그 누구도 '임시로' 살고 싶지는 않을 것이다. 임시적인 거처, 임시적인 직업, 임시적인 상태……. 우리 사회는 얼마나 잠정적인 상태에 '불안정', '비정규' 같은 부정적인 낙인을 덕지덕지 붙여왔던가.

흔히 잠정은 행복을 미래로 몽땅 유예한 상태로 여겨진다. 임시로 사는 집 안에서 나의 취향은 소거되고 마땅히 지금 누릴 수 있는 여러 삶의 조건들도 '나중에'로 미루게 된다. 질 좋은 매트리스나 편리한 로봇 청소기, 영화에 흠뻑 몰입할 수 있는 대형 TV 같은 물질적인 풍요를 충분히 누릴 수 있어도, 자리를 잡고 나서, 취업을 하고 나서, 결혼한 뒤 같은 '안정'이 올 때까지 기다린다. 어떨 때는 사랑과 우정, 친밀감, 공동체 의식 같은 정신마저도 '완전한 상태'가 되었을 때 향유할 만한 사치로 취급된다.

하지만 때때로 잠정은 숨 쉴 구멍이 되어주었다. 내게 잠정적이라는 것은 두 가지 의미다. 정해두었지만 언제든 내킬 때에 바꿀 수 있다. 혹은 바꾸기 전까지는 일단 정해둔다. 안정 속에서 잠정을, 잠정 속에서 안정을 풍요롭게 느끼며 비로소 나는 나로 존재하는 방법을 터득했다. 나의 잠정은 가능성, 자유, 그리고 현존(현재에 있음)과 동의어다.

연간 500파운드와 자신의 방을 가지면서 나는 자유의 습관과 내 생각을 있는 그대로 쓸 용기를 가지게 됐다. 집은 내게 계속 글을 쓸 수 있는 안정이 되어주었다. 그리고 그 글을 매개 삼아 나는 세상과 호흡했다. 글은 내게 돈을, 명성을, 사람을, 관계를, 자긍심을, 삶의 목적을 부여했다. 나는 실재의 세계와도 관계를 맺고 있다는 사실을 매 순간 확인한다. 더할 나위 없는 안정을 느낀다.

동시에 국경 너머의 세상이 궁금해 도무지 참을 수 없었다. 지금 나의 방이 충분히 안온하고 풍요롭다. 하지만 다른 세상에 더 흥미로운 일들이 나를 기다리고 있으면 어떡하지? 정착하고 싶은 마음은 호기심, 권태, 불만 앞에서 언제나 힘을 잃고 만다는 것을 나는 30여 년간의 크고 작은 경험을 통해 잘 알고 있었다.

11년 차 기자로 더할 나위 없이 안정적인 삶을 영유하던 2025년 2월, 나는 중국으로 향한다. 한국일보사 최초의 여성 베이징 특파원으로서, 아무도 모르는 그곳에서 또다시 '자기만의 방'을 짓고 '500파운드'를 벌며 글을 쓸 것이다. 100년 전 울프는 "다른 무엇이 되기보다 자기 자신이 된다는 것이 훨씬 더 중요한 일"이라고 했다. 나는 이 결정이 나 자신으로 존재하는 길이라 확신한다.

잠정을 사랑하는 탓에 영영 안정의 세계를 겉돌 뿐이라 해도, 고향 없는 슬픔과 야생의 행복 사이 무엇이든 될 수 있는 나의 삶 있으리니.

감사의 말

이 책은 제가 브런치에 개인적으로 써오던 글과 한국일보에서 발행하는 젠더 뉴스레터 〈허스펙티브〉를 눈여겨본 위즈덤하우스 송두나 지식교양 팀장의 제안으로 시작되었습니다. 전기와 비슷한 성격의 에세이를 내는 것은 아주 먼 훗날의 일일 거로 생각했습니다. 아직 삶이 완성 단계에 이르지도 않은 초년의 나이인데, 인생을 반추하면서 글을 쓰는 것이 무척 어색하고 두렵게 느껴졌기 때문이지요. 고민이 적지 않았으나, 35년 넘게, 소위 정말 '빡센 삶'을 살아왔다고 자부하기에 지금쯤 드는 생각을 한번 정리해보는 것도 의미가 있겠다 싶었습니다. 게다가 버지니아 울프의 《자기만의 방》의 현대적 변용으로서의 에세이라니, 참으로 근사하게 느껴지지 않겠어요.

일단 호기심이 생기고 재미가 있으면 앞뒤 분간 없이 일단 해보고 마는 성격인지라, 단번에 "쓰겠어요" 말했지만 이후 집필 과정은 정말 녹록하지 않았답니다. 초고는 2023년 5월에 모두 마무리 했지만, 2024년 연말에 출간 일정이 잡혀 사실상 원고를 전체적으로 수정하는 과정도 겪었습니다. 그 과정을 함께해준 이은정 편집자에게도 큰 감사의 마음을 전합니다. 처음 만난 자리에서 이은정 편집자는 제게 이 원고 집필을 수락한 이유와 글을 쓴 동기를 물었어요. 오랫동안 마음 뒤편에 숨겨둔 질문이었던지라, 다시 한번 왜 이 글을 써야 했는지 생각하지 않을 수 없었답니다. 우리는 원고에 빼곡하게 적힌 피드백과 메모를 빙자한 흔적을 통해 밀도 높게 대화했지요. 보부아르에게 전적으로 원고 검수를 맡겼던 사르트르의 마음을 조금은 체험할 수 있었달까요. 함께한 모든 시간이 경쾌했답니다. 언젠가 또 다른 책도 같이 만들 수 있겠지요?

직전에 낸 인터뷰집의 제목이 《여자를 돕는 여자들》(부키, 2022)인지라, "저를 도운 여자가 누구냐"는 질문을 참 많이 받았습니다. 이 질문을 곱씹을수록 '나는 나를 직간접적으로 거쳐 간 모든 여자의 총체'라는 생각에 가닿고 말았어요. 가깝게는 유일한 가족인 엄마가 그러하겠으며, 여전히 자유와 재미를 추구하며 사는 제 옆에 늘 동행해주는 많은 친구 덕에 매일 조금 더 나은 사람이 되는 기분입니다. 버지니아 울프, 시몬 드 보부아르, 아니 에르노를 대표적으로 나열하긴 했지만, 실로 저는 동서고금을 막론하고 존재했던 모든 여자의 궤적에서 힌트를 얻어 한 발자국 나아가고 있는 것 아니겠어요. 저 역시 언젠가는 또 다른 여성들에게 사소한 영감을 줄 수 있는 사람이 되고 싶습니다. 이 책은 그 수단 중 하나일 겁니다. 책의 저술을 지원해 준 한국여성기자협회에도 각별한 감사의 마음을 표합니다. 그리고 저의 친구 K의 '출판 허락'이 떨어졌기에 이 원고를 세상에 내보내게 됨을 밝힙니다.

저는 페미니스트이고 페미니즘을 통해 세상을 사유하려 하지만, 사실 어떤 거창한 목적보다는 다분히 이기적인 목적으로 글을 쓰는 것 같습니다. 본문에도 담았지만, 제 안에서 해소되지 않은 많은 사건과 감정 같은 것을 1차적으로 언어화함으로써 정리를 하고, 그리하여 해방감을 느끼기 때문인데요. 저의 사유와 생각을 정돈하는 다소 사적인 글쓰기임에도, 기꺼이 읽어주시고 제 글을 사랑해주시며, 특별한 감상을 길어내주시는 독자 여러분께 무한한 감사의 마음을 드립니다.

척박한 황무지와 다를 바 없던 초년의 삶이었으나, 따뜻한 시선으로 사랑을 가르쳐준 많은 분이 있어 꽤 괜찮은 어른으로 자랐습니다. 넘치게 받은 사랑과 응원을 연료로 삼아 사회를 이롭게 하는 글과 생각을 만들어내는 데에 앞으로도 힘쓰겠습니다.

저는 이제 중국으로 떠납니다. 국경을 넘어서도 계속해서 쓰겠습니다.

2025년 1월

이혜미

잠정의 위로

초판 1쇄 인쇄 2025년 1월 7일
초판 1쇄 발행 2025년 1월 15일

지은이 이혜미

출판2 본부장 박태근
지식교양 팀장 송두나
편집 이은정
디자인 함지현

펴낸곳 ㈜위즈덤하우스 **출판등록** 2000년 5월 23일 제13-1071호
주소 서울특별시 마포구 양화로 19 합정오피스빌딩 17층
전화 02) 2179-5600 **홈페이지** www.wisdomhouse.co.kr

ISBN 979-11-7171-348-6 03810